U0439169

中国现代
作家选集
典藏丛书

选集 冰心 上

人民文学出版社

图书在版编目（CIP）数据

冰心选集：上下 / 冰心著；李玲编选．—— 北京：人民文学出版社，2024
（中国现代作家选集典藏丛书）
ISBN 978-7-02-018637-2

Ⅰ．①冰… Ⅱ．①冰… ②李… Ⅲ．①中国文学－现代文学－作品综合集 Ⅳ．① I216.2

中国国家版本馆 CIP 数据核字（2024）第 077713 号

责任编辑　杜　丽　李修业
装帧设计　李思安
责任校对　李　雪
责任印制　张　娜

出版发行　人民文学出版社
社　　址　北京市朝内大街166号
邮政编码　100705

印　　刷　涿州市京南印刷厂
经　　销　全国新华书店等

字　　数　538千字
开　　本　880毫米×1230毫米　1/32
印　　张　27.5　插页6
印　　数　1—4000
版　　次　2024年6月北京第1版
印　　次　2024年6月第1次印刷

书　　号　978-7-02-018637-2
定　　价　108.00元

如有印装质量问题，请与本社图书销售中心调换。电话：010-65233595

前言：冰心——爱的灯台守

1923年夏在太平洋的舟中，冰心回忆起往事。一个除夕的酒后，她曾对父亲说她的理想是"看守灯塔"。她说："灯台守的别名，便是'光明的使者'。他抛离田里，牺牲了家人骨肉的团聚，一切种种世上耳目纷华的娱乐，来整年整月的对着渺茫无际的海天。""我晚上举着火炬，登上天梯，我觉得有无上的倨傲与光荣。"（《往事二之八》）冰心希望在海军部工作的父亲能帮助她谋到灯台守这个职位，她要"牺牲自己，服务社会"。可惜，按规定灯台守是男性从事的工作。父亲安慰她说："清静伟大，照射光明的生活，原不止灯台守，人生宽广的很！"（《往事二之八》）冰心没有谋到现实中看守灯塔的工作，但是，她却用一生的创作为我们点燃、守护了一座"爱"的灯塔。

一、爱的哲学

冰心一生的创作时间很长，青年、中年、晚年都有精品问世，但是她对时代文化思想和时代文学影响最大的时期，应该是她集中建构"爱的哲学"（黄英《谢冰心》）的青年时期。她晚年的创作，质问社会不合理现象，体现了公共知识分子的思想锋芒，但其中仍然一脉相承地熔铸着歌唱爱的精神特质。

1917年至1927年的"五四"时期，冰心只是一个未出校门的女学生，却已写下了《笑》《超人》《繁星》《春水》《寄小读者》等让同时代人和后人传诵不已的散文、小说、诗歌经典作品，成为新文学第一代最富有影响力的女作家。她那"冰心体"的文字，清新优美，珠圆玉润，是现代白话文最早的典范之作。青年冰心从形而上追问和现实思考两个层面构筑其艺术化的"爱的哲学"。在对生命作形而上思考的时候，冰心以"万全之爱"来抵御终极的虚无。时光永恒、人生有限，人难免为生命的短暂感到无奈和惶恐。冰心便从印度哲学中汲取智慧。在散文《"无限之生"的界线》中，她借人物之口表明死亡不过是生命"越过了'无限之生的界线'"罢了。想象中，死去的宛因对活着的冰心说："我同你依旧是一样的活着，不过你是在界线的这一边，我是在界线的那一边，精神上依旧是结合的。不但我和你是结合的，我们和宇宙间的万物，也是结合的。"(《"无限之生"的界线》)冰心在有差别的生命中看到了生死之间、万物之间的内在统一性，由此超越死亡给生命带来的恐惧，甚至赋予死亡以一层宁静的诗意美，并且在思辨中给孤独的个体生命带来宇宙大家庭的融融暖意。在她眼里，灵魂是先于生死而永恒存在的；不仅人有灵，万物也均有相互感应的灵魂，因而"万全的爱"是世界的本质(《"无限之生"的界线》)。这一艺术想象缓解了死神给生命带来的压迫感、慰藉了个体生命在世的孤独感。直面现实人生，冰心把抽象的"万全之爱"，落实、展开为平凡的人间亲情，从周遭生活中寻找生命的暖意。"母亲呵！我们只是互相牵连，永远不互相遗弃。"(《超人》)

"写到'母亲'两个字在纸上时,我无主的心,已有了着落。"(《寄小读者·通讯十三》)母亲的爱,"不因着万物毁灭而变更"(《寄小读者·通讯十》),是每个个体生命中永远的慰藉。冰心是中国文学中集中歌唱母爱的代表作家。"施者比受者更有福"(《施者比受者更有福》),冰心不仅引领去承受母爱的温存,而且还启迪读者敞开心怀,去爱儿童、爱小动物、爱自然。儿童小说《寂寞》中,她细细体会两个小朋友一起玩耍时的快乐心情和分别所产生的寂寞感,她甚至逼真地做着顽皮孩子的梦,梦见雪花公主提着鸟笼走。她无比珍爱童真之心,曾对小读者说:"为着要保守这一点天真直到我转入另一世界为止,我恳切的希望你们帮助我,提携我,我自己也要永远勉励着,做你们的一个最热情最忠实的朋友!"(《寄小读者·通讯一》)她不仅爱猫,而且还"为一头折足的蟋蟀流泪,为一只受伤的黄雀呜咽",为伤害一只觅食的小鼠而痛苦、自责,因为她明白"一切生命,在造物者眼中是一般大小的"(《寄小读者·通讯二》)。病中抛开俗务与自然相对,她感到"如蛾出茧,如鹰翔空"。她"爱听碎雪与微雨",也"爱看明月与星辰"(《寄小读者·通讯九》);她为"被人轻忽"的蒲公英加冕(《寄小读者·通讯十七》),也为白莲的亭亭傲骨而歌唱(《繁星·二四》)。冰心建构的爱的精神世界广博纯真,感动着一代又一代的读者。

二、冰心创作在中国现代文化建构中的意义

"爱在右,同情在左,走在生命路的两旁,随时撒种,随时开花,将这一径长途点缀得花香迷漫,使穿枝拂叶的行人踏着荆棘,不觉得痛

苦,有泪可掉,也不是悲凉。"(《寄小读者·通讯十九》)这些早年写给小读者的美丽词句,正是冰心一生的自我写照。从这段话中,我们可以看出,冰心绝不是不知道人生有荆棘、不知道人生有痛苦的小姐,而恰恰是感觉到了荆棘、痛苦的存在,她才要用爱和同情来温暖人生。这里就涉及这样的理论问题:我们自己需要不需要这种温暖和慰藉? 我们应该不应该给予别人这种温暖和慰藉? 这种爱与同情在我们的生命到底占据了什么样的位置?

也许有人要说,感觉到了荆棘,感觉到了痛苦,就应该迅速拔去荆棘、去除痛苦的根源,那才从根本上解决问题,爱和同情并不能解决问题。然而,人不是纯粹理智的动物,拔去荆棘、去除痛苦的根源固然重要,但心灵的呵护也同等重要。首先,拔去荆棘、去除痛苦的根源需要坚强的心理力量才能完成,这种心理力量要靠爱与同情来涵养;其次,拔去荆棘、去除痛苦的根源之后,人的心灵仍然需要爱与同情来排除那荆棘与痛苦留下的阴影;再次,人生的某些困境,诸如个体生命有限、人总有一天要死之类的问题,从根本上来说是无法解决的,那么,爱与同情的温暖对于人生来说就分外重要了。

也许,与鲁迅创作进行对照最有利于我们清晰地界定冰心创作的文化价值。鲁迅是中国现代作家中最执著于拔去荆棘、去除痛苦的作家。他对我们这个民族的挚爱,往往通过憎的方式来表达。鲁迅渴望中华民族繁荣昌盛,就特别憎恨我们民族精神中病态的东西。他一生都怀着"爱愈深,其恨愈切"的痛苦心情,从各种角度揭示民族的精神病痛,以"引起疗救的注意"。他揭露中国历史文化和历史制度有"吃人"的一面,他批判国民的"精神胜利法",他批判庸众对别人的生命麻木不仁的看客心态。然而，鲁迅这样一个执著于批判的作家，他的作品同时也从正面表达了对爱与同情的强烈渴求。他一生都感激藤野先生对自己的关爱，一生都怀念自己与少年闰土的无间友谊，故乡迎神赛会上富有人情味的"无常"也让他一想起来就感到特别温馨。这些"好的故事"，一直是他的精神支撑。这正从一个侧面说明了爱与同情对于富有情感的人类来说是多么重要。这也从一个侧面证明了作家冰心存在的意义。

冰心正以歌唱爱这种鲜明的文化立场，参与了中国现代文化的最初建构。中国现代文化现代性的核心内涵，就是关爱生命、尊重生命。这种重视生命价值的现代性追求，从两方面展开，一方面是批判那些压抑生命的力量，诸如批判封建礼教、批判社会等级制度、控诉外族侵略等；另一方面是直接从正面呼唤对生命价值的尊重，诸如歌唱母爱、歌唱儿童之爱、体察弱小者的内心世界、尊重受剥夺者受侮辱者的人格等。这反面批判与正面建构，缺一不可。它们不仅各自构成现代文化不可或缺的一面，而且互为基础、互相渗透。鲁迅、张爱玲等作家批判各种压抑生命的现象，正是以关爱生命为终极的价值追求；冰心正面歌唱爱，实际上也抵御了各种否定生命的力量。下面就以《六一姊》与《故乡》的比较分析为例来阐释冰心创作与鲁迅创作在中国现代文化建构上的互补性问题。

冰心小说《六一姊》的素材与鲁迅的短篇小说《故乡》有惊人的相似：主人公六一姊，是一个乳母的女儿，与"我"是不同阶层的人。但孩子的童稚之心抹过了等级界线，六一姊是"我第一个好朋友"。她与"我"一起玩沙、跳远；一起埋荆棘做煤；一起把竹签的一头拗弯，含在嘴里当旱烟抽。大庭广众之下,"她练达人情的话,居然能庇覆我。"而写作此文的时候,"我"正在美国留学,与六一姊不见已久,"她这时一定嫁了,嫁在金钩寨,或是嫁到山右的邻村去","乍暖还寒时候,……她或在推磨,或在纳鞋底,……她绝不能想起我,即或能想起我,也决不能知道这时的我,正在海外的海,山外的山的一角小楼之中,凝阴的廊上,低头疾书,追写十年前的她的嘉言懿行……"

与《故乡》相同的是:(1)叙述者"我"与主人公,分属主仆家庭。六一姊的母亲在邻居家当乳母,闰土的父亲在"我"家做工。(2)主人公是"我"亲密的童年玩伴,都有一些独特的才能、品格令"我"仰视。六一姊教"我"玩有趣的游戏,使得"我用奇异的眼光看着她"。看社戏的时候,在别人窃窃的议论中,"我"百般局促,六一姊轻轻的一句话"便为我解了围。我知道这句话的分量,一切的不宁都恢复了"。而"闰土的心里有无穷无尽的希奇的事,都是我往常的朋友所不知道的"。那圆月下、海边沙地上、手捏钢叉的少年形象,一直是"我"脑中"神异的画幅"。(3)写作的时候,主人公与"我"都已十分隔膜。"我"是知识分子。而六一姊是农村劳动妇女,闰土是农民。主人公与"我"因为精神境界的差异,已经不可能回复到童年的亲密无间。

相似的素材,却由于作家思想立场的不同,而产生截然不同的主题意蕴。鲁迅因为再见面的时候,闰土叫"我""老爷",而"似乎打了一个寒噤;……说不出话"。这一声"老爷"中,闰土先带着"欢喜与凄凉的神情",但"终于恭敬起来了"。鲁迅从中看到的是闰土的"辛苦麻木"。闰土因为生活重担的压迫,已经丧失童年灵动的性情,完全屈服于社会的等级分工,不敢再平视"上层"的"我"。这里,鲁迅同情闰土的人生境遇，但"哀其不幸"中，更有"怒其不争"。鲁迅对闰土，有平等的人道关怀，也有先觉者对蒙昧者的精神俯视。鲁迅是站在启蒙者的立场上，为国民的精神病态而痛心不已。"我"与闰土童年情谊的书写，全是为了反衬成年闰土的精神伤残，以引起更多的遗憾、更深的质问。冰心，也有着和鲁迅一样的现代人道主义价值尺度，所以，她在写作的时候，仍一如既往地以平等的心态，怀想农村劳动妇女六一姊。但在同样的人道主义思想起点上，冰心显然又有着与鲁迅不同的关注热点、相异的情感走向。冰心并不执著于追问国民的精神病态，而更有兴趣去发掘下层劳动者受封建礼教残害之后仍然保留着的人性美。《六一姊》中，冰心也涉及人物不觉悟的行为，如六一姊"十一岁那年来的时候，她的脚已经裹尖了"。这是她母亲不在家，六一姊自己动手自虐的结果，动机只是"痛也没有法子，不裹叫人家笑话"。这样的题材，在鲁迅手下，是必定要由此深入追究，进一步拷问人物自虐行为中包含的精神变异。但冰心的笔在此只轻轻划过。对六一姊如此自律感到"愕然"之后，她并没有更深一步的情感波动、理性敲击。真正触动冰心心怀的，乃是六一姊的"嘉言懿行"。这包括童年时她作为小玩伴给"我"带来的生趣，也包括她对"我"的尽心爱护，还包括懂事自律、勤俭温柔的品格。写作时，时空和精神的隔膜，只让冰心产生淡淡的惆怅和忧伤，让"我"更加珍惜过往的友情，在情感上更加美化记忆中的人和事，而并不指向对六一姊或者"我"当前生存境遇的否定。"我相信她永远是一个勤俭温柔的媳妇"，这一赞美表明，"我"认为六一姊的生存状态、精神世界虽然与"我"的大相径庭，却同样也是让人满意的。《六一姊》终究没有走向《故乡》末尾那种浓重的幻灭感，而是在感伤中又微带着甜美。《六一姊》在艺术风格上，也因此有别于《故乡》的冷峻萧飒，而显得温馨优雅。《六一姊》中，冰心赋予人物六一姊的乃是一种人道温情。它使得冰心不忍心像鲁迅那样去拷问人物灵魂中的病态，而更着意于塑造下层劳动人民的美好形象。这种人道温情，否定了壁垒森严的封建等级制度，《六一姊》由此也同样获得现代启蒙文学的思想高度，而对鲁迅等的批判性文学构成有益的补充。鲁迅以他的深刻思想成为二十世纪中国的一座精神丰碑。这是二十世纪其他思想家所无法企及的。但是，现代文化的建构，并不是任何一个伟大的个人就能独自完成的。冰心直接从正面歌唱爱，而且广泛影响了青年读者的心灵。这与鲁迅的"揭出病苦，引起疗救的注意"，在建设现代人性的共同目标上相辅相成，也起到了任何其他人都不能替代的重要作用。

三、冰心评价的历史变迁

由于二十世纪中国现代文化建构中的复杂性，冰心对爱的歌唱，在文化接受层面上也走过了一条复杂的道路。

"五四"十年中，中国现代文化处于较为自由开放的初创时期。"爱的哲学"，作为"五四"时代文化的主流精神之一，把对自我生命价值的肯定与对他人生命的关怀结合在一起，把个性解放与人道情怀结合在一起，温暖了青年的心，也奠定了中国现代文化关爱生命、尊重生命这个基本精神中的一块重要基石。以冰心为代表的"爱"的歌唱成为时代文化主潮中的重要一脉，受到了广大读者和批评界的热烈肯定。阿英曾说："青年的读者，有不受鲁迅影响的，可是，不受冰心文字影响的，那是很少,虽然从创作的伟大性及其成功方面看,鲁迅远远超过冰心。"在"五四"那样一个青春飞扬与青春低徊的时代里,冰心凭着自己对读者的广泛影响,从正面歌唱"爱"这个角度肩负起了现代文化建构的庄严使命。

现代文学的第二个十年开始,一方面,在读者层面上,"冰心体"的文字,仍然"以一种奇迹的模样出现,生着翅膀,飞到各个青年男女的心上去,成为无数欢乐的恩物"(沈从文《论中国创作小说》),引起竞相模仿。连巴金在回忆中都说他在创作之初曾写过"冰心体"的小诗。茅盾在1928年创作的小说《幻灭》中,还直接整合、转换进了《超人》的内容。写了一个静女士,最初也和《超人》中的何彬一样,对周围的人和事都持拒绝、冷漠的态度。但"母亲的爱的回忆,解除了静的烦闷的包围",她转而确认了这样的道理:"不是人人有一个母亲么? 不是每一个母亲都有像她的母亲那样的深爱么? 就是这母亲的爱,温馨了社会,光明了人生。"巴金1929年发表的小说《灭亡》中,男主人公杜大心在精神痛苦之际恍惚觉得:"有人用庄严的、差不多音乐似的声音在说:'我要用我底爱来拯救你。'他抬起头来,看见前面是一片光明,在光明中立着一个穿白衣的女子。她底面貌是如此庄严,如此温柔,如此美丽,如此光辉,他不禁软化了,无力地睡倒在地上。"(巴金《灭亡》)这一母性化的女性形象,与冰心《超人》中的母亲幻梦极其相似。冰心关于母爱拯救世界的艺术思维长远地影响了茅盾、巴金这些现代文学大家的创作。可是,另一方面,一些左翼批评者从简单的阶级论出发,从庸俗社会学观点出发,极为不公正地将冰心"爱的哲学"斥为与时代精神相悖的"旧思想"而加以全面否定。即便是深深赞赏冰心创作的茅盾也不免说:"'心中的风雨来了'时,她躲到'母亲的怀里'了。这一个'过程',可说是'五四'时期许多具有正义感然而孱弱的好好人儿他们的共同经验,而冰心女士是其中'典型'的一个。"(茅盾《冰心论》)过分强调文学直接改造现实的功能,使得茅盾在《冰心论》对冰心创作慰藉主体精神的积极意义认识不足。不公正的批评甚至使得冰心本人对自己的"爱"的歌唱也感到了不自信,因而她于1931年创作了《分》这样阶级观念简单化的作品,让教员的孩子在劳动人民的孩子面前感到惭愧,赞赏"宰那些猪一般的尽吃不做的人"的阶级暴力观念。所幸,冰心受思想界的"左"倾思潮影响并不深。在相当长一段时间内,她用沉默来疏离"左"倾思潮。她并没有再创作这种阶级观念简单化的作品。然而,在时代思想主潮方面,以冰心为代表的"爱"的思想,在"五四"十年之后的五十年间就被挤出了原本应有的重要位置。

新时期,以政治上拨乱反正为起点,冰心研究在创作思想研究、艺术成就研究、创作心理研究各方面都取得了巨大的进展。范伯群、曾华鹏的《冰心评传》,卓如的《冰心全传》,肖凤的《冰心传》,王炳根的《玫瑰的盛开与凋谢——冰心与吴文藻》《冰心年谱长编》,陈恕的《冰心全传》是其中重要的代表性成果。冰心思想研究由政治上的平反走向文化价值上的探讨,并且开拓了冰心创作的女性意识、冰心的妇女观、家庭观等研究新领域,从而出现了多维视野的立体研究格局;艺术成就研究方面注意到了冰心创作方法、艺术风格多样性统一的特征,并且对"冰心体"的内涵作了具体化的深入探究。创作心理研究方面,沿着将冰心的思维、情感等心理特点与不同艺术形式规范结合考察的传统,作了进一步的仔细辨析,得出了新的结论。

新时期，思想界拨乱反正之后，人们抚摸文革带来的精神创伤，发觉冰心早期创作中的爱的歌唱是那么珍贵。它珍贵，不是由于它多么特别，而是由于它可能不过像空气、阳光那么普通，却也正像空气、阳光那么不可或缺。我们放逐了它，人的心灵就会缺氧，就会滋生出幽暗的恶念。近来，思想界进行深入反思后，更加充分认识到中国现代文化的现代性是一种"未完成的现代性"。现代性未完成的重要标志之一，就是尊重生命的价值理念没有成为一种普遍不可动摇的文化精神。实现中国文化的现代性精神建构，是当下文化的重要使命。那么，冰心及其创作，就应该受到充分的重视。将来，要巩固中国文化现代性的成果、要保持人类心灵的纯净与美善，冰心的作品还应该受到永久的重视。

李　玲

目 录

小说第一辑

两个家庭	003
斯人独憔悴	013
超人	022
别后	030
第一次宴会	045
我们太太的客厅	055
冬儿姑娘	076
相片	082
落价	099
干涉	102

小说第二辑

最后的安息　　　　　　　　　　　　　　109

国旗　　　　　　　　　　　　　119

离家的一年　　　　　　　　　122

寂寞　　　　　　　　　　　　136

六一姊　　　　　　　　　　　148

小橘灯　　　　　　　　　　　155

明子和咪子　　　　　　　　　158

小说第三辑

我最尊敬体贴她们　　　　　　165

我的择偶条件　　　　　　　　169

我的母亲　　　　　　　　　　173

我的教师　　　　　　　　　　178

叫我老头子的弟妇　　　　　　183

请我自己想法子的弟妇　　　　188

使我心疼头痛的弟妇　　　　　191

我的奶娘　　　　　　　　　　196

我的同班　　　　　　　　　　201

我的同学　　　　　　　　　　206

我的朋友的太太　　　　　　　210

我的学生　　　　　　　　　　216

我的房东　　　　　　　　　　228

我的邻居　　　　　　　　　　239

张嫂	246
我的朋友的母亲	251
《关于女人》后记	261

诗 歌

可爱的	267
繁星	268
迎神曲	324
送神曲	326
诗的女神	328
"将来"的女神	330
春水	332
晚祷（一）	398
致词	400
纸船	
——寄母亲	402
倦旅	404
相思	406
惊爱如同一阵风	407

小说第一辑

两个家庭

前两个多月，有一位李博士来到我们学校，演讲"家庭与国家关系"。提到家庭的幸福和苦痛，与男子建设事业能力的影响，又引证许多中西古今的故实，说得痛快淋漓。当下我一面听，一面速记在一个本子上，完了会已到下午四点钟，我就回家去了。

路上车上，我还是看那本笔记。忽然听见有一个小姑娘的声音叫我说："姐姐！来我们家里坐坐。"抬头一看，已经走到舅母家门口，小表妹也正放学回来；往常我每回到舅母家，必定说一两段故事给她听，所以今天她看见我，一定要拉我进去。我想明天是星期日，今晚可以不预备功课，无妨在这里玩一会儿，就下了车，同她进去。

舅母在屋里做活，看见我进来，就放下针线，拉过一张椅子，叫我坐下。一面笑说："今天难得你有工夫到这里来，家里的人都好么？功课忙不忙？"我也笑着答应一两句，还没有等到说完，就被小表妹拉到后院里葡萄架底下，叫我和她一同坐在椅子上，要我说故事。我一时实在想不起来，就笑说："古典都说完了。只有今典你听不听？"她正要回答，忽然听见有小孩子啼哭的声音。我要乱她的注意，就问说："妹妹！你听谁哭呢？"她回头向隔壁一望说："是陈家的大宝哭呢，我们看一看去。"就拉我走到竹篱旁边,又指给我看说:"这一个院子就是陈家,那个哭的孩子,就是大宝。"

舅母家和陈家的后院,只隔一个竹篱,本来篱笆上面攀缘着许多扁豆叶子,现在都枯落下来;表妹说是陈家的几个小孩子,把豆根拔去了,因此只有几片的黄叶子挂在上面,看过去是清清楚楚的。

陈家的后院,对着篱笆,是一所厨房,里面看不清楚,只觉得墙壁被炊烟熏得很黑。外面门口,堆着许多什物,如破瓷盆之类。院子里晾着几件衣服。廊子上有三个老妈子,廊子底下有三个小男孩。不知道他们弟兄为什么打吵,那个大宝哭的很厉害,他的两个弟弟也不理他,只管坐在地下,抓土捏小泥人玩耍。那几个老妈子也咕咕哝哝的不知说些什么。表妹悄悄地对我说:"他们老妈子真可笑,各人护着各人的少爷,因此也常常打吵。"

这时候陈太太从屋里出来,挽着一把头发,拖着鞋子,睡眼惺忪,容貌倒还美丽,只是带着十分娇惰的神气。一出来就问大宝说:"你哭什么?"同时那两个老妈子把那两个小男孩抱走,大宝一面指着他们说:"他们欺负我,不许我玩!"陈太太啐了一声:"这一点事也值得这样哭,李妈也不劝一劝!"李妈低着头不知道说些什么,陈太太一面坐下,一面摆手说:"不用说了,横竖你们都是不管事的,我花钱雇你们来作什么,难道是叫你们帮着他们打架吗?"说着就从袋里抓出一把铜子给了大宝说:"你拿了去跟李妈上街玩去罢,哭的我心里不耐烦,不许哭了!"大宝接了铜子,擦了眼泪,就跟李妈出去了。

陈太太回头叫王妈,就又有一个老妈子,拿着梳头匣子,从屋里出来,替她梳头。当我注意陈太太的时候,表妹忽然笑了,拉我的衣服,小声说:"姐姐！看大宝一手的泥，都抹到脸上去了！"

过一会子，陈太太梳完了头。正在洗脸的时候，听见前面屋里电话的铃响。王妈去接了，出来说:"太太，高家来催了，打牌的客都来齐了。"陈太太一面擦粉，一面说:"你说我就来。"随后也就进去。

我看得忘了神，还只管站着，表妹说:"他们都走了，我们走罢。"我摇手说:"再等一会儿，你不要忙！"

十分钟以后。陈太太打扮的珠围翠绕的出来，走到厨房门口，右手扶在门框上，对厨房里的老妈说:"高家催的紧，我不吃晚饭了，他们都不在家，老爷回来，你告诉一声儿。"说完了就转过前面去。

我正要转身，舅母从前面来了，拿着一把扇子，笑着说:"你们原来在这里，树荫底下比前院凉快。"我答应着，一面一同坐下说些闲话。

忽然听有皮鞋的声音，穿过陈太太屋里，来到后面廊子上。表妹悄声对我说:"这就是陈先生。"只听见陈先生问道:"刘妈，太太呢？"刘妈从厨房里出来说:"太太刚到高家去了。"陈先生半天不言语。过一会儿又问道:"少爷们呢？"刘妈说:"上街玩去了。"陈先生急了，说:"快去叫他们回来。天都黑了还不回家。而且这街市也不是玩的去处。"

刘妈去了半天，不见回来。陈先生在廊子上踱来踱去，微微的叹气，一会子又坐下。点上雪茄，手里拿着报纸，却抬头望天凝神深思。

又过了一会儿，仍不见他们回来，陈先生猛然站起来，扔了雪茄，戴上帽子，拿着手杖径自走了。

表妹笑说:"陈先生又生气走了。昨天陈先生和陈太太拌嘴，说陈太太不像一个当家人，成天里不在家，他们争辩以后，各自走了。他们的李妈说，他们拌嘴不止一次了。"

舅母说:"人家的事情,你管他作什么,小孩子家,不许说人!"表妹笑着说:"谁管他们的事,不过学舌给表姊听听。"舅母说:"陈先生真也特别,陈太太并没有什么大不好的地方,待人很和气,不过年轻贪玩,家政自然就散漫一点,这也是小事,何必常常动气!"

谈了一会儿,我一看表,已经七点半,车还在外面等着,就辞了舅母,回家去了。

第二天早起,梳洗完了,母亲对我说:"自从三哥来到北京,你还没有去看看,昨天上午亚茜来了,请你今天去呢。"——三哥是我的叔伯哥哥,亚茜是我的同学,也是我的三嫂。我在中学的时候,她就在大学第四年级,虽只同学一年,感情很厚,所以叫惯了名字,便不改口。我很愿意去看看他们,午饭以后就坐车去了。

他们住的那条街上很是清静,都是书店和学堂。到了门口,我按了铃,一个老妈出来,很干净伶俐的样子,含笑的问我:"姓什么?找谁?"我还没有答应,亚茜已经从里面出来,我们见面,喜欢的了不得,拉着手一同进去。六年不见,亚茜更显得和蔼静穆了,但是那活泼的态度,仍然没有改变。

院子里栽了好些花,很长的一条小径,从青草地上穿到台阶底下。上了廊子,就看见苇帘的后面藤椅上,一个小男孩在那里摆积木玩。漆黑的眼睛,绯红的腮颊,不问而知是闻名未曾见面的侄儿小峻了。

亚茜笑说:"小峻,这位是姑姑。"他笑着鞠了一躬,自己觉得很不自然,便回过头去,仍玩他的积木,口中微微的唱歌。进到中间的屋子,窗外绿荫遮满,几张洋式的椅桌,一座钢琴,几件古玩,几盆花草,几张图画和照片,错错落落的点缀得非常静雅。右边一个门开着,里面几张书橱，磊着满满的中西书籍。三哥坐在书桌旁边正写着字，对面的一张椅子，似乎是亚茜坐的。我走了进去，三哥站起来，笑着说："今天礼拜！"我道："是的，三哥为何这样忙？"三哥说："何尝是忙，不过我同亚茜翻译了一本书，已经快完了，今天闲着，又拿出来消遣。"我低头一看，桌上对面有两本书，一本是原文，一本是三哥口述亚茜笔记的，字迹很草率，也有一两处改抹的痕迹。在桌子的那一边，还磊着几本也都是亚茜的字迹，是已经翻译完了的。

亚茜微微笑说："我哪里配翻译书，不过借此多学一点英文就是了。"我说："正合了梁任公先生的一句诗'红袖添香对译书'了。"大家一笑。

三哥又唤小峻进来。我拉着他的手，和他说话，觉得他应对很聪明，又知道他是幼稚生，便请他唱歌。他只笑着看着亚茜。亚茜说："你唱罢，姑姑爱听的。"他便唱了一节，声音很响亮，字句也很清楚，他唱完了，我们一齐拍手。

随后，我又同亚茜去参观他们的家庭，觉得处处都很洁净规则，在我目中，可以算是第一了。

下午两点钟的时候，三哥出门去访朋友，小峻也自去睡午觉。我们便出来，坐在廊子上，微微的风，送着一阵一阵的花香。亚茜一面织着小峻的袜子，一面和我谈话。一会儿三哥回来了，小峻也醒了，我们又在一处游玩。夕阳西下，一抹晚霞，映着那灿烂的花，青绿的草，这院子里，好像一个小乐园。

晚餐的肴菜，是亚茜整治的，很是可口。我们一面用饭，一面望着窗外。小峻已经先吃过了，正在廊下捧着沙土，堆起几座小塔。

门铃响了几声，老妈子进来说："陈先生来见。"三哥看了名片，便对亚茜说:"我还没有吃完饭,请我们的小招待员去领他进来罢。"亚茜站起来唤道:"小招待员,有客来了!"小峻抬起头来说:"妈妈,我不去,我正盖塔呢!"亚茜笑着说:"这样,我们往后就不请你当招待员了。"小峻立刻站起来说:"我去,我去。"一面抖去手上的尘土,一面跑了出去。

陈先生和小峻连说带笑的一同进入客室,——原来这位就是住在舅母隔壁的陈先生——这时三哥出去了,小峻便进来。天色渐渐的黑暗,亚茜捻亮了电灯,对我说:"请你替我说几段故事给小峻听。我要去算账了。"说完了便出去。

我说着"三只熊"的故事,小峻听得很高兴,同时我觉得他有点倦意,一看手表,已经八点了。我说:"小峻,睡觉去罢。"他揉一揉眼睛,站了起来,我拉着他的手,一同进入卧室。

他的卧房实在有趣,一色的小床小家具,小玻璃柜子里排着各种的玩具,墙上挂着各种的图画,和他自己所画的剪的花鸟人物。

他换了睡衣,上了小床,便说:"姑姑,出去罢,明天见。"我说:"你要灯不要?"他摇一摇头,我把灯捻下去,自己就出来了。

亚茜独坐在台阶上,看见我出来,笑着点一点头。我说:"小峻真是胆子大,一个人在屋里也不害怕,而且也不怕黑。"亚茜笑说:"我从来不说那些神怪悲惨的故事,去刺激他的娇嫩的脑筋。就是天黑,他也知道那黑暗的原因,自然不懂得什么叫做害怕了。"

我也坐下,看着对面客室里的灯光很亮,谈话的声音很高。这时亚茜又被老妈子叫去了,我不知不觉的就注意到他们的谈话上面去。

只听得三哥说:"我们在英国留学的时候,觉得你很不是自暴自弃的一个人,为何现在有了这好闲纵酒的习惯? 我们的目的是什么,希望是什么，你难道都忘了么？"陈先生的声音很低说："这个时势，不游玩，不拼酒，还要做什么，难道英雄有用武之地么？"三哥叹了一口气说："这话自是有理，这个时势，就有满腔的热血，也没处去洒，实在使人灰心。但是大英雄，当以赤手挽时势，不可为时势所挽。你自己先把根基弄坏了，将来就有用武之地，也不能做个大英雄，岂不是自暴自弃？"

这时陈先生似乎是站起来，高大的影子，不住在窗前摇漾，过了一会说："也难怪你说这样的话，因为你有快乐，就有希望。不像我没有快乐，所以就觉得前途非常的黑暗了！"这时陈先生的声音里，满含愤激悲惨。

三哥说："这又奇怪了，我们一同毕业，一同留学，一同回国。要论职位，你还比我高些，薪俸也比我多些，至于素志不偿，是彼此一样的，为何我就有快乐，你就没有快乐呢？"陈先生就问道："你的家庭什么样子？我的家庭什么样子？"三哥便不言语。陈先生冷笑说："大概你也明白……我回国以前的目的和希望，都受了大打击，已经灰了一半的心，并且在公事房终日闲坐，已经十分不耐烦。好容易回到家里，又看见那凌乱无章的家政，儿啼女哭的声音，真是加上我百倍的不痛快。我内人是个宦家小姐，一切的家庭管理法都不知道，天天只出去应酬宴会，孩子们也没有教育，下人们更是无所不至。我屡次的劝她，她总是不听，并且说我'不尊重女权'、'不平等'、'不放任'种种误会的话。我也曾决意不去难为她，只自己独力的整理改良。无奈我连米盐的价钱都不知道，并且也不能终日坐在家里，只得听其自然。因此经济上一天比一天困难，儿女也一天比一天放纵，更逼得我不得不出去了！既出去了，又不得不寻那剧场酒馆热闹喧嚣的地方，想以猛烈的刺激，来冲散心中的烦恼。

这样一天一天的过去，不知不觉的就成了习惯。每回到酒馆的灯灭了，剧场的人散了。更深夜静，踽踽归来的时候，何尝不觉得这些事不是我陈华民所应当做的？然而……咳！峻哥呵！你要救救我才好！"这时已经听见陈先生呜咽的声音。三哥站起来走到他面前。

门铃又响了，老妈进来说我的车子来接我了，便进去告辞了亚茜，坐车回家。

两个月的暑假又过去了，头一天上学从舅母家经过的时候，忽然看见陈宅门口贴着"吉屋招租"的招贴。

放学回来刚到门口，三哥也来了，衣襟上缀着一朵白纸花，脸上满含着凄惶的颜色，我很觉得惊讶，也不敢问，彼此招呼着一同进去。

母亲不住的问三哥："亚茜和小峻都好吗？为什么不来玩玩？"这时三哥脸上才转了笑容，一面把那朵白纸花摘下来，扔在字纸篮里。

母亲说："亚茜太过于精明强干了，大事小事，都要自己亲手去做，我看她实在太忙。但我却从来没有看见过她有一毫勉强慌急的态度，匆忙忧倦的神色，总是喜喜欢欢从从容容的。这个孩子，实在可爱！"三哥说："现在用了一个老妈，有了帮手了，本来亚茜的意思还不要用。我想一切的粗活，和小峻上学放学路上的照应，亚茜一个人是决然做不到的。并且我们中国人的生活程度还低，雇用一个下人，于经济上没有什么出入，因此就雇了这个老妈，不过在粗活上，受亚茜的指挥，并且亚茜每天晚上还教她念字片和《百家姓》，现在名片上的姓名和账上的字，也差不多认得一多半了。"

我想起了一件事，便说："是了，那一天陈先生来见，给她名片，她就知道是姓陈。我很觉得奇怪，却不知是亚茜的学生。"

三哥忽然叹了一口气说:"陈华民死了,今天开吊,我刚从那里回来。"——我才晓得那朵白纸花的来历,和三哥脸色不好的缘故——母亲说:"是不是留学的那个陈华民?"三哥说:"是。"母亲说:"真是奇怪,像他那么一个英俊的青年,也会死了,莫非是时症?"三哥说:"哪里是时症,不过因为他这个人,太聪明了,他的目的希望,也太过于远大。在英国留学的时候养精蓄锐的,满想着一回国,立刻要把中国旋转过来。谁知回国以后,政府只给他一名差遣员的缺,受了一月二百块钱无功的俸禄,他已经灰了一大半的心了。他的家庭又不能使他快乐,他就天天的拼酒,那一天他到我家里去,吓了我一大跳。从前那种可敬可爱的精神态度,都不知丢在哪里去了,头也垂了,眼光也散了,身体也虚弱了,我十分的伤心,就恐怕不大好。因此劝他常常到我家里来谈谈解闷,不要再拼酒了,他也不听。并且说:'感谢你的盛意,不过我一到你家,看见你的儿女和你的家庭生活,相形之下,更使我心中难过,不如……'以下也没说什么,只有哭泣,我也陪了许多眼泪。以后我觉得他的身子,一天一天的软弱下去,便勉强他一同去到一个德国大夫那里去察验身体。大夫说他已得了第三期肺病,恐怕不容易治好。我更是担心,勉强他在医院住下,慢慢的治疗,我也天天去看望他。谁知上礼拜一晚上,我去看他就是末一次了。……"说到这里,三哥的声音颤动的很厉害,就不再往下说。

母亲叹了一口气说:"可惜可惜!听说他的才干和学问,连英国的学生都很妒羡的。"三哥点一点头,也没有说什么。这时我想起陈太太来了,我问:"陈先生的家眷呢?"三哥说:"要回到南边去了。听说她的经济很拮据,债务也不能清理,孩子又小,将来不知怎么过活!"母亲说:"总是她没有受过学校的教育,否则也可以自立。不过她的娘家很有钱,她总不至于十分吃苦。"三哥微笑说:"靠弟兄总不如靠自己!"

　　三哥坐一会儿,便回去了,我送他到门口,自己回来,心中很有感慨。随手拿起一本书来看看,却是上学期的笔记,末页便是李博士的演说,内中的话就是论到家庭的幸福和苦痛,与男子建设事业能力的影响。

(原连载于北京《晨报》1919年9月18日至22日第7版)

斯人独憔悴

　　一个黄昏，一片极目无际绒绒的青草，映着半天的晚霞，恰如一幅图画。忽然一缕黑烟，津浦路的晚车，从地平线边蜿蜒而来。

　　头等车上，凭窗立着一个少年。年纪约有十七八岁。学生打扮，眉目很英秀，只是神色非常的沉寂，似乎有重大的忧虑，压在眉端。他注目望着这一片平原，却不像是看玩景色，一会儿微微的叹口气，猛然将手中拿着的一张印刷品，撕得粉碎，扬在窗外，口中微吟道："安邦治国平天下，自有周公孔圣人。"

　　站在背后的刘贵，轻轻的说道："二少爷，窗口风大，不要尽着站在那里！"他回头一看，便坐了下去，脸上仍显着极其无聊。刘贵递过一张报纸来，他摇一摇头，却仍旧站起来，凭在窗口。

　　天色渐渐的暗了下来，火车渐渐的走近天津，这二少爷的颜色，也渐渐的沉寂。车到了站，刘贵跟着下了车，走出站外，便有一辆汽车，等着他们。呜呜的响声，又送他们到家了。

　　家门口停着四五辆汽车，门楣上的电灯，照耀得明如白昼。两个兵丁，倚着枪站在灯下，看见二少爷来了，赶紧立正。他略一点头，一直走了进去。

客厅里边有打牌说笑的声音，五六个仆役，出来进去的伺候着。二少爷从门外经过的时候，他们都笑着请了安，他却皱着眉，摇一摇头，不叫他们声响，悄悄的走进里院去。

他姊姊颖贞，正在自己屋里灯下看书。东厢房里，也有妇女们打牌喧笑的声音。

他走进颖贞屋里，颖贞听见帘子响，回过头来，一看，连忙站起来，说："颖石，你回来了，颖铭呢？"颖石说："铭哥被我们学校的干事部留下了，因为他是个重要的人物。"颖贞皱眉道："你见过父亲没有？"颖石道："没有，父亲打着牌，我没敢惊动。"颖贞似乎要说什么，看着他弟弟的脸，却又咽住。

这时化卿先生从外面进来，叫着："颖贞，他们回来了么？"颖贞连忙应道："石弟回来了，在屋里呢。"一面把颖石推出去。颖石慌忙走出廊外，迎着父亲，请了一个木强不灵的安。化卿看了颖石一眼，问："你哥哥呢？"颖石吞吞吐吐的答应道："铭哥病了，不能回来，在医院里住着呢。"化卿咄的一声道："胡说！你们在南京做了什么代表了，难道我不晓得！"颖石也不敢做声，跟着父亲进来。化卿一面坐下，一面从怀里掏出一封信来，掷给颖石道："你自己看罢！"颖石两手颤动着，拿起信来。原来是他们校长给他父亲的信，说他们两个都在学生会里，做什么代表和干事，恐怕他们是年幼无知，受人胁诱；请他父亲叫他们回来，免得将来惩戒的时候，玉石俱焚，有碍情面，等等的话。颖石看完了，低着头也不言语。化卿冷笑说："还有什么可辩的么？"颖石道："这是校长他自己误会，其实没有什么大不了的事情。就是因为近来青岛的问题，很是紧急，国民却仍然沉睡不醒。我们很觉得悲痛，便出去给他们演讲，并劝人购买国货,盼望他们一齐醒悟过来,鼓起民气,可以做政府的后援。这并不是作奸犯科……"化卿道:"你瞒得过我,却瞒不过校长,他同我是老朋友,并且你们去的时候,我还托他照应,他自然得告诉我的。我只恨你们不学好,离了我的眼,便将我所嘱咐的话,忘在九霄云外,和那些血气之徒,连在一起,便想犯上作乱,我真不愿意有这样伟大英雄的儿子!"颖石听着,急得脸都红了,眼泪在眼圈里乱转,过一会子说:"父亲不要误会!我们的同学,也不是血气之徒,不过国家危险的时候,我们都是国民一分子,自然都有一分热肠。并且这爱国运动,绝对没有一点暴乱的行为,极其光明正大;中外人士,都很赞美的。至于说我们要做英雄伟人,这也不是一件容易的事!现在学生们,在外面运动的多着呢,他们的才干,胜过我们百倍,就是有伟人英雄的头衔,也轮不到……"这时颖石脸上火热,眼泪也干了,目光奕奕的一直说下去。颖贞看见她兄弟热血喷薄,改了常度,话语渐渐的激烈起来,恐怕要惹父亲的盛怒,十分的担心着急,便对他使个眼色……

忽然一声桌子响,茶杯花瓶都摔在地下,跌得粉碎。化卿先生脸都气黄了,站了起来,喝道:"好!好!率性和我辩驳起来了!这样小小的年纪,便眼里没有父亲了,这还了得!"颖贞惊呆了。颖石退到屋角,手足都吓得冰冷。厢房里的姨娘们,听见化卿声色俱厉,都搁下牌,站在廊外,悄悄的听着。

化卿道:"你们是国民一分子,难道政府里面,都是外国人?若没有学生出来爱国,恐怕中国早就灭亡了!照此说来,亏得我有你们两个爱国的儿子,否则我竟是民国的罪人了!"颖贞看父亲气到这个地步,慢慢的走过来,想解劝一两句。化卿又说道:"要论到青岛的事情,日本从德国手里夺过的时候,我们中国还是中立国的地位,论理应该归与他们。况且他们还说和我们共同管理,总算是仁至义尽的了!现在我们政府里一切的用款,哪一项不是和他们借来的?像这样缓急相通的朋友,难道便可以随随便便的得罪了?眼看着这交情便要被你们闹糟了,日本兵来的时候,横竖你们也只是后退,仍是政府去承当。你这会儿也不言语了,你自己想一想,你们做的事合理不合理?是不是以怨报德?是不是不顾大局?"颖石低着头,眼泪又滚了下来。

化卿便一叠连声叫刘贵,刘贵慌忙答应着,垂着手站在帘外。化卿骂道:"无用的东西!我叫你去接他们,为何只接回一个来?难道他的话可听,我的话不可听么?"刘贵也不敢答应。化卿又说:"明天早车你再走一遭,你告诉大少爷说要是再不回来,就永远不必回家了。"刘贵应了几声"是",慢慢的退了出去。

四姨娘走了进来,笑着说:"二少爷年纪小,老爷也不必和他生气了,外头还有客坐着呢。"一面又问颖石说:"少爷穿得这样单薄,不觉得冷么?"化卿便上下打量了颖石一番,冷笑说:"率性连白鞋白帽,都穿戴起来,这便是'无父无君'的证据了!"

一个仆人进来说:"王老爷要回去了。"化卿方站起走出,姨娘们也慢慢的自去打牌,屋里又只剩姊弟二人。

颖贞叹了一口气,叫:"张妈,将地下打扫了,再吩咐厨房开一桌饭来,二少爷还没有吃饭呢。"张妈在外面答应着。颖石摇手说:"不用了。"一面说:"哥哥真个在医院里,这一两天恐怕还不能回来。"颖贞道:"你刚才不是说被干事部留下么?"颖石说:"这不过是一半的缘由,上礼拜六他们那一队出去演讲,被军队围住,一定不叫开讲。哥哥上去和他们讲理，说得慷慨激昂。听的人愈聚愈多，都大呼拍手。那排长恼羞成怒，拿着枪头的刺刀，向哥哥的手臂上扎了一下，当下……哥哥……便昏倒了。那时……"颖石说到这里，已经哭得哽咽难言。颖贞也哭了，便说："唉，是真……"颖石哭着应道："可不是真的么？"

明天一清早，刘贵就到里院问道："张姐，你问问大小姐有什么话吩咐没有。我要走了。"张妈进去回了，颖贞隔着玻璃窗说："你告诉大少爷，千万快快的回来，也千万不要穿白帆布鞋子，省得老爷又要动气。"

两天以后，颖铭也回来了，穿着白官纱衫，青纱马褂，脚底下是白袜子，青缎鞋，戴着一顶小帽，更显得面色惨白。进院的时候，姊姊和弟弟，都坐在廊子上，逗小狗儿玩。颖石看见哥哥这样打扮着回来，不禁好笑，又觉得十分伤心，含着眼泪，站起来点一点头。颖铭反微微的惨笑。姊姊也没说什么，只往东厢房努一努嘴。颖铭会意，便伸了一伸舌头，笑了一笑，恭恭敬敬的进去。

化卿正卧在床上吞云吐雾，四姨娘坐在一旁，陪着说话。颖铭进去了，化卿连正眼也不看，仍旧不住的抽烟。颖铭不敢言语，只垂手站在一旁，等到化卿慢慢的坐起来，方才过去请了安。化卿道："你也肯回来了么？我以为你是'国尔忘家'的了！"颖铭红了脸道："孩儿实在是病着，不然……"化卿冷笑了几声，方要说话。四姨娘正在那里烧烟，看见化卿颜色又变了，便连忙坐起来，说："得了！前两天就为着什么'青岛''白岛'的事，和二少爷生气，把小姐屋里的东西都摔了，自己还气得头痛两天，今天才好了，又来找事。他两个都已经回来了，就算了，何必又生这多余的气？"一面又回头对颖铭说："大少爷，你先出去歇歇罢,我已经吩咐厨房里,替你预备下饭了。"化卿听了四姨娘一篇的话,便也不再说什么,就从四姨娘手里,接过烟枪来,一面卧下。颖铭看见他父亲的怒气,已经被四姨娘压了下去,便悄悄的退了出来,径到颖贞屋里。

颖贞问道:"铭弟,你的伤好了么?"颖铭望了一望窗外,便卷起袖子来,臂上的绷带裹得很厚,也隐隐的现出血迹。颖贞满心的不忍,便道:"快放下来罢!省得招了风要肿起来。"颖石问:"哥哥,现在还痛不痛?"颖铭一面放下袖子,一面笑道:"我要是怕痛,当初也不肯出去了!"颖贞问道:"现在你们干事部里的情形怎么样?你的缺有人替了么?"颖铭道:"刘贵来了,告诉我父亲和石弟生气的光景,以及父亲和你吩咐我的话,我哪里还敢逗留,赶紧收拾了回来。他们原是再三的不肯,我只得将家里的情形告诉了,他们也只得放我走。至于他们进行的手续,也都和别的学校大同小异。"颖石道:"你还算侥幸,只可怜我当了先锋,冒冒失失的正碰在气头上。那天晚上的光景,真是……从我有生以来,也没有捱过这样的骂!唉,处在这样黑暗的家庭,还有什么可说的,中国空生了我这个人了。"说着便滴下泪来。颖贞道:"都是你们校长给送了信,否则也不至于被父亲知道。其实我在学校里,也办了不少的事。不过在父亲面前,总是附和他的意见,父亲便拿我当做好人,因此也不拦阻我去上学。"说到此处,颖铭不禁好笑。

颖铭的行李到了,化卿便亲自出来逐样的翻检,看见书籍堆里有好几束的印刷物,并各种的杂志;化卿略一过目,便都撕了,登时满院里纸花乱飞。颖铭颖石在窗内看见,也不敢出来,只急得悄悄的跺脚,低声对颖贞说:"姊姊!你出去救一救罢!"颖贞便出来,对化卿陪笑说:

"不用父亲费力了,等我来检看罢。天都黑了,你老人家眼花,回头把讲义也撕了,岂不可惜。"一面便弯腰去检点,化卿才慢慢的走开。

他们弟兄二人,仍旧住在当初的小院里,度那百无聊赖的光阴。书房里虽然也磊着满满的书,却都是制艺、策论和古文、唐诗等等。所看的报纸,也只有《公言报》一种,连消遣的材料都没有了。至于学校里朋友的交际和通信,是一律在禁止之列。颖石生性本来是活泼的,加以这些日子,在学校内很是自由,忽然关在家内,便觉得非常的不惯,背地里唉声叹气。闷来便拿起笔乱写些白话文章,写完又不敢留着,便又自己撕了,撕了又写,天天这样。颖铭是一个沉默的人,也不显出失意的样子,每天临几张字帖,读几遍唐诗,自己在小院子里,浇花种竹,率性连外面的事情,不闻不问起来。有时他们也和几个姨娘一处打牌,但是他们所最以为快乐的事情,便是和姊姊颖贞,三人在一块儿,谈话解闷。

化卿的气,也渐渐的平了,看见他们三人,这些日子,倒是很循规蹈矩的,心中便也喜欢;无形中便把限制的条件,松了一点。

有一天,颖铭替父亲去应酬一个饭局,回来便悄悄的对颖贞说:"姊姊,今天我在道上,遇见我们学校干事部里的几个同学,都骑着自行车,带着几卷的印刷物,在街上走。我奇怪他们为何都来到天津,想是请愿团中也有他们,当下也不及打个招呼,汽车便走过去了。"颖石听了便说:"他们为什么不来这里,告诉我们一点学校里的消息?想是以为我们现在不热心了,便不理我们了,唉,真是委屈!"说着觉得十分激切。颖贞微笑道:"这事我却不赞成。"颖石便问道:"为什么不赞成?"颖贞道:"外交内政的问题,先不必说。看他们请愿的条件,哪一条是办得到的？就是都办得到，政府也决然不肯应许，恐怕启学生干政之渐。这样日久天长的做下去，不过多住几回警察厅，并且两方面都用柔软的办法，回数多了，也都觉得无意思，不但没有结果，也不能下台。我劝你们秋季上学以后，还是做一点切实的事情，颖铭，你看怎样？"颖铭点一点头，也不说什么。颖石本来没有成见，便也赞成兄姊的意思。

一个礼拜以后，南京学堂来了一封公函，报告开学的日期。弟兄二人，都喜欢得吃不下饭去，都催着颖贞去和父亲要了学费，便好动身。颖贞去说时，化卿却道："不必去了，现在这风潮还没有平息，将来还要捣乱。我已经把他两个人都补了办事员，先做几年事，定一定性子。求学一节，日后再议罢！"颖贞呆了一呆，便说："他们的学问和阅历，都还不够办事的资格，倘若……"化卿摇头道："不要紧的，哪里便用得着他们去办事？就是办事上有一差二错，有我在还怕什么！"颖贞知道难以进言，坐了一会，便出来了。

走到院子里，心中很是游移不决，恐怕他们听见了，一定要难受。正要转身进来，只见刘贵在院门口，探了一探头，便走近前说："大少爷说，叫我看小姐出来了，便请过那院去。"颖贞只得过来。颖石迎着姊姊，伸手道："钞票呢？"颖贞微微的笑了一笑，一面走进屋里坐下，慢慢的一五一十都告诉了。兄弟二人听完了，都半天说不出话来。过了一会，颖石忍不住哭倒在床上道："难道我们连求学的希望都绝了么？"颖铭眼圈也红了，便站起来，在屋里走了几转，仍旧坐下。颖贞也想不出什么安慰的话来，坐了半天，便默默的出来，心中非常的难过，只得自己在屋里弹琴散闷。等到黄昏，还不见他们出来，便悄悄的走到他们院里，从窗外往里看时，颖石蒙着头，在床上躺着，想是睡着了。颖铭斜倚在一张藤椅上,手里拿着一本唐诗"心不在焉"的只管往下吟哦。到了"出门搔白首,若负平生志,冠盖满京华,斯人独憔悴……"似乎有了感触,便来回的念了几遍。颖贞便不进去,自己又悄悄的回来,走到小院的门口,还听见颖铭低徊欲绝的吟道:"……满京华,斯人独憔悴!"

(原连载于北京《晨报》1919年10月7日至12日第七版)

超　人

　　何彬是一个冷心肠的青年，从来没有人看见他和人有什么来往。他住的那一座大楼上，同居的人很多，他却都不理人家，也不和人家在一间食堂里吃饭，偶然出入遇见了，轻易也不招呼。邮差来的时候，许多青年欢喜跳跃着去接他们的信，何彬却永远得不着一封信。他除了每天在局里办事，和同事们说几句公事上的话；以及房东程姥姥替他端饭的时候，也说几句照例的应酬话，此外就不开口了。

　　他不但是和人没有交际，凡带一点生气的东西，他都不爱；屋里连一朵花，一根草，都没有，冷阴阴的如同山洞一般。书架上却堆满了书。他从局里低头独步的回来，关上门，摘下帽子，便坐在书桌旁边，随手拿起一本书来，无意识的看着，偶然觉得疲倦了，也站起来在屋里走了几转，或是拉开帘幕望了一望，但不多一会儿，便又闭上了。

　　程姥姥总算是他另眼看待的一个人；她端进饭去，有时便站在一边，絮絮叨叨的和他说话，也问他为何这样孤零。她问上几十句，何彬偶然答应几句说："世界是虚空的，人生是无意识的。人和人，和宇宙，和万物的聚合，都不过如同演剧一般：上了台是父子母女，亲密的了不得；下了台，摘了假面具，便各自散了。哭一场也是这么一回事，笑一场也是这么一回事,与其互相牵连,不如互相遗弃;而且尼采说得好,爱和怜悯都是恶……"

程姥姥听着虽然不很明白,却也懂得一半,便笑道:"要这样,活在世上有什么意思? 死了,灭了,岂不更好,何必穿衣吃饭?"他微笑道:"这样,岂不又太把自己和世界都看重了。不如行云流水似的,随他去就完了。"程姥姥还要往下说话,看见何彬面色冷然,低着头只管吃饭,也便不敢言语。

这一夜他忽然醒了。听得对面楼下凄惨的呻吟着,这痛苦的声音,断断续续的,在这沉寂的黑夜里只管颤动。他虽然毫不动心,却也搅得他一夜睡不着。月光如水,从窗纱外泻将进来,他想起了许多幼年的事情,——慈爱的母亲,天上的繁星,院子里的花……他的脑子累极了,极力的想摈绝这些思想,无奈这些事只管奔凑了来,直到天明,才微微的合一合眼。

他听了三夜的呻吟,看了三夜的月,想了三夜的往事——

眠食都失了次序,眼圈儿也黑了,脸色也惨白了。偶然照了照镜子,自己也微微的吃了一惊,他每天还是机械似的做他的事——然而在他空洞洞的脑子里,凭空添了一个深夜的病人。

第七天早起,他忽然问程姥姥对面楼下的病人是谁? 程姥姥一面惊讶着,一面说:"那是厨房里跑街的孩子禄儿,那天上街去了,不知道为什么把腿摔坏了,自己买块膏药贴上了,还是不好,每夜呻吟的就是他。这孩子真可怜,今年才十二岁呢,素日他勤勤恳恳极疼人的……"何彬自己只管穿衣戴帽,好像没有听见似的,自己走到门边。程姥姥也住了口,端起碗来,刚要出门,何彬慢慢的从袋里拿出一张钞票来,递给程姥姥说:"给那禄儿罢,叫他请大夫治一治。"说完了,头也不回,径自走了。——程姥姥一看那巨大的数目,不禁愕然,何先生也会动起慈悲念头来,这是破天荒的事情呵! 她端着碗,站在门口,只管出神。

呻吟的声音,渐渐的轻了,月儿也渐渐的缺了。何彬还是朦朦胧胧的——慈爱的母亲,天上的繁星,院子里的花……他的脑子累极了,竭力的想摈绝这些思想,无奈这些事只管奔凑了来。

过了几天,呻吟的声音住了,夜色依旧沉寂着,何彬依旧"至人无梦"的睡着。前几夜的思想,不过如同晓月的微光,照在冰山的峰尖上,一会儿就过去了。

程姥姥带着禄儿几次来叩他的门,要跟他道谢;他好像忘记了似的,冷冷的抬起头来看了一看,又摇了摇头,仍去看他的书。禄儿仰着黑胖的脸,在门外张着,几乎要哭了出来。

这一天晚饭的时候,何彬告诉程姥姥说他要调到别的局里去了,后天早晨便要起身,请她将房租饭钱,都清算一下。程姥姥觉得很失意,这样清净的住客,是少有的,然而究竟留他不得,便连忙和他道喜。他略略的点一点头,便回身去收拾他的书籍。

他觉得很疲倦,一会儿便睡下了。——忽然听得自己的门钮动了几下,接着又听见似乎有人用手推的样子。他不言不动,只静静的卧着,一会儿也便渺无声息。

第二天他自己又关着门忙了一天,程姥姥要帮助他,他也不肯,只说有事的时候再烦她。程姥姥下楼之后,他忽然想起一件事来,绳子忘了买了。慢慢的开了门,只见人影儿一闪,再看时,禄儿在对面门后藏着呢。他踌躇着四围看了一看,一个仆人都没有,便唤:"禄儿,你替我买几根绳子来。"禄儿趄趄的走过来,欢天喜地的接了钱,如飞走下楼去。

不一会儿,禄儿跑的通红的脸,喘息着走上来,一只手拿着绳子,一只手背在身后,微微露着一两点金黄色的星儿。他递过了绳子,仰着头似乎要说话,那只手也渐渐的回过来。何彬却不理会,拿着绳子自己走进去了。

他忙着都收拾好了,握着手周围看了看,屋子空洞洞的——睡下的时候,他觉得热极了,便又起来,将窗户和门,都开了一缝,凉风来回的吹着。

"依旧热得很。脑筋似乎很杂乱,屋子似乎太空沉。——累了两天了,起居上自然有些反常。但是为何又想起深夜的病人。——慈爱的……,不想了,烦闷的很!"

微微的风,吹扬着他额前的短发,吹干了他头上的汗珠,也渐渐的将他扇进梦里去。

四面的白壁,一天的微光,屋角几堆的黑影。时间一分一分的过去了。

慈爱的母亲,满天的繁星,院子里的花。不想了,——烦闷……闷……

黑影漫上屋顶去,什么都看不见了,时间一分一分的过去了。

风大了,那壁厢放起光明。繁星历乱的飞舞进来。星光中间,缓缓的走进一个白衣的妇女,右手撩着裙子,左手按着额前。走近了,清香随将过来；渐渐的俯下身来看着，静穆不动的看着，——目光里充满了爱。

神经一时都麻木了！起来罢，不能，这是摇篮里，呀！母亲，——慈爱的母亲。

母亲呵！我要起来坐在你的怀里，你抱我起来坐在你的怀里。

母亲呵！我们只是互相牵连，永远不互相遗弃。

渐渐的向后退了，目光仍旧充满了爱。模糊了，星落如雨，横飞着都聚到屋角的黑影上。——

"母亲呵，别走，别走！……"

十几年来隐藏起来的爱的神情，又呈露在何彬的脸上；十几年来不见点滴的泪儿，也珍珠般散落了下来。

清香还在，白衣的人儿还在。微微的睁开眼，四面的白壁，一天的微光，屋角的几堆黑影上，送过清香来。——刚动了一动，忽然觉得有一个小人儿，蹑手蹑脚的走了出去，临到门口，还回过小脸儿来，望了一望。他是深夜的病人——是禄儿。

何彬竭力的坐起来。那边捆好了的书籍上面，放着一篮金黄色的花儿。他穿着单衣走了过去，花篮底下还压着一张纸，上面大字纵横，借着微光看时，上面是：

我也不知道怎样可以报先生的恩德。我在先生门口看了几次，桌子上都没有摆着花儿。——这里有的是卖花的，不知道先生看见过没有？——这篮子里的花，我也不知道是什么名字，是我自己种的,倒是香得很,我最爱它。我想先生也必是爱它。我早就要送给先生了,但是总没有机会。昨天听见先生要走了,所以赶紧送来。

我想先生一定是不要的。然而我有一个母亲,她因为爱我的缘故,也很感激先生。先生有母亲么?她一定是爱先生的。这样我的母亲和先生的母亲是好朋友了。所以先生必要收母亲的朋友的儿子的东西。

禄儿叩上

何彬看完了,捧着花儿,回到床前,什么定力都尽了,不禁呜呜咽咽的痛哭起来。

清香还在,母亲走了!窗内窗外,互相辉映的,只有月光,星光,泪光。

早晨程姥姥进来的时候,只见何彬都穿着好了,帽儿戴得很低,背着脸站在窗前。程姥姥陪笑着问他用不用点心,他摇了摇头。——车也来了,箱子也都搬下去了,何彬泪痕满面,静默无声的谢了谢程姥姥,提着一篮的花儿,遂从此上车走了。禄儿站在程姥姥的旁边,两个人的脸上,都堆着惊讶的颜色。看着车尘远了,程姥姥才回头对禄儿说:"你去把那间空屋子收拾收拾,再锁上门罢,钥匙在门上呢。"

屋里空洞洞的,床上却放着一张纸,写着:

小朋友禄儿:

我先要深深的向你谢罪,我的恩德,就是我的罪恶。你说你要报答我,我还不知道我应当怎样的报答你呢!

你深夜的呻吟，使我想起了许多的往事。头一件就是我的母亲，她的爱可以使我止水似的感情，重又荡漾起来。我这十几年来，错认了世界是虚空的，人生是无意识的，爱和怜悯都是恶德。我给你那医药费，里面不含着丝毫的爱和怜悯，不过是拒绝你的呻吟，拒绝我的母亲，拒绝了宇宙和人生，拒绝了爱和怜悯。上帝呵！这是什么念头呵！

我再深深的感谢你从天真里指示我的那几句话。小朋友呵！不错的，世界上的母亲和母亲都是好朋友，世界上的儿子和儿子也都是好朋友，都是互相牵连，不是互相遗弃的。

你送给我那一篮花之先，我母亲已经先来了。她带了你的爱来感动我。我必不忘记你的花和你的爱，也请你不要忘了，你的花和你的爱，是借着你朋友的母亲带了来的！

我是冒罪丛过的，我是空无所有的，更没有东西配送给你。——然而这时伴着我的，却有悔罪的泪光，半弦的月光，灿烂的星光。宇宙间只有它们是纯洁无疵的。我要用一缕柔丝，将泪珠儿穿起，系在弦月的两端，摘下满天的星儿来盛在弦月的圆凹里，不也是一篮金黄色的花儿么？它的香气，就是悔罪的人呼吁的言词，请你收了罢。只有这一篮花配送给你！

天已明了，我要走了。没有别的话说了，我只感谢你，小朋友，再见！再见！世界上的儿子和儿子都是好朋友，我们永远是牵连着呵！

何彬草

我写了这一大段,你未必都认得都懂得;然而你也用不着都懂得,因为你懂得的,比我多得多了! 又及。

"他送给我的那一篮花儿呢?"禄儿仰着黑胖的脸儿,呆呆的望着天上。

(原载《小说月报》1921年4月第12卷第4号)

别　后

　　舅母和他送他的姊姊到车站去。他心中常常摹拟着的离别,今天已临到了。然而舅舅和姊姊上车之后,他和姊姊隔着车窗,只流下几点泛泛的眼泪。

　　回去的车上,他已经很坦然的了,又像完了一件事似的。到门走入东屋,本是他和姊姊两个人同住的小屋子。姊姊一走,她的东西都带了去,显得宽绰多了。他四下里一看,便上前把糊在玻璃上,代替窗帘的,被炉烟熏得焦黄的纸撕了去,窗外便射进阳光来。平日放在窗前的几个用蓝布蒙着的箱子,已不在了,正好放一张书桌。他一面想着,一面把窗台上许多的空瓶子都捡了出去。——这原是他姊姊当初盛生发油雪花膏之类的——自己扫了地,端进一盆水来,挽起袖子,正要抹桌子。王妈进来说,"大少爷,外边有电话找你呢。"他便放下抹布,跑到客室里去。

　　"谁呀?"

　　"我是永明,你姊姊走了么?"

　　"走了,今天早车走的。"

　　"我想请你今天下午来玩玩。你姊姊走了,你必是很闷的,我们这里很热闹……"

他想了一会子。

"怎么样？你怎么不言语？"

"好罢，我吃完饭就去。"

"别忘了，就是这样，再见。"

他挂上耳机，走入上房，饭已摆好了。舅母和两个表弟都已坐下。他和舅母说下午要到永明家里去，舅母只说，"早些回来。"此外，饭桌上就没有声响。

饭后待了一会子，搭讪着向舅母要了车钱，便回到自己屋里来。想换一件干净的长衫，开了柜子，却找不着；只得套上一件袖子很瘦很长的马褂，戴上帽子，匆匆的走出去。

他每天上学，是要从永明门口走过的。红漆的大门，墙上露出灰色石片的楼瓦，但他从来没有进去过。

到了门口，因为他太矮，按不着门铃，只得用手拍了几下，半天没有声息。他又拍了几下，便听得汪汪的小狗的吠声，接着就是永明的笑声，和急促的皮鞋声到了门前了。

开了门，仆人倒站在后面，永明穿着一套棕色绒绳的短衣服，抱着一只花白的小哈巴狗。看见他就笑说，"你可来了，我等你半天！"他说，"哪有半天？我吃过饭就来的。"一面说，两人拉着便进去。

院子里砌着几个花台，上面都覆着茅草。墙根一行的树，只因冬天叶子都落了，看不出是什么树来。楼前的葡萄架也空了。到了架下，走上台阶，先进到长廊式的甬道里。墙上嵌着一面大镜子，旁边放着几个衣架。永明站住了，替他脱下帽子，挂在钩上，便和他进到屋里去。

这一间似乎是客室，壁炉里生着很旺的火。炉台上放着一对大磁花瓶，插满了梅花，靠墙一行紫檀木的椅桌。回过头来，那边窗下一个女子，十七八岁光景，穿着浅灰色的布衫，青色裙儿，正低头画那钢琴上摆着的一盆水仙。旁边一个带着轮子的摇篮正背着她。永明带他上前去，说，"这是我的三姊澜姑。"他欠了欠身。澜姑看着他，略一点头，仍去画她的画。永明笑道，"你等一等，我去知会我们那位了事的小姐去！"说着便开了左方的门，向后走了。

他只站着，看着壁上的字画，又看澜姑。侧面看去。觉得她很美，椭圆的脸，秋水似的眼睛。作画的姿势，极其闲散，左手放在膝上，一笔一笔慢慢的描，神情萧然。

他看着忽然觉得奇怪，她画的那盆水仙，却是已经枯残了的，他不觉注意起来。——澜姑如同不知道屋里有人似的，仍旧萧然的画她的画。

后面听见笑声，永明端着一碗浆糊，先走进来。后面跟着一个女子，穿着青莲紫的绸子长袍，襟前系着一条雪白的围裙，手里握着一大卷的五色纸。永明放下碗，便道，"这是我的二姊宜姑。"他忙鞠躬。宜姑笑着让他坐下，一面挽起袍袖，走到窗前，取了一把裁纸刀；一面笑道，"我们要预备些新年的点缀品，你也来帮我们的忙罢。"她自己便拉过一张椅子来，坐在中间长圆桌的旁边。

他忸怩的走过去，站在桌前。永明便将宜姑裁好了的纸条儿，红绿相间的粘成一条很长的练子。他也便照样的做着。

宜姑闲闲的和他谈话。他觉得她那紫衣，正衬她嫩白的脸。颊上很深的两个笑涡儿。浓黑的头发，很随便的挽一个家常髻。她和澜姑相似处，就是那双大而深的眼睛，此外竟全然是两样的。——他觉得从来不曾见过像宜姑这样美丽温柔的姊姊。

永明唤道,"澜小姐不要尽着画了,也来帮我们!"澜姑只管低着头,说,"你粘你的罢,我没有工夫。"宜姑看着永明道,"你让她画罢,我们三个人做,就彀了。"回头便问他,"听说你姊姊走了,谁送她去的?"他连忙答应说,"是我舅舅送她去,等她结婚以后,舅舅就回来的。"永明笑问,"早晨你哭了么?"他红了脸只笑着。宜姑看了永明一眼,微微的一笑,笑里含着禁止的意思。

他不觉感激起来。但永明这一句话,在他并没有什么大刺激,他便依旧粘着纸练子。

摇篮里的婴儿,忽然哭了,宜姑连忙去挪了过来,放在自己座旁。他看见里面卧着的孩子,用水红色的小被裹着,头上戴一顶白绒带缨的小帽,露出了很白的小脸。永明笑说,"这是娃娃,你看他胖不胖?"他笑着点一点头。——宜姑口里轻轻的唱着,手里只管裁纸花,足却踏着摇篮,使它微微动摇。

他忽然想起,便低低的问道,"你的大姊呢?"永明道,"我没有大姊。"他看了宜姑又看澜姑,正要说话,永明会意,便说:"我们弟兄姊妹在一块儿排的,所以我有大哥,二姊,三姊,我是四弟——娃娃是哥哥的女儿。"

娃娃的头转侧了几下,便又睡着了。他注目看着,觉那小样儿非常的可爱,便伸手去摩她嫩红的面颊。娃娃的眼皮微微的一动,他连忙缩回手去,宜姑看着他温柔的一笑。

一个仆妇从外面进来,说,"二小姐,老太太那边来了电话了。"宜姑便站起。走了出去。

永明笑道,"我们这位二小姐,就是一位宰相。上上下下的事,都是她一手经理。母亲又宠她……"澜姑正洗着笔,听见便说:"别怪母亲宠她,她做事又周全又痛快,除了她,别人是办不来的!"永明笑道,"你又向着她了!我不信我就不会接电话,更不信我们一家子捧凤凰似的,只捧着她一个!"澜姑抬头看着永明说:"别说昧心话了,难道你就不捧她?去年她病在医院里,是谁哭的一夜没有睡觉来着?——"永明笑道,"我不知道——不要提那个了,我看除了她之外,也没有一个人能得你的心悦诚服……"

宜姑进来了,笑向澜姑说:"外婆来了电话,说要接母亲和我们两个今晚去吃饭。我说嫂嫂不在家,娃娃没人照应,母亲说叫你跟着去呢。"澜姑皱眉道:"我不喜欢去!外婆倒罢了,那些小姐派的表姊妹们,我实在跟她们说不到一块儿!"宜姑笑道:"左右是应个景儿,谁请你去演说?一会儿琴姊和翠姊要亲自来接的。"永明忙问,"请我了没有?"宜姑道,"没有。"永明笑道:"我一定问问外婆去,一到了请吃饭,就忘了我;到了我们学校里开游艺会,运动会,怎么不忘了问我要入场券?……"澜姑道:"既如此,你去罢。"永明道:"人家没有请我,怎好意思的!就是请我,我也不去,今晚我自己还请人吃饭呢!"说着便看他一笑。

宜姑又问:"妹妹,你到底去不去?"澜姑放下笔,伸一伸懒腰,抱膝微笑道,"忙什么的,她们还没来呢。"宜姑道:"等到她们来,岂不晚了,母亲又要着急的。"澜姑慢慢的说:"那你为什么不去?"宜姑坐下,仍旧剪着纸,一面说,"我何曾不想去?娃娃的奶妈子又是新来的,交给她不放心。而且这两天往往有送年礼的,哪一家的该收下,哪一家的该璧回，你自己想如能了这些事，我就乐得去，你就留在家里，享你的清福。"澜姑想了一想，道，"这样还是我去罢。"宜姑笑道："是不是！你原是名士小姐的角色，还是穿上衣服，在母亲身旁一坐，比什么都舒服……"

娃娃又哭了，这回眼睛张得很大，哭得也很急促。宜姑看一看手表，俯下去亲一亲她，说，"真的，忘了叫娃娃吃奶了，别哭，抱你找奶妈去。"一面轻轻的将娃娃连被抱起，这时奶妈子已经进来，宜姑将娃娃递给她，替她开了门，说，"到娃娃屋里去罢，别让她多吃了。"奶妈子连声答应着，就带上门出去。

话说未了，外面人来报道，"老太太那边两位小姐来了。"宜姑连忙脱下围裙，迎了出去。——他十分瑟缩，要想躲开，永明笑道，"你怕什么？我们坐在琴后，不理她们就是了。"说着两个人从长椅上提过两个靠枕，忙跑到琴后抱膝坐下。

她们一边说笑着进来，琴后望去不甚真切，只仿佛是两个头发烫得很卷曲，衣服极华丽的女子。又听得澜姑也起来招呼了。她们走到炉边，伸手向火，一面笑说，"宜妹今天真俏皮呵！怎么想开了穿起这紫色的衣服？"宜姑笑道，"可不是，母亲替我做的，因为她喜欢这颜色。去年做的，这还是头一次上身呢。"一面忙着按铃叫人倒茶。

那个叫翠姊的走到琴前——永明摇手叫他不要作声，——拿起澜姑的画来看，回头笑道，"澜妹，你怎么专爱画那些颓败的东西？"澜姑只管收拾着画具，一面说，"是呢，人家都画，我就不画了，人家都不画的，我才画呢！"琴姊也走过来，说，"你的脾气还是不改——上次在我们家里，那位曾小姐要见你，你为什么不见她？"澜姑道："但至终也见了呵！"琴姊笑说，"她以后对我们评论你了。"澜姑抬头道，"她评论我什么？"翠姊过来倚在琴姊肩上，笑说，"说了你别生气！——她说你真是满可爱的，只是太狷傲一点。"琴姊道，"论她的地位，她又是生客，你还是应酬她一点好。"澜姑冷笑道："狷傲？可惜我就是这样的狷傲么！她说我可爱，谢谢她！人说我不好，不能贬损我的价值；人说我好，更不能增加我的身分！我生来又不会说话，我更犯不着为她的地位去应酬她……"

琴和翠相视而笑。宜姑端过茶来，笑说，"姊姊们不要理她，那孩子太矫癖了，母亲在楼上等着你们呢。"她们端起杯来，喝了一口，就都上楼去。

永明和他从琴后出来，永明笑道："澜小姐真能辩论呵！连我听着都觉得痛快！那位曾小姐我可看见了，这种妖妖调调的样子，我要有三个眼睛，也要挖出一个去！"宜姑看了永明一眼，回头便对澜姑说，"妹妹，不要太立崖岸了，同在人家作客，何苦来……"澜姑站了起来说，"我不怪别人！只是翠琴二位太气人了，好好的又提起那天的事作什么？那天我也没有得罪她，她们以为我听说人批评我骄傲，我就必得应酬她们，岂知我更得意！"宜姑笑道："得了，上去打扮罢。母亲等着呢。"澜姑出去，又回来，右手握着门钮，说，"今天热得很，我不穿皮袄，穿驼绒的罢。"宜姑一面坐下，拿起叠好的五色纸来，用针缝起，一面说，"可别冻着玩，穿你的皮袄去是正经！"澜姑说，"不，外婆屋里永远是暖的。只是一件事，我不穿我那件藕合色的，把你的那件鱼肚白的给我罢。"宜姑想了一想道，"在我窗前的第二层柜屉里呢，你要就拿去罢——只是太素一点了，外婆不喜欢的。"说完又笑道："只要你乐意就好，否则你今天又不痛快。"永明笑道,"你要盼望她顾念别人,就不对了,她是'拔一毛利天下而不为'的!"澜姑冷笑道,"我便是杨朱的徒弟,你要做杨朱的徒弟,他还不要你呢!"说着便自己开门出去了。

宜姑目送着她出去,回头对永明说,"她脾气又急,你又爱逗她……"永明连忙接过来说,"说得是呢。她脾气又急,你又总顺着她,惯得她菩萨似的,只拿我这小鬼出气!"宜姑笑道:"罢了!成天为着给你们劝架,落了多少不是!"一面拿起剪刀来,在那些已缝好的纸上,曲折的剪着,慢慢的伸开来,便是一朵朵很灿烂的大绣球花。

这时桌上的纸已尽,永明说,"都完了,我该登山爬高的去张罗了!"一面说便挪过一张高椅来,放在屋角,自己站上,又回头对他说,"你也别闲着,就给我传递罢!"他连忙答应着,将那些纸练子,都拿起挂在臂上,走进椅前。宜姑过来扶住椅子,一面仰着脸指点着,椅子渐渐的挪过四壁,纸练子都装点完了。然后宜姑将那十几个花球,都悬在纸练的交结处,和电灯的底下。

永明下来,两手叉着看着,笑道,"真辉煌,电灯一亮,一定更好……"这时听得笑语杂沓,从楼上到了廊下,宜姑向永明道,"你们将这些零碎东西收拾了罢,我去送她们上车去。"说着又走出去。

他们两个忙着将桌上一切都挪开了,从琴后提过那两个靠枕来,坐在炉旁。刚坐好,宜姑已抱着小狗进来,永明又起来,替她拉过一张大沙发,说,"事情都完了,你也该安生的坐一会子了。"宜姑笑着坐下,她似乎倦了,只懒懒的低头抚着小狗,暂时不言语。

天色渐渐的暗了下来,炉火光里,他和永明相对坐着,谈得很快乐。他尤其觉得这闪闪的火焰之中,映照着紫衣绛颊,这屋里一切,都极其绵密而温柔。这时宜姑笑着问他,"永明在学校里淘气罢?你看他在家里跳荡的样子!"他笑着看着永明说,"他不淘气,只是活泼,我们都和他好。"永明将头往宜姑膝上一倚,笑道,"你看如何?你只要找我的错儿。可惜找不出来!"宜姑摩抚着永明的头发,说,"别得意了!人家客气,你就居之不疑起来。"

这时有人推门进来,随手便将几盏电灯都捻亮了。灯光之下,一个极年轻的妇人,长身玉立。身上是一套浅蓝天鹅绒的衣裙,项下一串珠练,手里拿着一个白狐手笼。开了灯便笑道,"这屋里真好看,你们怎么这样安静?——还有客人。"一面说着已走到炉旁,永明和他都站起来。永明笑说,"这是我大哥永琦的夫人,琦夫人今天省亲去了一天。"他又忸怩的欠一欠身。

宜姑仍旧坐着,拉住琦夫人的手,笑说,"夫人省亲怎么这早就回来?你们这位千金,今天真好,除了吃就是睡,这会子奶妈伴着,在你的屋里呢。"琦夫人放下手笼,一面也笑说,"我原是打电话打听娃娃来着,他们告诉我,娘和澜妹都到老太太那边去了,我怕你闷,就回来了。"

那边右方的一个门开了,一个仆人垂手站在门边,说,"二小姐,晚饭开好了。"永明先站起来,说,"做了半天工,也该吃饭了,"又向他说,"只是家常便饭,不配说请,不过总比学校的饭菜好些。"大家说笑着便进入餐室。

餐桌中间摆着一盆水仙花,旁边四付匙箸。靠墙一个大玻璃柜子,里面错杂的排着挂着精致的杯盘。壁上几幅玻璃框嵌着的图画,都是小孩子,或睡或醒,或啼或笑。永明指给他看,说,"这都是我三姊给娃娃描的影神儿,你看像不像?"他抬头仔细端详说,"真像!"永明又关上门,指着门后用图钉钉着的,一张白橡皮纸,写着碗大的"靠天吃饭"四个八分大字,说,"这是我写的。"他不觉笑了,就说,"前几天习字课的李老师,还对我们夸你来着,说你天分高,学哪一体的字都行。"这时宜姑也走过来,一看笑说,"我今天早起才摘下来,你怎么又钉上了?"永明道,"你摘下来做什么?难道只有澜姑画的胖孩子配张挂?谁不是靠天吃饭?假如现在忽然地震,管保你饭吃不成!"琦夫人正在餐桌边,推移着盘碗,听见便笑道,"什么地震不地震,过来吃饭是正经。"一面便拉出椅子来,让他在右首坐下。他再三不肯。永明说,"客气什么?你不坐我坐。"说着便走上去,宜姑笑着推永明说:"你怎么越大越没礼了!"一面也只管让他,他只得坐了。永明和他并肩。琦夫人和宜姑在他们对面坐下。

只是家常便饭,两汤四肴,还有两碟子小菜,却十分的洁净甘香。桌上随便的谈笑,大家都觉得快乐,只是中间连三接四的仆人进来回有人送年礼。宜姑便时时停箸出去,写回片,开发赏钱。永明笑说,"这不是靠天吃饭么?天若可怜你,这些人就不这时候来,让你好好的吃一顿饭!"琦夫人笑说:"人家忙得这样,你还拿她开心!"又向宜姑道,"我吃完了,你用你的饭,等我来罢。"末后的两次,宜姑便坐着不动。

饭后,净了手,又到客室里。宜姑给他们端过了两碟子糖果,自己开了琴盖,便去弹琴。琦夫人和他们谈了几句,便也过去站在琴边。永明忽然想起。便问说,"大哥寄回的那本风景画呢?"琦夫人道,"在我外间屋里的书架上呢,你要么?"永明起身道,"我自己拿去。"说着便要走。宜姑说,"真是我也忘了请客人看画本。你小心不要搅醒了娃娃。"永明道,"她在里间,又不碍我的事,你放心!"一面便走了。

琴侧的一圈光影里,宜姑只悠暇的弹着极低柔的调子,手腕轻盈的移动之间,目光沉然,如有所思。琦夫人很娇慵地,左手支颐倚在琴上,右手弄着项下的珠练。两个人低低的谈话,时时微笑。

他在一边默然的看着,觉得琦夫人明眸皓齿,也十分的美,只是她又另是一种的神情,——等到她们偶然回过头来,他便连忙抬头看着壁上的彩结。

永明抱着一个大本子进来,放在桌上说,"这是我大哥从瑞士寄回来的风景画,风景真好!"说着便拉他过去,一齐俯在桌上,一版一版的往下翻。他见着每版旁都注着中国字,永明说,"这是我大哥翻译给我母亲看的,他今年夏天去的,过年秋天就回来了。你如要什么画本,告诉我一声。我打算开个单子,寄给他,请他替我采办些东西呢。"他笑着,只说,"这些风景真美,给你三姊作图画的蓝本也很好。"

听见那边餐室的钟,当当的敲了八下。他忽然惊觉,该回去了!这温暖甜适的所在,原不是他的家。这时那湫隘黯旧的屋子,以及舅母冷淡的脸,都突现眼前,姊姊又走了,使他实在没有回去的勇气。他踌躇片响,只无心的跟着永明翻着画本……至终他只得微微的叹了一口气,站起身来,说,"我该走了,太晚了家里不放心。"永明拉住他的臂儿,说,"怕什么,看完了再走,才八点钟呢!"他说,"不能了,我舅母盼咐过的。"宜姑站了起来,说,"倒是别强留,宁可请他明天再来。"又对他说,"你先坐下,我盼咐我们家里的车送你回去。"他连忙说不必,宜姑笑说,"自然是这样,太晚了,坐街上的车,你家里更不放心了。"说着便按了铃,自己又走出甬道去。

琦夫人笑对他说,"明天再来玩,永明在家里也闷得慌,横竖你们年假里都没有事。"他答应着，永明笑道，"你肯再坐半点钟，就请你明天来。否则明天你自己来了，我也不开门！"他笑了。

宜姑提着两个蒲包进来，笑对他说，"车预备下了，这两包果点，送你带回去。"他忙道谢，又说不必。永明笑道，"她拿母亲还没过目的年礼做人情，你还谢她呢，趁早儿给我带走！"琦夫人笑道，"你真是张飞请客，大呼大喊的！"大家笑着，已出到廊上。

琦夫人和宜姑只站在阶边，笑着点头和他说，"再见。"永明替他提了一个蒲包，小哈巴狗也摇着尾跳着跟着。门外车上的两盏灯已点上了。永明看着放好了蒲包，围上毡子，便说，"明天再来，可不能放你早走！"他笑道，"明天来了，一辈子不回去如何？"这时车已拉起，永明还在后面推了几步，才唤着小狗回去。

他在车上听见掩门的声音，忽然起了一个寒噤，乐园的门关了，将可怜的他，关在门外！他觉得很恍惚，很怅惘，心想：怪不得永明在学校里，成天那种活泼笑乐的样子，原来他有这么一个和美的家庭！他冥然的回味着这半天的经过，事事都极新颖，都极温馨……

车已停在他家的门外，板板的黑漆的门，横在眼前。他下了车，车夫替他提下两个蒲包，放在门边。又替他敲了门，便一面拭着汗，拉起车来要走。他忽然想应当给他赏钱，按一按长衫袋子，一个铜子都没有，踌躇着便不言语。

里面开了门，他自己提了两个蒲包，走过漆黑的门洞。到了院子里，略一思索，便到上房来。舅母正抽着水烟，看见他，有意无意的问，"付了车钱么？"他说，"是永明家里的车送我来的。"舅母忙叫王妈送出赏钱去。王妈出去时，车夫已去远了，——舅母收了钱，说他糊涂。

他没有言语,过了一会,说,"这两包果点是永明的姊姊给我的——留一包这里给表弟们吃罢。"他两个表弟听说,便上前要打开包儿。舅母拦住,说,"你带下去罢,他们都已有了。"他只得提着又到厢房来。

王妈端进一盏油灯,又拿进些碎布和一碗浆糊,坐在桌子对面,给他表弟们粘鞋底,一边和他作伴。他呆呆的坐着,望着这盏黯黯的灯,和王妈困倦的脸,只觉得心绪潮涌。转身取过纸笔,想写信寄他姊姊,他没有思索,便写:

亲爱的姊姊:

你撇下我去了,我真是无聊,我真是伤心!世界上只剩了我,四周都是不相干的冷淡的人!姊姊呵,家庭中没有姊妹,如同花园里没有香花,一点生趣都没有了!亲爱的姊姊,紫衣的姊姊呵!

这时他忽然忆起他姊姊是没有穿过紫衣的,他的笔儿不觉颓然的放下了!他目前突然涌现了他姊姊的黄瘦的脸,颧骨高起,无表情的近视的眼睛。行前两三个月,匆匆的赶自己的嫁衣,只如同替人作女工似的,不见烦恼,也没有喜欢。她的举止,都如幽灵浮动在梦中。她对于任何人都很漠然,对他也极随便,难得牵着手说一两句嘘问寒暖的话。今早在车上,呆呆的望着他的那双眼睛,很昏然,很木然,似乎不解什么是别离,也不推想自己此别后的命运……

他更呆然了,眼珠一转,看见了紫衣的姊姊!雪白的臂儿,粲然的笑颊,澄深如水的双眸之中,流泛着温柔和爱……这紫衣的姊姊,不是他的,原是永明的呵!

他从来所绝未觉得的：母亲的早逝，父亲的远行，姊姊的麻木，舅家的淡漠，这时都兜上心来了！——就是这一切，这一切，深密纵横的织成了他十三年灰色的生命！

他慢慢将笔儿靠放在墨盒盖上。呆呆的从润湿的眼里，凝望着灯光。觉得焰彩都晕出三四重，不住的凄颤——至终他泪落在纸上。

王妈偶然抬起头来看见，一面仍旧理着碎布，一面说，"你想你姊姊了！别难过，早些睡觉去罢，要不就找些东西玩玩。"他摇着头叹了一口气，站了起来，将那张纸揉了，便用来印了眼泪。无聊的站了一会，看见桌上的那碗浆糊，忽然也要糊些纸练子挂在屋里。他想和舅母要钱买五色纸，便开了门出去。

刚走到上房窗外，听得舅母在屋里，排揎着两个表弟，说，"哪来这许多钱，买这个，买那个？一天只是吃不毂玩不毂的！"接着听见两个表弟咕咕唧唧的声音。他不觉站住了，想了一想，无精打采的低头回来。

一眼望见椅上的两个蒲包——他无言的走过去，两手按着，片响，便取下那上面两张果店的招牌纸。回到桌上，拿起王妈的剪子，剪下四边来。又匀成极仄的条儿，也红绿相间的粘成一条纸练子。

不到三尺长，纸便没有了。他提着四顾，一转身踌躇着便挂在帐钩子上，自己也慢慢的卧了下去。

王妈不曾理会他，只睁着困乏的眼睛，疲缓的粘着鞋底。他右手托腮，歪在枕上。看着那黯旧的灰色帐旁，悬着那条细长的，无人赞赏的纸练子，自己似乎有一种凄凉中的怡悦。

林中散步归来，偶然打开诗经的布函，发见了一篇未竟的旧稿。百无聊赖之中，顿生欢喜心！前半是一九二一年冬季写的，不知怎样便搁下了。重看一遍之后，决定把它续完。笔意也许不连贯，但似乎不能顾及了。

1924年6月2日，沙穰。

（原载《小说月报》1924年4月第1卷第9号）

第一次宴会

C教授来的是这样的仓猝,去的又是这样的急促。桢主张在C教授游颐和园之后,离开北平之前,请他吃顿晚饭。他们在国外的交谊,是超乎师生以上的。瑛常从桢的通讯和谈话里模拟了一个须发如银,声音慈蔼的老者。她对于举行这个宴会,表示了完全的同意。

新婚的瑛——或者在婚前——是早已虚拟下了她小小家庭里一个第一次宴会:壁炉里燃着松枝,熊熊的喜跃的火焰,映照得客厅里细致的椅桌,发出乌油的严静的光亮;厅角的高桌上,放着一盏浅蓝带穗的罩灯;在这含晕的火光和灯光之下,屋里的一切陈设,地毯,窗帘,书柜,瓶花,壁画,炉香……无一件不妥贴,无一件不温甜。主妇呢,穿着又整齐,又庄美的衣服,黑大的眼睛里,放出美满骄傲的光;掩不住的微笑浮现在薄施脂粉的脸上;她用着银铃般清朗的声音,在客人中间,周旋,谈笑。

如今呢,母亲的病,使她比桢后到了一个月。五天以前,才赶回这工程未竟的"爱巢"里来。一开门满屋子都是油漆气味;墙壁上的白灰也没有干透;门窗户扇都不完全;院子里是一堆杂乱的砖石灰土! 在这五天之中,她和桢仅仅将重要的家具安放好了位置。白天里楼上楼下是满了工人，油漆匠，玻璃匠，木匠……连她也认不清是什么人做什么事，只得把午睡也牺牲了，来指点看视。到了夜里，她和桢才能慢慢的从她带来的箱子里，理出些应用的陈设，如钟，蜡台，花瓶之类，都堆在桌上。

喜欢款待的她，对于今天下午不意的宴会，发生了无限的踌躇。一种复杂的情感，萦绕在她的心中。她平常虚拟的第一次宴会，是没有实现的可能了！这小小的"爱巢"里，只有光洁的四壁，和几张椅桌。地毯还都捆着放在楼上，窗帘也没有做好，画框都重叠的立在屋角……下午桢又陪C教授到颐和园去，只有她一个……

她想着不觉的把眉头蹙了起来，沉吟了半晌，没有言语。预备到城里去接C教授的桢，已经穿好了衣服，戴上了帽子，回头看见瑛踌躇的样子，便走近来在她颊上轻轻的吻了一下，说："不要紧的，你别着急，好歹吃一顿饭就完了，C教授也知道，我们是新搬进来的，自然诸事都能原谅。"瑛推开他，含颦的笑道，"你躲出去了，把事都推在我身上，回头玩毂了颐和园，再客人似的来赴席，自然你不着急了！"桢笑着站住道，"要不然，我就不去，在家里帮你。或是把这宴会取消了，也使得，省得你太忙累了，晚上又头痛。"

瑛抬起头来，"笑话！你已请了人家了，怎好意思取消？你去你的，别耽搁了，晚上宴会一切只求你包涵点就是了。"桢笑着回头要走，瑛又叫住他，"陪客呢，你也想出几个人。"桢道，"你斟酌罢，随便谁都成，你请的总比我请的好。"

桢笑着走了，那无愁的信任的笑容，予瑛以无量的胆气。瑛略一凝神，叫厨师父先到外面定一桌酒席，要素净的。回来把地板用柏油擦了，到楼上把地毯都搬下来。又吩咐苏妈将画框，钉子，绳子等都放在一处备用。一面自己披上外套,到隔壁江家去借电话。

她一面低头走着,便想出了几个人:许家夫妇是C教授的得意门生;N女士美国人,是个善谈的女权论者;还有华家夫妇,在自己未来之先,桢在他们家里借住过,他们两位都是很能谈的;李先生是桢的同事,新从美国回来的;卫女士是她的好友。结婚时的伴娘……这些人平时也都相识,谈话不至于生涩。十个人了,正好坐一桌!

被请的人,都在家,都能来,只卫女士略有推托,让她说了几句,也笑着说"奉陪",她真喜欢极了。在江家院子里,摘了一把玫瑰花,叫仆人告诉他们太太一声,就赶紧回来。

厨师父和苏妈已把屋中都收拾干净,东西也都搬到楼下来了。这两个中年的佣人,以好奇的眼光来看定他们弱小的主妇,看她如何布置。瑛觉得有点不好意思!她先指挥着把地毯照着屋子的颜色铺好;再把画框拿起,一一凝视,也估量着大小和颜色分配在各屋子里;书柜里乱堆的书,也都整齐的排立了;蜡台上插了各色的蜡烛;花瓶里也都供养了鲜花,一切安排好了之后,把屋角高桌上白绢画蓝龙的电灯一开,屋里和两小时以前大不相同了。她微笑着一回头,厨师父和苏妈从她喜悦的眼光中领到意旨了,他们同声的说:"太太这么一调动,这屋里真好看了!"

她笑了一笑,唤:"厨师父把壁炉生了火,要旺旺的,苏妈跟我上楼来开箱子。"

杯,箸,桌布,卡片的立架,闽漆咖啡的杯子,一包一包都打开了。苏妈从纸堆里捡出来,用大盘子托着,瑛打发她先下楼摆桌子去,自己再收拾卧室。

天色渐渐的暗下来了。捻开电灯,拨一拨乱纸,堆中触到了用报纸包着的沉甸甸的一束。打开了一看,是几个喇叭花形的花插子,重叠着套在一起,她不禁呆住了!

电光一闪似的,她看见了病榻上瘦弱苍白的母亲,无力的背倚着床阑,含着泪说,"瑛,你父亲太好了,以至做了几十年的官,也不能好好的陪送你!我呢,正经的首饰也没有一件,金镯子和玉簪花,前年你弟弟出洋的时候,都作了盘费了。只有一朵珠花,还是你外祖母的,珠也不大。去年拿到珠宝店里去估,说太旧了,每颗只值两三块钱。好在你平日也不爱戴首饰,把珠子拆下来,和弟弟平分了,作个纪念罢!将来他定婚的时候……"

那时瑛已经幽咽不胜了,勉强抬起头来笑着说,"何苦来拆这些,我从来不用……"

母亲不理她,仍旧说下去:"那边小圆桌上的银花插,是你父亲的英国朋友M先生去年送我生日的。M先生素来是要好看的,这个想来还不便宜。老人屋里摆什么花草,我想也给你。"

随着母亲的手看去,圆桌上玲珑地立着一个光耀夺目的银花插,盘绕圆茎的座子,朝上开着五朵喇叭花,花筒里插着绸制的花朵。

母亲又说:"收拾起来的时候,每朵喇叭花是可以脱卸下来的,带着走也方便!"

是可给的都给了女儿了,她还是万般的过意不去。觉得她唯一的女儿,瑛,这次的婚礼,一切都太简单,太随便了!首饰没有打做新的,衣服也只添置了几件;新婚没有洞房,只在山寺里过了花烛之夜!这原都是瑛自己安排的,母亲却觉得有无限的惭愧,无限的抱歉。觉得是自己精神不济,事事由瑛敷衍忽略过去。和父亲隐隐的谈起赠嫁不足的事,总在微笑中坠泪。父亲总是笑劝说,"做父亲的没有攒钱的本领,女儿只好吃亏了。我陪送瑛,不是一箱子的金钱,乃是一肚子的书!—— 而且她也不爱那些世俗的东西。"

母亲默然了,她虽完全同情于她正直廉洁的丈夫,然而总觉得在旁人眼前,在自己心里,解譬不开。

瑛也知道母亲不是要好看,讲面子,乃是要将女儿妥帖周全的送出去。要她小小的家庭里,安适,舒服,应有尽有,这样她心里才觉得一块石头落了地。瑛嫁前的年月,才可以完完满满的结束了。

这种无微不至的爱慈,每一想起,心里便深刻的酸着。她对于病中的母亲,只有百般的解说,劝慰。实际说,她小小的家庭里已是应有尽有了。母亲要给她的花插,她决定请母亲留下。

在母亲病榻前陪伴了两个月终于因为母亲不住的催促,说她新居一切待理。她才忍着心肠,匆匆的北上。别离的早晨,她含泪替母亲梳头,母亲强笑道,"自昨夜起,我觉得好多了,你去尽管放心……"她从镜中偷看母亲痛苦的面容,知道这是假话,也只好低头答应,眼泪却止不住滚了下来。临行竟不能向母亲拜别,只向父亲说了一声,回身便走。父亲追出阑干外来,向楼下唤着,"到那边就打电报……"她从车窗里抬头看见父亲苍老的脸上,充满了忧愁,无主……

这些事,在她心里,如同尖刀刻下的血痕,在火车上每一忆起,就使她呜咽。她竟然后悔自己不该结婚,否则就可以长侍母亲了,"嫁出去的女儿,泼出去的水!"不但她自己情牵两地,她母亲也不肯让她多留滞了。

到北方后，数日极端的忙逼，把思亲之念，刚刚淡了一些，这银花插突然地又把无数的苦愁勾起！她竟不知步履艰难的母亲，何时把这花插，一一的脱卸了，又谨密的包好？又何时把它塞在箱底？——她的心这时完全的碎了，慈爱过度的可怜的母亲！

她哭了多时，勉强收泪的时节，屋里已经黑得模糊了。她赶紧把乱纸揉起塞到箱里去，把花插安上，拿着走下楼来，在楼梯边正遇着苏妈。

苏妈说，"桌上都摆好了，只是中间少个花盘子……"瑛一扬手，道，"这不是银花插，你把我摘来的玫瑰插上，再配上绿叶就可以了。"苏妈双手接过，笑道，"这个真好，又好看，又合式，配上那银卡片架子，和杯箸，就好像是全套似的。"

瑛自己忙去写了卡片，安排座位。C教授自然是首座，在自己的右边。摆好了扶着椅背一看，玲珑的满贮着清水的玻璃杯，全副的银盘盏，银架上立着的红色的卡片，配上桌子中间的银花插里红花绿叶。光彩四射！客室里炉火正旺，火光中的一切，竟有她拟想中的第一次宴会的意味！

心里不住的喜悦起来，匆匆又上了楼，将卧室匆匆的收拾好，便忙着洗脸，剔甲，更衣……

一件莲灰色的长衣，刚从箱里拿了出来，也忘了叫苏妈熨一熨，上面略有些皱纹，时间太逼，也只好将就的穿了！怪不得那些过来人说做了主妇，穿戴的就不能怎样整齐讲究了。未嫁以前的她，赴一个宴会，盥洗，更衣，是要耗去多少时候呵！

正想着，似乎窗外响起了钗铮的琴声，推窗一看，原来外面下着滴沥秋雨,雨点打着铅檐,奏出清新的音乐。"喜悦中的心情,竟有这最含诗意的误解!"她微笑着,"桢和C教授已在归途中罢?"她又不禁担心了。

刚把淡淡的双眉描好,院子里已听见人声。心中一跳,连忙换了衣服,在镜里匆匆又照了一照,便走下楼来,桢和C教授拿着外衣和帽子站在客室中间,看见瑛下来,桢连忙的介绍。"这位是C教授——这是我的妻。"

C教授灰蓝的眼珠里,泛着慈祥和爱的光。头顶微秃。极客气的微偻着同她握手。

她带着C教授去放了衣帽,指示了洗手的地方。刚要转身进入客室,一抬头遇着了桢的惊奇欢喜的眼光!这眼光竟是情人时代的表情,瑛忽然不好意思的低下头去。桢握着她的双手,附在她耳边说:"爱,真难为你,我们刚进来的时候,我还以为是走错了地方呢!这样整齐,这样美,——不但这屋里的一切,你今晚也特别的美,淡淡的梳妆,把三日来的风霜都洗净了!"

瑛笑了,挣脱了手,"还不换双鞋子去呢,把地毯都弄脏了!"桢笑着自己上楼去。

C教授刚洗好了手出来,客人也陆续的来了。瑛忙着招呼介绍,大家团团的坐下。桢也下来了,瑛让他招待客人,自己又走到厨房里,催早些上席,C教授今晚还要赶进城去。

席间C教授和她款款的谈话,声音极其低婉,吐属也十分高雅,自然。瑛觉得他是一个极易款待的客人,并不须人特意去引逗他的谈锋。只他筷子拿得不牢,肴菜总是夹不到嘴。瑛不敢多注意他,怕他不好意思，抬起头来，眼光恰与长桌那端的桢相触，桢往往给她以温存的微笑。

大家谈着各国的风俗，渐渐引到妇女问题，政治问题，都说得很欢畅，瑛这时倒默然了，她觉得有点倦，只静静的听着。

C教授似乎觉得她不说话，就问她许多零碎的事。她也便提起精神来，去年从桢的信里，知道C教授丧偶，就不问他太太的事了。只问他有几位儿女，现在都在哪里。

C教授微微的笑说，"我么？ 我没有儿女——"

瑛忽然觉得不应如此发问，这驯善如羊的老者，太孤单可怜了！ 她连忙接过来说，"没有儿女最好，儿女有时是个累赘！"

C教授仍旧微笑着，眼睛却凝注着桌上的花朵，慢慢的说，"按理我们不应当说这话，但看我们的父母，他们并不以我们为累赘……"

瑛瞿然了，心里一酸，再抬不起头来。恰巧C教授滑掉了一只筷子，她趁此连忙弯下腰去，用餐巾拭了眼角。拾起筷子来，还给C教授。从润湿的眼里望着桌子中间的银花插，觉得一花一叶，都射出刺眼的寒光！

席散了，随便坐在厅里啜着咖啡。窗外雨仍不止。卫女士说太晚了，要先回去。李先生也起来要送她。好在路不远，瑛借给她一双套鞋，他们先走了。许家和华家都有车子在外面等着，坐一会子，也都站起告辞。N女士住的远一点，C教授说他进城的汽车正好送她。

大家忙着穿衣戴帽。C教授站在屋角，柔声的对她说，他如何的喜爱她的小巧精致的家庭，如何的感谢她仓猝中为他预备的宴会，如何的欣赏她为他约定的陪客；最后说："桢去年在国外写博士论文的时候，真是废寝忘食的苦干。我当初劝他不要太着急，太劳瘁了，回头赶出病来。

他也不听我的话。如今我知道了他急于回国的理由了，我一点不怪他！"说着他从眼角里慈蔼的笑着，瑛也含羞的笑了一笑。

开起堂门，新寒逼人。瑛抱着肩，站在桢的身后，和大家笑说再见。

车声——远了，桢捻灭了廊上的电灯，携着瑛的手走进客厅来。两人并坐在炉前的软椅上。桢端详着瑛的脸，说，"你眼边又起黑圈了，先上楼休息去，余事交给我罢！——告诉你，今天我心里有说不出的感谢和得意……"

瑛站起来，笑说，"毂了，我都知道了！"说着便翩然的走上楼去。

一面卸着妆，心中觉得微微的喜悦。第一次的宴会是成功的过去了！因着忙这宴会，倒在这最短的时间内，把各处都摆设整齐了。如今这一个小小的家庭里，围绕着他们尽是些软美温甜的空气……。

又猛然的想起她的母亲来了。七天以前，她自己还在那阒然深沉的楼屋里，日光隐去，白燕在笼里也缩颈不鸣。父亲总是长吁短叹着。婢仆都带着愁容。母亲灰白着脸颊卧在小床上，每一转侧，都引起梦中剧烈的呻吟……

她哭了，她痛心的恨自己！在那种凄凉孤单的环境里，自己是决不能离开，不应离开的。而竟然接受了母亲的催促，竟然利用了母亲伟大的，体恤怜爱的心，而飞向她夫婿这边来！

母亲牺牲了女儿在身旁的慰安和舒适，不顾了自己时刻要人扶掖的病体。甚至挣扎着起来，偷偷的在女儿箱底放下了那银花插，来完成这第一次的宴会！

她抽噎的止不住了，颓然的跪到床边去。她感谢，她忏悔，她祈祷上天，使母亲所牺牲，所赐与她的甜美和柔的空气，能从祷告的馨香里，波纹般的荡漾着，传回到母亲那边去！

听见桢上楼的足音了，她连忙站起来，拭了眼泪，"桢是个最温存最同情的夫婿，被他发觉了，徒然破坏他一天的欢喜与和平……"

桢进来了，笑问，"怎么还不睡？"近前来细看她的脸，惊的揽着她道，"你怎么了？又有什么感触？"

瑛伏在他的肩上，低低的说，"没有什么，我——我今天太快乐了！"

1929年11月20日，北平协和医院。

（原载《新月》1930年第2卷第6、7期）

我们太太的客厅

时间是一个最理想的北平的春天下午,温煦而光明。地点是我们太太的客厅。所谓太太的客厅,当然指着我们的先生也有他的客厅,不过客人们少在那里聚会。从略。

我们的太太自己以为,她的客人们也以为她是当时当地的一个"沙龙"的主人。当时当地的艺术家,诗人,以及一切人等,每逢清闲的下午,想喝一杯浓茶,或咖啡,想抽几根好烟,想坐坐温软的沙发,想见见朋友,想有一个明眸皓齿能说会道的人儿,陪着他们谈笑,便不须思索的拿起帽子和手杖,走路或坐车,把自己送到我们太太的客厅里来。在这里,各人都能够得到他们所想望的一切。

正对着客厅的门,是一个半圆式的廊庑,上半截满嵌着玻璃,挂着淡黄的软纱帘子。窗外正开着深紫色的一树丁香,窗内挂着一只铜丝笼子,关着一只玲珑跳唱的金丝雀。阳光从紫云中穿着淡黄色纱浪进来,清脆的鸟声在中间流啭,屋子的一切,便好似蒙在鲛绡之中的那般波动,软艳!窗下放着一个小小书桌,桌前一张转椅,桌上一大片厚玻璃,罩着一张我们太太自己画的花鸟。此外桌上就是一只大墨碗,白磁笔筒插着几管笔,旁边放着几卷白纸。

墙上疏疏落落的挂着几个镜框子，大多数的倒都是我们太太自己的画像和照片。无疑的，我们的太太是当时社交界的一朵名花，十六七岁时候尤其嫩艳！相片中就有几张是青春时代的留痕。有一张正对着沙发，客人一坐下就会对着凝睇的，活人一般大小，几乎盖满半壁，是我们的太太，斜坐在层阶之上，回眸含笑，阶旁横伸出一大枝桃花，鬓云，眼波，巾痕，衣褶，无一处不表现出处女的娇情。我们的太太说，这是由一张六寸的小影放大的，那时她还是个中学生。书架子上立着一个法国雕刻家替我们的太太刻的半身小石像，斜着身子，微侧着头。对面一个椭圆形的镜框，正嵌着一个椭圆形的脸，横波入鬓，眉尖若蹙，使人一看到，就会想起"长眉满镜愁"的诗句。书架旁边还有我们的太太同她小女儿的一张画像，四只大小的玉臂互相抱着颈项，一样的笑靥，一样的眼神，也会使人想起一幅欧洲名画。此外还有戏装的，新娘装的种种照片，都是太太一个人的——我们的太太是很少同先生一块儿照相，至少是我们没有看见。我们的先生自然不能同太太摆在一起，他在客人的眼中，至少是猥琐，是市俗。谁能看见我们的太太不叹一口惊慕的气，谁又能看见我们的先生，不抽一口厌烦的气？

北墙中间是壁炉，左右两边上段是短窗，窗下是一溜儿矮书架子，上面整齐的排着精装的小本外国诗文集。有一套黄皮金字的，远看以为定是莎翁全集；近看却是汤姆司·哈代。我们的太太嗤的一声笑了，说："莎士比亚，这个旧人，谁耐烦看那些个！"问的人脸红了。旁边几本是E.E.Cummings的诗，和Aldous Huxley的小说，问的人简直没有听见过这几个名字，也不敢再往下看。

南边是法国式长窗，上下紧绷着淡黄纱帘。——纱外隐约看见小院中一棵新吐绿芽的垂杨柳，柳丝垂满院中。树下围着几块山石，石缝里长着些小花，正在含苞。窗前一张圆花青双丝葛蒙着的大沙发，后面立着一盏黄绸带穗的大灯。旁边一个红木架子支的大铜盘，盘上摆着茶具。盘侧还有一个尖塔似的小架子，上下大小的盘子，盛着各色的细点。

地上是"皇宫花园"式的繁花细叶的毯子。中间放着一个很矮的大圆桌，桌上供着一大碗枝叶横斜的黄寿丹。四围搁着三四只小凳子，六七个软垫子，是预备给这些艺术家诗人坐卧的。

我们的太太从门外翩然的进来了，脚尖点地时是那般轻，右手还忙着扣领下的衣纽。她身上穿的是浅绿色素绉绸的长夹衣，沿着三道一分半宽的墨绿色缎边，翡翠扣子，下面是肉色袜子，黄麂皮高跟鞋。头发从额中软软的分开，半掩着耳轮，轻轻的拢到颈后，挽着一个椎结。衣袖很短，臂光莹然。右臂上抹着一只翡翠镯子，左手无名指上重叠的戴着一只钻戒，一只绿玉戒指。脸上是午睡乍醒的完满欣悦的神情，眼波欲滴，只是年光已在她眼圈边画上一道淡淡的黑圈，双颊褪红，庞儿不如照片上那么丰满，腰肢也不如十年前"二九年华"时的那般软款了！

我们的太太四下里看看，口里唤着 Daisy，外面便走进一个十七八的丫头，浓眉大眼的，面色倒很白，双颊也很红润 —— 客人们谈话里也短不了提到我们的 Daisy。当客厅中大家闭目凝神的舒适的坐着，听着诗人们诵着长诗的时候，Daisy 从外面轻轻的进来，黑皮高跟鞋，黑丝袜子，身上是黑绸子衣裙，硬白的领和袖，前襟系着雪白的围裙，剪的崭齐的又黑又厚的头发，低眉垂目的，捧进一炉香，或是一只药碗，轻轻的放在桌上，或是倚着椅背，俯在太太耳边，低低的说一两句话，太太抬头微微的一笑,这些情景也时常使这听诗的人,暂时,完全的把耳边的诗句放走。

　　Daisy 是我们太太赠嫁的丫鬟。我们的太太虽然很喜欢谈女权,痛骂人口的买卖,而对于"菊花"的赠嫁,并不曾表示拒绝。菊花是 Daisy 的原名,太太嫌它俗气,便改口叫 Daisy,而 Daisy 自改了今名之后,也渐渐的会说几句英语,有新到北平的欧美艺术家,来拜访或用电话来约会我们的太太的时候,Daisy 也会极其温恭的清脆的问:"Mrs. is in bed, can I take any message？"① ——

　　太太说:"你看你还不换衣裳去！把彬彬的衣裳也换好,回头客人来了,把她带到这里来喝茶。"Daisy 答应了一声,向后走了。

　　—— 彬彬就是画上抱着我们太太的颈项的女儿。她生在意大利。我们的太太和先生的蜜月旅行,几乎延长到两年。我们的先生是银行家,有的是钱,为着要博娇妻的欢心,我们的先生在旅途中到处逗留,并不敢提起回国的话,虽然他对于太太所欣赏的一切,毫不感觉兴味。我们的太太在种种集会游宴之中,和人们兴高采烈的谈论争执着,先生只在旁木然的静听,往往倦到入睡。我们太太娇嗔的眼波,也每每把他从朦胧中惊醒,茫然四顾,引得人们有时失笑。我们的太太这时真悔极了,若不是因为种种的舒服和方便,也许他就不再是我们的先生了！但是丈夫终久不比情人,种种的舒服和方便,对于我们的太太,也有极大的好处。这些小小的露丑,太太对着她最忠诚的爱慕者虽然常常怨抑的细诉

---

① 英语:"太太还没起,我能不能给您带个话？"

着，而在大庭广众之间，也只是以漠然的苦笑了之。

彬彬未生的时候，我们的太太怀着一百分恐惧的心，怕她长的像父亲。等到她生了下来，竟是个具体而微的母亲！我们的太太真是喜到不可形容，因着抚养的种种烦难，便赶紧带她回到中国来。

无怪她母亲逢人便夸说她带来了意大利山水的神秀，彬彬有着长长的眉，大大的眼睛，高高的鼻子，小小的嘴。虽然也有着几分父亲的木讷，而五岁的年纪，彬彬已很会宛转作态了。可惜的是我们的太太是个独女，一生惯做舞台中心的人物，她虽然极爱彬彬，而彬彬始终只站在配角的地位。

三麻子扮关公，打着红脸，威风凛凛。跟前的那个小马童，便永远穿起绿褂子来配衬关公。关公的靴尖微微的一抬，那马童便会在关公前一连翻起十来个筋斗。我们的彬彬，便是那个小马童——

远远的门铃响了几声，接着外院橐橐的皮鞋声，Daisy 在小院里扬声说："陶先生到。"一面开着门，侧着身子，把客人往里让。

太太已又在壁角镜子里照了一照，回身便半卧在沙发上，臂肘倚着靠手，两腿平放在一边，微笑着抬头，这种姿势，又使人想起一幅欧洲的名画。

——陶先生是个科学家。和大多数科学家一般，在众人中间不大会说话，尤其是在女人面前，总是很局促，很缄默。他和我们的太太是世交，我们的太太在"二八芳龄"的时候，陶先生刚有十二三岁，因着新年堂前的一揖，陶先生脑中，就永远洗不去这个流动的影子。我们的太太自然不畏避男人，而陶先生却不会利用多如树叶的机会。见了面只讷讷的涨红着脸,趁着我们的太太在人丛中谈笑,他便躲坐在屋角,静默的领略我们太太举止言笑的一切。我们的太太是始而嘲笑,终而鄙夷,对他从来没有一句好话。近来她渐渐感到青春之消逝,而陶先生之忠诚如昨,在众人未到之先,我们的太太对于陶先生也另加青眼了——

太太笑说:"你找个地方坐下,试验作的如何了? 还在提倡科学救国罢?"陶先生仍旧踧踖的含糊的答应了一声,帽子放在膝上,很端正的坐在屋角的一张圈椅里。他的心微微的跳着,在恐惧欢喜这独对的一刹那。

看他依旧说不上话来,我们的太太又好笑又觉得索然,微吁了一口气,懒懒站起。彬彬已从门外跳了进来,一头的黑发散垂着,浅绿色的衣服,上面穿着细白绒衣,浅绿边的白袜子,黑漆皮鞋。彬彬衣服的绿色,是正在我们太太的衣服和镯子颜色中间的一种色调。Daisy 是懂得以太太的衣服为标准而打扮彬彬的。

看见彬彬进来,陶先生似乎舒畅了许多,赶紧站起过来拉住彬彬的手。太太又懒懒的坐下,掠一掠头发说:"彬彬,你同陶叔叔玩罢。陶叔叔整天研究化学,你问他猪肝和菠菜里面是不是有什么维他命 ABCD?平常妈妈劝你吃这些个,你总不听……"

外面 Daisy 又扬声说:"袁小姐到。"我们的太太笑盈盈的站了起来。

——袁小姐是个画家,又是个诗人,是我们太太的唯一女友,也是这"沙龙"中的唯一女客人。当时当地的画家女诗人当然不止袁小姐一个,而被我们的太太所赏识而极口称扬的却只有她一人! 我们的太太自己虽是个女性,却并不喜欢女人。她觉得中国的女人特别的守旧,特别的琐碎,特别的小方。而不守旧,不琐碎,不小方的如袁小姐以外的女画家,诗人,却都多数不在我们太太的眼里,全数不在我们太太的嘴里,虽然有极少数是在我们太太的心里。

我们的太太说,只有女人看女人能够看到透骨,所以许多女人的弱点,在我们太太口里,都能描画得淋漓尽致,而袁小姐却从来没受过我们太太的批评。我们的太太在客人前极口替她揄扬,辩护,说她自然,豪爽,她自有她真正的美!

有人推测着说我们的太太喜欢袁女士有几种原因:第一种是因为我们的太太说一个女人没有女朋友,究竟不是健全的心理现象。而且在游园赴宴之间,只在男人丛里谈笑风生,远远看见别的女人们在交头耳语,年轻时虽以之自傲,而近年来却觉得不很舒服。第二是因为物以相衬而益彰,我们的太太和袁小姐是互相衬托的,两个人站在一起,袁小姐的臃肿,显得我们的太太越苗条;我们太太的莹白,显得袁小姐越黧黑。这在"沙龙"客人的眼中,自然很丰富的含着艺术的意味。第三因为友谊本是相互的感情,袁小姐对于我们的太太是一见倾心,说我们的太太浑身都是曲线,是她眼中的第一美人。我们的太太说袁小姐有林下风,无脂粉气,于是两人愈说愈投机,而友谊也永恒的继续着——

袁小姐挺着胸,黑旋风似的扑进门来,气吁吁的坐下,把灰了的乔其纱颈巾往沙发上一摔,一面从袖子里掏出黄了的白手绢来,拭着额汗。她穿着灰色哔叽的长夹衣,长才过膝,橙黄色的丝袜子,豆腐皮似的旋卷在两截胖腿上。下面是平底圆头的黄皮鞋。头发剪得短短的一直往后拢,扁鼻子上架着一副厚如酒盅的近视眼镜。浑身上下,最带着艺术家的象征的,是她那对永远如在梦中的迷茫的眼光。

我们的太太笑盈盈的侧坐在袁小姐的旁边,问:"别气急败坏的,你告诉我,是受了哪个批评家的气?"袁小姐喘口气,咽了一口唾沫,说:"什么批评家,是一群混蛋!刚才我忽然如有所使,吃完饭,脸也没洗,一口气跑到天坛去画画。刚安好画具,起了几笔,四围便哄上一大群丘八。起初还是远远的看,后来越挤越近,指手画脚的,蒜臭,汗臭,熏得人要死。我越画越不耐烦,最后我匆匆的收拾了,提起画箱就走,这一群大爷还笑嘻嘻的远远的把我送出园门。你看气人不?把我一腔的灵感,生生的撵走了!"

我们的太太笑了:"这是一班普罗的欣赏家呀,你应当欢迎他们才是!快好好的歇一歇。你那幅玉泉山塔的画带来了没有?一会儿好让我们赏鉴赏鉴。"

陶先生和彬彬痴痴的望着她俩。

太太招呼陶先生说:"你过来谈谈,你正需要这么一个和你正相反的朋友,一个艺术家,一个女人,一个豪爽的谈话者……"陶先生嗫嚅着往前走了一步,院子里已走进一群人。我们的太太和袁小姐都回过头来,陶先生拉着彬彬的手赶紧的便溜到门外去。

这一群人都挤了进来,越众上前的是一个"白袷临风,天然瘦削"的诗人。他的头发光溜溜的两边平分着,白净的脸,高高的鼻子,薄薄的嘴唇,态度潇洒,顾盼含情,是天生的一个"女人的男子"。

诗人微俯着身,捧着我们太太指尖,轻轻的亲了一下,说:"太太,无论哪时看见你,都如同一片光明的云彩……"我们的太太微微的一笑,抽出手来,又和后面一位文学教授把握。

教授约有四十上下年纪，两道短须，春风满面，连连的说："好久不见了，太太，你好！"

哲学家背着手，俯身细看书架上的书，抽出叔本华《妇女论》的译本来，正在翻着，诗人悄悄过去，把他肩膀猛然一拍，他才笑着合上卷，回过身来。他是一个瘦瘦高高的人，深目高额，两肩下垂，脸色微黄，不认得他的人，总以为是个烟鬼。

我们的太太正和一位政治学者招呼，回头看见，便嗔着诗人说："你真是，搅他作什么？我这里是个自由的天地，各人应该挑着自己心爱的事去作。"哲学家抱歉似的，鞠躬笑着说："书呆子真没有办法！到哪里都是先翻人家的书。"诗人在一旁嗤嗤的笑着。

太太回身问着政治学者："你们这些人还说什么创造舆论？近来的市政越来越不像样了。自来水把我们喝病了还不算，那天我同袁小姐到玉泉山去画画，这一道的汽车，险些没有把我们颠死！亏那站上的巡警还有脸拦住我们的车，问我们要车捐！我问他：'你们把这些捐钱用到哪里去了，你看这刀山般的汽车道！'真是，尽让我们来说话是不行的呀，你们这些'政治家'！"太太一口气说完，回身自己点着一支烟，坐了下去，又问袁小姐："是不是？你说？"

政治学者很年轻，身材魁伟，圆圆的脸，露着笑容，他也鞠躬着说："无论如何，我先替市政府向我们的太太赔个不是！这汽车道是太坏了。等着我做了市长，那时您再看。别忘了我们现在还是'在野党'呀！"

大家都笑了！我们的太太也不禁嗤的笑了，回头叫"Daisy 看茶！"

Daisy 轻盈的蹑着脚尖进来，递过杯盘，便递着糕点。门外有两个白衣衫，黑缎子坎肩的仆人，屏声静气的在伺候传递着汤水。

我们的太太捧着茶杯,走到文学教授面前。文学教授正和袁小姐讲着前天北海的画展,看见太太过来,赶紧握着茶巾站起。我们的太太笑说:"快别起来,我只问你一句话,我举荐的那个诗学教授怎么样?"一面便侧坐在袁小姐的椅沿。

文学教授站着笑说:"您举荐的人哪会有错!他虽然年轻,谈锋却健,很会说笑话,学生们在他班上永远不困。不过他身体似乎不大好,我仿佛常在布告板上,看见他的告假条子。"袁小姐忽然笑说:"你们说的是小施呀?他哪里有病!我差不多每天下午看见他在公园里,同一个红衣蓬发的女子,来回的走着。"

我们的太太稍微的怔了一怔,便敛容说:"其实我也不十分认得他,是去年冬天他拿了一封介绍信,同他自己的一本诗,上门求见,我看他写的还不坏,便让他在这里念了几次,以后他也很凄切的告诉我,说他是如何的潦倒。我想也许你们文学系里,容得下这么一个人,没想到……"我们的太太微微的摇一摇头,咽住不说了,站了起来,慢慢的走到窗前,指头抚着杯沿,心不在焉的向着窗外唤道:"彬彬,你进来。"

彬彬两手牵着衣角,笑嘻嘻的走进,挪到我们太太跟前,仰着头说:"妈妈,陶叔叔叫我告诉你,说他还有事,先走了。明天早上他还来带我上公园去。"我们的太太从沉思中微笑说:"他倒有工夫——彬彬,你看这些个客人,你也不招呼一声!"彬彬笑着向大家说了一声:"您好!"

诗人坐在书桌前面,连着椅子转了过来,右手两指夹着烟卷,左手招着我们的太太,说:"美,这玻璃底下的画,又是新的罢?你的笔意越来越秀逸了。"我们的太太拉着彬彬的手,走到桌前,说:"金老先生倒是隔天一来,他催的紧,我也只好敷衍敷衍。春天一到,我的臂腕又有些作酸，真有些不耐烦了。"哲学家还在看着《妇女论》，听了便合上书，微笑说："太太，我看你也太要强了，身体本来不很好，又要什么都会，什么都做，依我说，一个女人，看看书，陪陪孩子……"我们的太太笑了起来，说："你看的是叔本华的《妇女论》呀，又骂开女人了，女人便怎样？看看书，陪陪孩子，就算一生的事业吗？你趁早搁下叔本华，看一看萧伯纳罢。萧老头子借着女杰周安的口里，向你们这一班男人大声疾呼的说：'这些女人的事情，一般的女人都能作，但没有一个女人能做我的事情……'"回头又问着文学教授说："对不对？是不是他说过这几句话？"文学教授赶紧说："是。"哲学家忽然大笑了，他似乎觉得很滑稽。

彬彬挣脱了我们太太的手，拉了袁小姐，又走到院子里去。政治学者和文学教授也走了出去，在树下低低的谈着话。

小院的门开了，走进一个人来，发光的金黄的卷发，短短的堆在耳边，颈际。深棕色的小呢帽子，一瓣西瓜皮似的歪歪的扣在发上。身上脚上是一色的浅棕色的衣裳鞋袜。左臂弯里挂着一件深棕色的春大衣，右手带着浅棕色的皮手套，拿着一只深棕色的大皮夹子。一身的春意，一脸的笑容，深蓝色眼里发出媚艳的光，左颊上有一个很深的笑涡。

大家眼前一亮似的，都立刻欢呼了起来："露西，你好呀，什么时候到的？"露西直奔了文学教授去，拉了他的手，笑说："我是今午十一点五分的快车到的，行李一搁在饭店里，便到处的找你，最后才找到你家里。你太太说你吃过午饭就走了，没有说到哪儿去，我猜着你一定在这儿，你看把我累的！"一面又和政治学者拉手，笑了一笑。回头又对彬彬呼唤着，操着不很纯熟而很俏皮的中国话说："哈罗，彬彬，你又长高了，你妈妈呢？"说着看了袁小姐一眼，不认识，又回头去同政治学者说话。

这时哲学家也走了出来。诗人正从衣袋里掏出一卷纸来，伸铺在桌上，同我们的太太一同俯了下去，轻轻的念着，笑着，听见门响，抬起头来，立刻站了起来，满面是笑，刚要叫唤，回头看见我们的太太，也望着窗外，微蹙着眉尖，便敛了笑容，轻轻的拍着我们太太的肩："美，你先往下看，我先出去同她应酬应酬去。"说着便走出去——登时院子里便满了人声。

袁小姐走了进来，看见我们的太太两手支颐，坐在书桌前看着诗，便伏在太太耳边，问："这个外国女人是谁？"我们的太太一面卷起诗稿，一面站了起来，伸了伸腰，懒懒的说："这是柯露西，一个美国所谓之艺术家，一个风流寡妇。前年和她丈夫来到中国，舍不得走，便自己耽搁下来了。去年冬天她丈夫在美国死了，她才回去，不想这么几天，她又回来了。我真怕她，麻雀似的，整天喊喊喳喳的说个不完！我常说，她丈夫是大糖商，想垄断一切的糖业，她呢？也到处想垄断一切的听众！"袁小姐默然，坐了下去，端起一杯茶来喝着。

在袁小姐以前，露西是我们太太唯一的女友。前年露西到北平的第二天，文学教授便带她来拜访我们的太太，谈得很投机。事后我们的太太对人说露西聪明有礼；露西对人说一个外国人到北平，若不见见我们的太太，是个缺憾。于是在种种的集会之中，她们总是形影相随，过了有好几个月，以后却渐渐的冷淡了下去。有人说也许是因为有一次我们太太客厅中的人物，在某剧场公演《威尼斯商人》，我们的太太饰小姐，露西饰丫鬟。剧后我们的太太看到报上有人批评,说露西发音,表情,身段,无一不佳,在剧中简直是"喧婢夺主"。我们的太太当时并不曾表示什么,而此后请客的知单上,便常常略去了露西的名字。

Daisy 轻轻的进来,站在太太椅旁,低低的说:"小姐,柯太太来了一会了,在院子里说话呢。"太太抬头皱眉说:"知道了,她自己还不会进来!——你打电话到老姨太那边,问今天晚上第一舞台的包厢定好了没有?我也许一会儿就过去。"Daisy 答应着,轻轻的又退了出去。

诗人拉着露西进来,后面跟着那一群人。露西咯咯的笑着,左手推着诗人的臂膀说:"你放手,我还没见主人呢。"我们的太太微笑着站了起来,一面也伸出手来,一面说:"我知道你不是来找我,所以我也没有出去接你。"露西早已又回过头去,看着袁小姐,笑说:"这位是谁,请哪一位给介绍介绍。"诗人赶紧过来笑说:"等我来,这位是袁小姐,一个艺术家,一个诗人……"露西连忙伸手和袁小姐把握,说"久仰,久仰,今天是您读诗罢,我幸得躬逢其盛。"袁小姐踧踖着,搓着手说:"不,不,我今天是来听诗,"一面指着诗人:"他倒是有一篇长诗要念。"露西已自挑了一张矮椅坐下,背倚着矮桌子,两腿直伸着放在软垫上,一面笑说:"来,来,念出来让我们听听,让我也洗一洗行旅的尘秽。"一面自己点上一支烟抽着,很娇慵的慢慢的便闭上眼睛。

大家都纷纷的找个座儿坐下,屋里立刻静了下来。我们的太太仍半卧在大沙发上。诗人拉过一个垫子,便倚坐在沙发旁边地下,头发正擦着我们太太的鞋尖。从我们太太的手里,接过那一卷诗稿来,伸开了,抬头向着我们的太太笑了一笑，又向大家点头，笑着说："我便献丑了，这一首长诗题目是《给——》"于是他念：

给——
我昨夜梦登最高的峰上，
地下没有一盏灯，天上没有一颗星。
我只觉得身边有个你——
冰凉的是你的手，跳动的是……

露西忽然睁开眼睛，笑得几乎连椅子翻了过去，两手乱摇着说："不必念了，底下等我来念——'跳动的是你的心'，'星，心，轻，亲，'你又在凑韵……"这一串银铃似的笑声，把这屋里静寂的空气完全搅散了。大家都笑了，政治学者大笑着，站了起来，指着露西，说："秩序！秩序！你这淘气鬼。"

袁小姐一个人没有笑，只看着我们的太太。太太坐起来，正要说话，诗人已笑嘻嘻的卷起诗稿，从沙发边爬到露西椅旁，拿纸卷打着露西的头，说："你是怎么回事，尽拆我的台！"露西仍笑着用夹着纸烟的手，扶着帽子："小心，你，我的新帽子！……"

Daisy 站在门边说："小姐，电话打通了，老姨太请您说话。"太太皱着眉头说："叫彬彬去接，我没有工夫。"一面站起来，走到哲学家面前。哲学家坐着不动，只微笑着抬头，指着露西的背影，声音很轻，说："女人，这不是一个完全的女人么？"我们的太太忽然很柔媚的笑了一笑，便坐在哲学家的旁边。

彬彬跳了进来，笑嘻嘻的走到太太面前，说："妈妈，老姨太说包厢定好了，那边还有人等你吃晚饭。今儿晚上又是杨小楼扮猴子。妈妈，我也去，可以么？"说着便爬登我们太太的膝上，抱住臂儿，笑着央求。我们的太太也笑着，一面推开彬彬："你松手，哪用得着这样儿！你好好的，妈妈就带你去。"彬彬松手下来要走，又站住笑说："我忘记了，老姨太还说叫我告诉妈妈，说长春有电报来，说外公在那里很……"我们的太太忽然脸上一红，站起推着彬彬说："你该预备预备去了，你还是在家里用过晚饭再走，酒席上的东西你都是吃不得的。"彬彬答应一声，又欢天喜地的跳了出去。露西向着政治学者点头挤眼一笑。

Daisy 在门外说："小姐，周大夫到。"一面带进一个客人来，随手把沙发旁边的大灯捻亮了。在暮色与灯光之中，进来的一位，三十岁上下，穿着西装，矮矮胖胖的个子，脸上满堆着使人信任的笑容。一进门便搓着手，笑着连连点头鞠躬说："袁小姐好，柯太太好，大家都好。我来的真巧，又见着这许多人。"我们的太太笑盈盈的上前，伸手和大夫把握，说："也可说是不巧，你又碰着这许多人，又该骂我不休息尽见客了。"周大夫弯着腰从 Daisy 手里接过一根烟来，自己点着，连忙笑着说："哪里！哪里！我的职务总仿佛是妨碍人家交谊似的，其实我也是不得已。若说太太你呢，前天刚刚伤风，论理也该……"诗人笑着走过来，拍着大夫的肩膀，说："又是这一套老话，坐下，我问你，这两天生意该好罢，时令伤寒的人多极了，我到处找朋友，差不多个个都在伤风。"周大夫说："本来么，乍暖还寒时候，最易伤风。"大家都大笑起来。我们的太太笑说:"你还是安分守己当大夫罢,'乍暖还寒时候',一加上'最易伤风',成个什么话!"大夫对着太太深深的鞠了一躬,说:"这是这沙龙里的空气,庸俗的我,也沾上点诗气了。"露西正和袁小姐谈话,回头便笑着说:"我们的太太病了,你治,你若得了'湿气',谁给你治!"大家又笑了起来,这次袁小姐也看着露西笑了。

小院门外有人声,一个仆人走到屋门口,Daisy连忙迎了出去,低低的说了几句话。仆人出去,Daisy又转身进来,先看着周大夫微微的笑了一笑,才对我们的太太说:"吹笛子的杨先生来了,问小姐今晚上还练习不练习昆曲。我回了他了,说不唱了,客厅里客还未散,周大夫也在这里,……"文学教授笑对周大夫说:"你看你多煞风景,否则我们又有耳福了。"周大夫连忙站起,笑说:"我该走了,又是我的不是,我本来也没有说什么,我只说过与其学唱还不如学弹,到底不伤气。她的身子你们也知道,……"文学教授敛了笑容,回身对我们的太太说:"为您自己打算呢,自然我们应该劝您把这些事都撇开,不过我们都是'人',有时太自私了,只顾到自己的眼福,耳福……"我们的太太微微的笑着,向着文学教授弯了弯腰,正要说话,露西在一边忽然笑起来,接了下去,说:"别忘了还有口福!"大家也大笑起来,又似乎觉得不好,赶紧收住,我们的太太敛了笑容,把要说的话咽了回去。

周大夫从腰袋里拉出表来一看,说:"我真该走了,我本来是出诊,路过你们门口,看见有许多车子,顺便走进来看看,……"我们的太太笑了,说:"是不是?我说你是来检查。"一面说着,周大夫已拿起帽子。露西也站了起来说:"天不早了,我们也该走了。"说着看着文学教授和政治学者，于是大家都纷纷的离座。露西笑对袁小姐说："你刚才不是答应我，你也参加我们的晚饭么？"袁小姐踌躇着，看着我们的太太。我们的太太扶着椅背，手指按着嘴唇，打了一个呵欠，懒懒的说："我也要出去的，不留你了。"诗人连忙从后面替袁小姐披上纱巾。

露西对我们的太太笑了一笑，说："对不起，我把你的客人都带走了，我知道你一会儿要去听戏，中间也要休息休息的。"我们的太太从眼梢瞥了露西一下，没有言语，便回过头去。

哲学家从书架上又取下几本书，同《妇女论》磊在一起，挟在臂里，笑着向我们的太太说："这几本书可否借我一读，迟日我再送来。"我们的太太笑着看了哲学家一眼说："你先把上次借去的书送回来再说！也没见我的书都是好的，你一般的也有这些书。"哲学家笑说："你的版本好多了，我是穷人，买不起善本，只好沾你的光。"

大家寻衣觅帽，都已走到廊上。Daisy 开着门，两个仆人垂手站在阶边，大家纷纷的向我们的太太道谢告别。太太似乎乏了，只微笑着点头，走到小院门口，便站住了。诗人站在太太背后，说："你们先走一步，我随后就来。"露西回头说："别忘了今晚六国饭店还有西班牙跳舞！"我们的太太看着诗人说："你也走好了，还等什么？"诗人笑着，没有答应，只把客人往外送。

诗人进来时，客厅里又已收拾过了，壁炉里燃上松枝。屋里没有灯，我们的太太抱膝坐在炉火微光之前，懒懒的，听见诗人进来，头也不抬。诗人也没有言语，轻轻的拉过一个垫子，便坐在太太旁边，轻轻的说："这微光，这你，这一切，又是一首诗！"太太不答。

屋里静得只听见松枝爆裂的声音，——Daisy 轻轻的走到门口，看了一看，又轻轻的退了回去。

诗人轻轻的站了起来，走到窗前，叩着笼儿，说："太静了，连最活泼的金丝雀也不叫了。"我们的太太这时才看了诗人一眼，歪着头说："金丝雀现在不高兴！"

诗人笑了，走到太太椅旁坐下，抚着太太的肩，说："美，让我今晚跟你听戏去！"我们的太太推着诗人的手，站了起来，说："这可不能，那边还有人等我吃饭，而且 —— 而且六国饭店也有人等你吃饭，—— 还有西班牙跳舞，那么曼妙的西班牙跳舞！"诗人也站了起来，挨到太太跟前说："美，你晓得，她是约着大家，我怎好说一个人不去，当时只是含糊答应而已，我不去他们也未必会想到我。还是你带我去听戏罢，你娘那边我又不是第一次去，那些等你的人，不过是你那班表姊妹们，我也不是第一次会见。—— 美，你知道我只愿意永远在你的左右……。"

我们的太太不言语，只用纤指托着桌上瓶中的黄寿丹，轻轻的举到脸上闻着，眉梢渐有笑意。

诗人用手轻轻托住我们太太的臂肘，说："你还换衣服不？你进去罢，我在这里等你。"说着已轻轻的把我们的太太推到客厅门外，从甬道墙上摘下一件黑色的斗篷来，替她披在肩上。我们的太太把斗篷往身上一裹，头也不回的走到后面去了。

诗人退进客厅里，伸了一伸腰，点上一支烟，捻亮了灯，坐在沙发上，随手拿起一本诗来。正在翻看，听见门外汽车响，又听见脚步声走入内院来，诗人连忙放下书站起。

我们的先生在太太客厅门口出现了。大异于我们的想象,他不是一个圆头大腹的商人,却是一个温蔼清癯的绅士,大衣敞开着,拿着帽子在手里,看见诗人,便点头说:"你在这里。美呢? 她好了罢? 我今早走的时候,她还没有起床。"说着放下帽子,脱下大衣挂在墙上,走了进来坐下。

诗人也坐下,说:"美好了,下午还有茶客,她一会儿还听戏去。"

这时我们的太太已拉着彬彬的手进来。身上已换了黑色洒花丝绒的长衣,肩臂之间,隐约的露着玉肌,脚底下是肉色丝袜子,青缎高跟鞋。重施脂粉,也点上口红,显得容光焕发。彬彬是大红绸子衣服,乳色的领袖,白丝袜,黑漆皮鞋。进门看见我们的先生,便跳了过去,抱住笑道:"爸爸,妈妈带我听戏去。"我们的先生没有说什么,只把彬彬抱在膝上,摩抚着。

我们的太太仍旧站着,手扶着椅背,有意无意的问我们的先生:"娘叫我去听杨小楼,也在那边吃晚饭,你和我们一块儿去罢?"我们的先生看着诗人,踌躇的说:"我想我不去了,你们去罢。我今天有点倦,银行里开会整开了一下午;刚才孙经理还请我和他到六国饭店去看西班牙跳舞,我辞了他,我想着你不大舒服,我自己去也没有……"

我们的太太听着,忽然看了诗人一眼,一回身便侧坐在先生的身旁,扶着先生的臂腕,幽幽的说:"我本来也不一定要去,因为娘那边已约下了人,只好去应酬一下,你既然牺牲了西班牙跳舞来陪我,我也愿意牺牲杨小楼来陪你。我也倦,我们只在家里守着炉火坐坐也好!"

我们的先生愕然了,从来未曾受过这样的温存! 他受宠若惊的正要说话,我们的太太赶紧说:"你不用劝我,我一定不去了! 我倦得很,只要你陪着我！"说着歪了下去，俯在先生的肩上，眼里竟然有了泪光。

诗人默然站起来，把烟头扔在炉里。我们的先生也默然，只轻轻的拍着太太的肩背。彬彬本来只坐在父亲膝上，睁着大眼，很悬心的听着他们说话，至此便溜了下来，走到我们太太跟前，说："妈妈，你不去了，我呢？"我们的先生抬头看着诗人说："美倦了不去，由她罢，你带彬彬去，怎么样？"诗人还不及回答，我们的太太已连忙坐了起来，说："别烦他了！人家还有饭局呢！"先生说："既如此，彬彬也不用去了，小孩子太睡晚了，到底不好。"

Daisy站在门口，臂上带着太太和彬彬的大衣。听到这里便微笑着进来，俯了下去，在彬彬耳边，轻轻的说了几句话。彬彬忍着泪，低头向父亲和母亲说了声"明天见"，便牵着Daisy的手出去。

我们的太太隔窗唤着Daisy，说，"你再打电话告诉老姨太太，说我又觉得不大舒服，不能来了。也吩咐厨房里把我们的饭开到这里来罢，这里有火，暖和些。"Daisy一面答应着便走了。

诗人拍了拍身上的烟灰，对我们的太太说："那么我走了，明天见罢。我还要回去写几封信，我也太懒，晚上屋子里又冷，总不想拿笔，总挨朋友们的骂。"我们的先生站了起来，说："你不是有饭局么，怎么又到冷屋子里去写信？若如此，就在我们这里用了晚饭再走。"诗人凝神看着炉火，回头笑说："不用晚饭了，我也吃不下。我已住惯了冷屋子，正是'渐惯了单寒羁旅'！"他一面笑着吟哦着，往外就走。我们的太太忽然站起，要叫住诗人，诗人有我们的先生送着，已走出小院门口了。

门外是暮色逼人，诗人叫来了拱腰缩颈站在墙隅的车夫，一步跨上车去，伸直了腿，深深的向天嘘了一口气，说："走，六国饭店！"

竟于1933年10月17日夜。

（原连载于天津《大公报·文艺副刊》1933年9月27日至10月21日）

冬儿姑娘

"是呵,谢谢您,我喜,您也喜,大家同喜! 太太,您比在北海养病,我陪着您的时候,气色好多了,脸上也显着丰满! 日子过的多么快,一转眼又是一年了。提起我们的冬儿,可是有了主儿了,我们的姑爷在清华园当茶役,这年下就要娶。姑爷岁数也不大,家里也没有什么人。可是您说的'大喜',我也不为自己享福,看着她有了归着,心里就踏实了,也不枉我吃了十五年的苦。

"说起来真像故事上的话,您知道那年庆王爷出殡,……那是哪一年?……我们冬儿她爸爸在海淀大街上看热闹,这么一会儿的工夫就丢了。那天我们两个人倒是拌过嘴,我还当是他赌气进城去了呢,也没找他。过了一天,两天,三天,还不来,我才慌了,满处价问,满处价打听,也没个影儿。也求过神,问过卜,后来一个算命的,算出说他是往西南方去了,有个女人绊住他,也许过了年会回来的。我稍微放点心,我想,他又不是小孩子,又是本地人,哪能说丢就丢了呢,没想到……如今已是十五年了!

"那时候我们的冬儿才四岁。她是'立冬'那天生的,我们就这么一个孩子。她爸爸本来在内务府当差,什么杂事都能做,糊个棚呀干点什么的,也都有碗饭吃。自从前清一没有了,我们就没了落儿了。我们十几年的夫妻,没红过脸,到了那时实在穷了,才有时急得彼此抱怨几句,谁知道这就把他逼走了呢?

"我抱着冬儿哭了三整夜,我哥哥就来了,说:'你跟我回去,我养活着你。'太太,您知道,我哥哥家那些个孩子,再加上我,还带着冬儿,我嫂子嘴里不说,心里还能喜欢么? 我说:'不用了,说不定你妹夫他什么时候也许就回来,冬儿也不小了,我自己想想法子看。'我把他回走了。以后您猜怎么着,您知道圆明园里那些大柱子,台阶儿的大汉白玉,那时都有米铺里雇人来把它砸碎了,掺在米里,好添分量,多卖钱。我那时就天天坐在那漫荒野地里砸石头。一边砸着石头,一边流眼泪。冬天的风一吹,眼泪都冻在脸上。回家去,冬儿自己爬在炕上玩,有时从炕上掉下来,就躺在地下哭。看见我,她哭,我也哭,我那时哪一天不是眼泪拌着饭吃的!

"去年北海不是在'霜降'那天下的雪么? 我们冬儿给我送棉袄来了,太太您记得? 傻大黑粗的,眼梢有点往上吊着? 这孩子可是厉害,从小就是大男孩似的,一直到大也没改。四五岁的时候,就满街上和人抓子儿,押摊,耍钱,输了就打人,骂人,一街上的孩子都怕她!可是有一样,虽然蛮,她还讲理。还有一样,也还孝顺,我说什么,她听什么,我呢,只有她一个,也轻易不说她。

"她常说:'妈,我爸爸撇下咱们娘儿俩走了,你还想他呢? 你就靠着我得了。我卖鸡子,卖柿子,卖萝卜,养活着你,咱们娘儿俩厮守着,不比有他的时候还强么? 你一天里淌眼抹泪的,当的了什么呀?'真的,她从八九岁就会卖鸡子,上清河贩鸡子去,来回十七八里地,挑着小挑子，跑的比大人还快。她不打价，说多少钱就多少钱，人和她打价，她挑起挑儿就走，头也不回。可是价钱也公道，海淀这街上，谁不是买她的？还有一样，买了别人的，她就不依，就骂。

"不卖鸡子的时候，她就卖柿子，花生。说起来还有可笑的事呢，您知道西苑常驻兵，这些小贩子就怕大兵，卖不到钱还不算，还常捱打受骂的。她就不怕大兵，一早晨就挑着柿子什么的，一直往西苑去，坐在那操场边上，专卖给大兵。一个大钱也没让那些大兵欠过。大兵凶，她更凶，凶的人家反笑了，倒都让着她。等会儿她卖够了，说走就走，人家要买她也不给。那一次不是大兵追上门来了？我在院子里洗衣裳，她前脚进门，后脚就有两个大兵追着，吓得我们一跳，我们一院子里住着的人，都往屋里跑。大兵直笑直嚷着说：'冬儿姑娘，冬儿姑娘，再卖给我们两个柿子。'她回头把挑儿一放，两只手往腰上一叉说：'不卖给你，偏不卖给你，买东西就买东西，谁和你们嘻皮笑脸的！你们趁早给我走！'我吓得直哆嗦！谁知道那两个大兵倒笑着走了。您瞧这孩子的胆！

"那一年她有十二三岁，张宗昌败下来了，他的兵就驻在海淀一带。这张宗昌的兵可穷着呢，一个个要饭的似的，袜子鞋都不全，得着人家儿就拍门进去，翻箱倒柜的，还管是住着就不走了。海淀这一带有点钱的都跑了，大姑娘小媳妇儿的，也都走空了。我是又穷又老，也就没走，我哥哥说：'冬儿倒是往城里躲躲罢。'您猜她说什么，她说：'大舅舅，您别怕，我妈不走，我也不走，他们吃不了我，我还要吃他们呢！'可不是她还吃上大兵么？她跟他们后头走队唱歌的，跟他们混得熟极了，她哪一天不吃着他们那大笼屉里蒸的大窝窝头？

"有一次也闯下祸——那年她是十六岁了,——有几个大兵从西直门往西苑拉草料,她叫人家把草料卸在我们后院里,她答应晚上请人家喝酒。我是一点也不知道,她在那天下午就躲开了。晚上那几个大兵来了,吓得我要死!知道冬儿溜了,他们恨极了,拿着马鞭子在海淀街上找了她三天。后来亏得那一营兵开走了,才算没有事。

"冬儿是躲到她姨儿,我妹妹家去了。我的妹妹家住在蓝旗,有个菜园子,也有几口猪,还开个小杂货铺。那次冬儿回来了,我就说:'姑娘你岁数也不小了,整天价和大兵捣乱,不但我担惊受怕,别人看着也不像一回事,你说是不是?你倒是先住在你姨儿家去,给她帮帮忙,学点粗活,日后自然都有用处……'她倒是不刁难,笑嘻嘻的就走了。

"后来,我妹妹来说:'冬儿倒是真能干,真有力气,浇菜,喂猪,天天一清早上西直门取货,回来还来得及做饭。做事是又快又好,就是有一样,脾气太大!稍微的说她一句,她就要回家。'真的,她在她姨儿家住不上半年就回来过好几次,每次都是我劝着她走的。不过她不在家,我也有想她的时候。那一回我们后院种的几棵老玉米,刚熟,就让人拔去了,我也没追究。冬儿回来知道了,就不答应说:'我不在家,你们就欺负我妈了!谁拔了我的老玉米,快出来认了没事,不然,谁吃了谁嘴上长疔!'她坐在门槛上直直骂了一下午,末后有个街坊老太太出来笑着认了,说:'姑娘别骂了,是我拔的,也是闹着玩。'这时冬儿倒也笑了说:'您吃了就告诉我妈一声,还能不让您吃吗?明人不做暗事,您这样叫我们小孩子瞧着也不好!'一边说着,这才站起来,又往她姨儿家里跑。

"我妹妹没有儿女。我妹夫就会要钱,不做事。冬儿到他们家,也学会了打牌,白天做活,晚上就打牌,也有一两块钱的输赢。她打牌是许赢不许输,输了就骂。可是她打的还好,输的时候少,不然,我的这点儿亲戚,都让她给骂断了!

"在我妹妹家两年,我就把她叫回来了,那就是去年,我跟您到北海去,叫她回来看家。我不在家,她也不做活,整天里自己做了饭吃了,就把门锁上,出去打牌。我听见了,心里就不痛快。您从北海一回来,我就赶紧回家去,说了她几次,勾起胃口疼来,就躺下了。我妹妹来了,给我请了个瞧香的,来看了一次,她说是因为我那年为冬儿她爸爸许的愿,没有还,神仙就罚我病了。冬儿在旁边听着,一声儿也没言语。谁知道她后脚就跟了香头去,把人家家里神仙牌位一顿都砸了,一边还骂着说:'还什么愿!我爸爸回来了么?就还愿!我砸了他的牌位,他敢罚我病了,我才服!'大家死劝着,她才一边骂着,走了回来。我妹妹和我知道了,又气,又害怕,又不敢去见香头。谁知后来我倒也好了,她也没有什么。真是,'神鬼怕恶人'……。

"我哥哥来了,说:'冬儿年纪也不小了,赶紧给她找个婆家罢,"恶事传千里",她的厉害名儿太出远了,将来没人敢要!'其实我也早留心了,不过总是高不成低不就的。有个公公婆婆的,我又不敢答应,将来总是麻烦,人家哪能像我似的,什么都让着她?那一次有人给提过亲,家里也没有大人,孩子也好,就是时辰不对,说是犯克。那天我合婚去了,她也知道,我去了回来,她正坐在家里等我,看见我就问:'合了没有?'我说:'合了,什么都好,就是那头命硬,说是克丈母娘。'她就说:'那可不能做!'一边说着又拿起钱来,出去打牌去了。我又气,又心疼。这会儿的姑娘都脸大,说话没羞没臊的!

"这次总算停当了,我也是一块石头落了地!

"谢谢您,您又给这许多钱,我先替冬儿谢谢您了! 等办过了事,我再带他们来磕头。…… 您自己也快好好的保养着,刚好别太劳动了,重复了可不是玩的! 我走了,您,再见。"

1933年11月28日夜。

(原载《文学季刊》1934年1月1日创刊号)

相　片

　　施女士来到中国，整整的二十八年了。这二十八年的光阴，似乎很飘忽，很模糊，又似乎很沉重，很清晰。她的故乡——新英格兰——在她心里，只是一堆机械的叠影，地道，摩天阁，鸽子笼似的屋子，在电车里对着镜子抹鼻子的女人，使她多接触一回便多一分的厌恶。六年一次休假的回国，在她是个痛苦，是个悲哀。故旧一次一次的凋零，而亲友家里的新的分子，一次一次的加多，新生的孩子，新结婚的侄儿，甥女，带来的他们的伴侣，举止是那样的佻达，谈吐是那样的无忌。而最使施女士难堪的，是这些年轻人，对于他们在海外服务，六载一归来的长辈，竟然没有丝毫的尊敬，体恤。他们只是敷衍，只是忽略，甚至于嘲笑，厌恶。这时施女士心中只温存着一个日出之地的故乡，在那里有一座古城，古城里一条偏僻的胡同，胡同里一所小房子。门外是苍古雄大的城墙，门口几棵很大的柳树，门内是小院子，几株丁香，一架蔷薇，蔷薇架后是廊子，廊子后面是几间小屋子，里面有墙炉，有书架，有古玩，有字画……而使这一切都生动，都温甜，都充满着"家"的气息的，是在这房子有和自己相守十年的，幽娴贞静的淑贞。

　　初到中国时候的施女士，只有二十五岁，季候是夏末秋初。中国北方的初秋天气,是充满着阳光,充满着电,使人欢悦,飘扬,而兴奋。这时施女士常常穿一件玫瑰色的衣裳,淡黄色的头发,微微晕红着的椭圆的脸上,常常带着天使般的含愁的微笑。她的职务是在一个教会女学校里教授琴歌,住在校园东角的一座小楼上。那座小楼里住的尽是西国女教员,施女士是其中最年轻,最温柔,最美丽的一个,曾引动了全校学生的爱慕。中学生的情感,永远是腼腆,是隐藏,是深挚。尤其是女学生,对于先生们的崇拜敬爱,是永远不敢也不肯形之于言笑笔墨的。施女士住的是楼下,往往在夜里,她在写家书,或改卷子,隐隐会看见窗外有人影躲闪着,偷看她垂头的姿态。有时墙上爬山虎的叶子,会簌簌的响着,是有细白的臂儿在攀动,甚至于她听得有轻微的叹息。施女士只微微的抬头,凄然的一笑,用笔管挑开她额前的散发,忙忙的又低下头去做她的工作。

　　不但是在校内,校外也有许多爱慕施女士的人。在许多学生的心目里,毕牧师无疑的是施女士将来的丈夫。他是如此的年轻,躯干挺直,唇角永远浮着含情的微笑。每星期日自讲坛上下来,一定是夹着圣经,站在琴旁,等着施女士一同出去。在小楼的台阶上,也常常有毕牧师坐立的背影。时间是过了三年毕牧师例假回国,他从海外重来时,已同着一位年轻活泼的牧师夫人。学生们的幻像,渐渐的消灭了下去,施女士的玫瑰色的衣服,和毕牧师的背影,也不再掩映于校园的红花绿叶之间。光阴是一串骆驼似的,用着笨重的脚步,慢慢地拖踏了过去,施女士浅黄色的头发,渐渐的转成灰白。小楼中陆续的又来了几个年轻活泼的女教员,作了学生们崇拜敬爱的对象。施女士已移居在校外的一条小胡同里,在那里,她养着一只小狗,种着些花,闲时逛隆福寺,厂甸,不时的用很低的价钱，买了一两件古董，回来摆在书桌上，墙炉上，自己看着，赏玩着，向来访的学生们朋友们夸示着。春日坐在花下，冬夜坐守墙炉，自己觉得心情是一池死水般的，又静寂，又狭小，又绝望，似乎这一生便这样的完结了。

淑贞，一朵柳花似的，飘坠进她情感的园地里，是在一年的夏天。淑贞的父亲王先生，是前清的一个秀才，曾做过某衙门的笔帖式，三十年来，因着朋友的介绍，王先生便以教外国人官话为业，第二个学生便是施女士。施女士觉得王先生比别个官话先生都文雅，都清高。除了授课之外，王先生很少说些不相干的应酬话，接收束脩的信封的时候，神气总是很腼腆，很不自然，似乎是万分无奈。年时节序，王先生也有时送给她王太太自己绣的扇袋之类，上面绣的是王太太自己做的诗句。谈起话来施女士才知道王太太也是一个名门闺秀，而且他们膝下，只有一个女儿。

十五年前的一个冬天，王先生告了十天的假，十天以后回来，王先生的神情极其萧索，脸上似乎也苍老了许多。说起告假的情由来，是在十天之中，王太太由肺病转剧而去世，而且是已经葬了，三岁的女儿淑贞，暂时寄养在姥姥家里。

自那时起，王先生似乎是更沉默更忧闷了，幽灵似的，连说话的声音都轻得像吹过枯叶的秋风。施女士觉得很挂虑，很怜惜他，常常从谈话中想鼓舞起王先生的意兴，而王先生总仍然是很衰颓，只无力的报以客气的惨笑。十年前的一个夏天，王先生也以猝然中暑而逝世。

从王先生的邻里那里得到王先生猝然病故的消息，施女士立刻跟着来人赶到王家去，这是她第一次进王家门，院子中间一个大金鱼缸，几尾小小的金鱼在水草隙里穿游。鱼缸四围摆着几盆夹竹桃。墙根下几竿竹子，竹下开着几丛野茉莉。进了北屋，揭开竹帘鸦雀无声，这一间似乎是书屋，壁架上堆着满满的书，稀疏的挂几幅字画，西边门上，挂着一幅布帘，施女士又跟着来人轻轻的进去，一眼便看见王先生的遗体，卧在炕上，身上盖着一床单被，脸上也蒙着一张白纸，炕沿上一个白发老太太，穿着白夏布长衣，双眼红肿，看见施女士，便站了起来。经了来人的介绍，施女士认识了王先生的岳母黄老太太，黄老太太又拉起了炕头上伏着的一个幽咽的小姑娘，说："这是淑贞。"这个瘦小的，苍白的，柳花似的小女儿，在第一次相见里，衬着这清绝惨惨的环境和心境，便引起了施女士的无限的爱怜。

王先生除了书籍字画之外，一无所有，一切后事，都是施女士备办的。葬过了王先生，施女士又交给黄老太太一些钱，作为淑贞的生活费和学费，黄老太太一定不肯接受，只说等到过不去的时候，再来说。过了两三个月，施女士不放心，打听了几个人，都说是黄家孩子很多，淑贞并不曾得到怎样周到的爱护，于是在一个圣诞节的前夜，施女士便把淑贞接到自己的家里的。

窗外微月的光，轻轻的盖着积雪。时间已过夜半，那些唱圣诞喜歌的学生们，还未曾来到。窗口立着的几条红烛，已将燃尽，潸潸的落下了等待的热泪。炉火的微光里，淑贞默然的坐在施女士的椅旁，怯生的苍白的脸,没有一点倦容,两粒黑珠似的大眼,嵌在瘦小的脸上,更显得大的神秘而凄凉。施女士轻轻的握着淑贞的不退缩也无热力的小手,想引她说话,却不知从哪里说起。从微晕的光中,一切都模糊的时候,她觉得手里握着的不是一个活泼的小女子,却是王先生的一首诗,王太太的一缕绣线,东方的一片贞女石,古中华的一种说不出来的神秘的静默。……

十年以来,在施女士身边的淑贞好像一条平流的小溪,平静得看不到流动的痕迹,听不到流动的声音,闻不到流动的气息。淑贞身材依然很瘦小,面色依然很苍白,不见她痛哭,更没有狂欢。她总是羞愁的微笑着,轻微的问答着,悄蹑的行动着。在学校里她是第一个好学生,是师友们夸爱的对象,而她却没有一个知己的小友,也不喜爱小女孩们所喜爱的东西。

"这是王先生的清高,和王太太的贞静所凝合的一个结晶!"施女士常常的这样想,这样的人格,在跳荡喧哗的西方女儿里是找不到的。她是幽静,不是淡漠,是安详,不是孤冷,每逢施女士有点疾病,淑贞的床前的蹀躞,是甜柔的,无声的,无微不至的。无论哪时睁开眼,都看见床侧一个温存的微笑的脸,从书上抬了起来。"这天使的慰安!"施女士总想表示她热烈的爱感,而看着那苍白羞怯的他顾的脸,一种惭愧的心情,把要说的热烈的话,又压了回去。

淑贞来的第二年,黄老太太便死去,施女士带着她去看了一趟,送了葬,从此淑贞除了到学校和礼拜堂以外,足迹不出家门。清明时节,施女士也带她去拜扫王先生和王太太的坟，放上花朵，两个人都落了泪。归途中施女士紧紧的握着淑贞的手，觉得彼此都是世界上最畸零的人，一腔热柔的母爱之情，不知不觉的都倾泻在淑贞身上。从此旅行也不常去，朋友的交往也淡了好些，对于古董的收集也不热心了。只有淑贞一朵柳花，一片云影似的追随着自己，施女士心里便有万分的慰安和满足。有时也想倘若淑贞嫁了呢？……这是一个女孩子的终身大事，幻想着淑贞手里抱着一个玉雪可爱的婴孩，何尝不是一幅最美丽，最清洁，最甜柔的图画；而不知怎样，对于这幻像却有一种莫名的恐怖！……"倘若淑贞嫁了呢？"一种孤寂之感，冷然的四面袭来，施女士抚着额前的白发，起了寒战，连忙用凄然的牵强的微笑，将这不祥的思想挥麾开去。

人人都夸赞施女士对于淑贞的教养，在施女士手里调理了十年，淑贞并不曾沾上半点西方的气息。洋服永远没有上过身，是不必说的了，除了在不懂汉语的朋友面前，施女士对淑贞也不曾说过半句英语。偶然也有中学里的男生，到家里来赴茶会，淑贞只依旧腼腆的静默的坐在施女士身边，不加入他们的游戏和谈笑，偶然起来传递着糖果，也只低眉垂目的，轻声细气的。这青年人的欢乐的集会，对于淑贞却只是拘束，只是不安。这更引起了施女士的怜惜，轻易也便不勉强她去和男子周旋。偶然也有中国的老太太们提到淑贞应该有婆家了，或是有男生们直接的向施女士表示对于淑贞的爱慕，而施女士总是矜傲的微笑着，婉转的辞绝了去。

淑贞十八岁毕业了中学，这年又是施女士回国的例假，从前曾有一次是把淑贞寄在朋友家里，独自回去了的，这次施女士却决定把淑贞带了回去，一来叫淑贞看看世界，二来是减少自己的孤寂；和淑贞一说，出乎意外的，淑贞的苍白脸上，发了光辉，说："妈妈！只要是跟着你，我哪里都愿意去的！"施女士爱怜的抚着淑贞的臂说："谢谢你！我想你一定喜欢看看我生长之地，你若是真喜欢美国呢，也许我就送你入美国的大学……"

在新英格兰的一个镇上，淑贞和施女士又相依为命的住下了。围绕着这座老屋，是一片大青草地，和许多老橡树。那时也正是夏末秋初，橡叶红得光艳迎人，树下微微的有着潮湿的清味，这屋子是施女士的父亲施老牧师的旧宅，很宽大的木床，高背的椅子，很厚的地毯，高高的书架，磊着满满的书，书屋里似乎还遗留着烟斗的气味。甬道高大得似乎起着回音，两旁壁上都挂着圣经故事的金框的图画。窗户上都垂着深色的窗帘，屋里不到黄昏，四面便起了黯然的色影。施女士带着淑贞四围周视；书屋墙炉前的红绒软椅，是每夜施老牧师看书查经的坐处；客厅角落是一张核桃木的小书桌子，是施老太太每日写信记帐的地方；楼上东边一个小屋子，是施女士的寝室，墙上还挂着施女士儿时的几张照片；三层楼顶的小屋，是施女士的哥哥雅各儿时的寝室……。这老屋本来是雅各先生夫妇住着的，今年春天，雅各先生也逝世了，雅各夫人和她的儿子搬到邻近的新盖的小屋子去，这老屋本来要出卖，施女士写信回来，请她留着，说是自己预备带着淑贞，再过一年在故国的重温旧梦的最后的光阴。

这老屋里不常有来访的客人,除了和施女士到礼拜堂去作礼拜外,淑贞只在家里念点书,弹点琴,作点活计,也不常出门。有时施女士出去在教堂的集会里,演讲中国的事情,淑贞总是跟了去,讲后也总有人来和施女士和淑贞握手。问着中国的种种问题,淑贞只腼腆含糊的答应两句,她的幽静的态度,引起许多人的爱怜。因此有些老太太有时也来找淑贞谈谈话,送她些日用琐碎的东西。

每星期日的晚餐,雅各太太和她的儿子彼得总是到老屋里来聚会。雅各太太是个瘦小的妇人,身材很高,满脸皱纹,却搽着很厚的粉,说起话来,没有完结,常常使施女士觉得厌倦。彼得是个红发跳荡的孩子,二十二岁的人,在淑贞看来,还很孩气,进门来就没有一刻安静。头一次见面便叫着淑贞的名字,说:"你是我姑姑的中国女儿呀,我们应该做很好的朋友才是!"说着就一阵痴笑。施女士看见淑贞局促的样子,便微微的笑说:"彼得你安静些,别吓着我的小女儿!"一面又对淑贞说:"这是我们美国人亲密的表示,我们对于亲密的友人,总不称呼'先生''小姐'的,你也只叫他彼得好了。"淑贞脸红一笑。

淑贞的静默,使彼得觉得无趣,每星期日晚餐后,总是借题先走,然后施女士和雅各太太断断续续的,有一搭没一搭的谈着老话。淑贞听得倦了,有时站起倚窗外望,街灯下走着碧眼黄发的行人,晚风送来飘忽的异乡的言语,心中觉得乱乱的,起着说不出的凄感……

有一天夜里,雅各太太临走的时候,忽然笑对淑贞说,"下星期晚你可有机会说中国话了。我发现了这里的神学院里有个李牧师,和他的儿子天锡,在那里研究神学。我已约定了他们下星期晚同来吃晚饭。我希望这能使你喜欢。"淑贞抬起头来看着施女士,施女士便说,"我在神学院的图书馆里,也看见了他们几次。李牧师真是个慈和的老人,天锡也极其安静稳重,我想我们应当常常招待他们,省得他们在外国怪寂寞的。"淑贞答应着。

这星期晚,施女士和淑贞预备了一桌中国饭,摆好匙箸,点起红烛,施女士便自去换了一身中国的衣服,带上玉镯子,又叫淑贞听见门铃,便去开门,好叫李牧师父子进门来第一句便听见乡音。淑贞笑着答应了,心里也觉得高兴。

门铃响了,淑贞似乎有点心跳,连忙站起出去时,冲进门来的却是彼得,后来是雅各太太,同着一个清癯苍白的黑发的中年人。彼得一把拉住淑贞说:"这是李牧师,你们见见!"又从李牧师身后拉过一个青年人说,"这是李天锡先生,这是王小姐,我们的淑贞。"李牧师满面笑容的和淑贞握手,连连的说:"同乡,同乡,我们真巧,在此地会见!"天锡只默然的鞠了一躬,施女士也出来接着,大家都进入客室。

席上热闹极了,李牧师和施女士极亲热的谈着国内国外布道的状况,雅各太太也热烈的参加讨论。彼得筷上的排骨,总是满桌打滚,夹不到嘴,不住的笑着嚷着。淑贞微笑着给他指导。天锡却一声不响的吃着饭,人问话时,才回答一两句,声音却极清朗,态度也温蔼,安详。雅各太太笑对李牧师说,"我真佩服你们中国人的教育,你看天锡和淑贞都是这样的安静,大方,不像我们的孩子那样坐不住的神气,你看彼得!"彼得正夹住一个炸肉球,颤巍巍的要往嘴里送,一抬头,筷子一松,肉球又滑走了,彼得哈哈的大笑了起来,大家也随着笑了一阵。

饭后散坐着,喝着咖啡,淑贞和天锡仍是默坐一旁,听着三个中年人的谈话。彼得坐了一会儿,便打起呵欠,站了起来说,"妈妈,你要是再谈下去,我可要走了,我明天还上课呢!"雅各太太回头笑了,说,"你又急了,听个戏看个电影的你都不困,这会儿回去你也不一定睡觉!"一面说一面却也站了起来。天锡欠着身,两手按着椅旁,看着李牧师,说"爸爸,我们也该走了罢?"施女士赶紧说,"不忙,时间还早呢,你父亲还要看看我父亲收藏的关于宗教的书呢!"彼得也笑着,拿起帽子,说,"别叫我搅散了你们的畅谈,你们再坐一坐罢。"一面便上前扶着雅各太太,和众人握手道别出去。

施女士送走了他们母子,转身回来,在客室门口便站住,点头笑对李牧师说,"您跟我到书房来罢,我父亲的藏书,差不多都在那边。——淑贞,你也招待招待天锡,如今都在国外,别尽守着中国的老规矩,大家不言不语的!"李牧师笑着走了出来,淑贞和天锡欠了欠身。

两个人转身对着坐下。因着天锡的静默和拘谨,淑贞倒不腼腆了,一面问着天锡何时来美?住居何处?一面在微晕的灯光下,注视着这异国的故乡的少年:一头黑发,不加油水的整齐的向后拢着,宽宽的前额,直直的鼻子,有神的秀长的双眼,小小的嘴儿,唇角上翘,带点女孩子的妩媚。一身青呢衣服,黑领带,黑鞋子,衬出淡黄色发光的脸,使得这屋子中间,忽然充满了东方的气息。

天锡笑着问:"王小姐到此好些日子了罢,常出去玩玩么?"淑贞微微的吁了一口气,低下头去,说,"不,我不常出去,除了到到礼拜堂。不知道为什么,这里的人和在中国的那些美国人仿佛不一样,我一见着他们心里就局促的慌……"淑贞说着自己也奇怪,如何对这陌生的少年,说这许多话。

天锡默然一会,说,"这也许是中外人性格不同的缘故,我也觉得这样,我呢,有时连礼拜堂里都不高兴去!"淑贞抬头问:"我想礼拜堂里倒用不着说话,您为什么……"一面心里想,"这个牧师的儿子……。"

天锡忽然站了起来,在灯下徘徊着,过了一会,便过来站在淑贞椅旁,站的太近了,淑贞忽然觉得有些畏缩。天锡两手插在裤袋里,发光的双眼,注视着淑贞,说,"土小姐,不要怪我交浅言深,我进门来不到五分钟,就知道您是和我一样……什么都一样,我在这里总觉得孤寂,可是这话连对我父亲都没说过。"淑贞抬头凝然的看着。

天锡接了下去:"我的祖父是个进士,晚年很潦倒,以教读为生,后来教了些外国人,帮忙他们编中文字典。我父亲因和祖父的外国朋友认识,才进了教会神学,受洗入教,我自己也是个教会学校的产品,可是我从小跟着祖父还读过许多旧书,很喜爱关于美术的学问。去年教会里送我父亲到这里入神学,也给我相当的津贴,叫我也在神学里听讲。我自己却想学些美术的功课,因着条件的限制,我只能课外自己去求友,去看书。——他们当然想叫我也做牧师,我却不欢喜这穿道袍上讲坛的生活!其实要表现万全的爱,造化的神功,美术的导引,又何尝不是一条光明的大路,然而……人们却不如此想法!

"到礼拜堂去,给些小演讲,事后照例有人们围过来,要从我二十年小小的经历上,追问出四千年古国的种种问题,这总使我气咽,使我恐惶。更使我不自在的,有些人们总以为基督教传入以前,中国是没有文化的。在神学里承他们称我为'模范中国青年',我真是受宠若惊。在有些自华返国的教育家,在各处作兴学募捐的演讲之后,常常叫我到台上去,介绍我给会众,似乎说,'这是我们教育出来的中国青年,你看!'这不是像耍猴的艺人,介绍他们练过的猴子给观众一样么?我敢说,倘然我有一丝一毫的可取的地方,也决不是这般人训练出来的!"

淑贞的畏缩全然消失了,只觉得椅前站着一个高大的晕影,这影儿大到笼罩着自己的灵魂,透不出气息。看着双颊烧红,目光如炬的太兴奋了的天锡,自己眼里忽然流转着清泪,这泪,是同情?是怜惜?是乡愁?自己也说不出。为着不愿意使这泪落下,淑贞就仍旧勉强微笑的抬着头看着。

天锡换了一口气,又说,"真的,还有时候教会里开会欢送到华布道的人,行者起立致词,凄恻激昂,送者也表示着万分的钦服与怜悯,似乎这些行者都是谪逐放流,充军到蛮荒瘴疠之地似的!——国外布道是个牺牲,我也承认,不过外国人在中国,比中国人在外国是舒服多了,至少是物质方面,您说是不是?"淑贞点了点头,又微微的笑着,整了整衣服,站了起来,温柔的说:"说的也是,不过从我看来,人家的起意总是不坏,有些事情,也是我们觉得自己是异乡的弱国人,自己先气馁,心怯,甚至于对人家的好意,也有时生出不正常的反感,倘或能平心静气呢,静默的接受着这些刺激,带到故国去,也许能鼓励我们做出一点事情,使将来的青年人,在国际的接触上,能毂因着光荣的祖国,而都做个心理健全的人,……您说呢?"

天锡坐了下去,从胸袋里掏出手绢来,擦着自己额上的汗,脸上的红潮渐退,眼光又恢复了宁静与温和,他把椅子往前拉了一拉,欠身坐着,幽幽的说,"对不起您,王小姐,我没想到第一次见您,便说出这些兴奋的孩气的话！总而言之，我是寂寞，我是怀念着祖父的故乡。今天晚上看见您，我似乎觉得有一尊'中国'，活跃的供养在我的面前，我只对着中国的化身，倾吐出我心中的烦闷，无意中也许搅乱了您心中的安平，我希望您能原谅，饶恕我。"这青年人说到这里脸上又罩上一层红晕，便不再往下说。

　　淑贞也不由的脸红了，低头摩弄着椅上的花纹，说，"就是我今晚也说了太多的话。真的，从我父亲死去以后，我总觉得没有人能在静默中了解我……今晚上……也许是异国听见到乡音……我……"淑贞越说越接不下去了，便轻轻地停住。——屋里是久久的沉默。

　　淑贞抬起头来时，天锡的脸上更沉静了，刚才的兴奋，已不留下丝毫的痕迹，微笑的说，"我想我们应该利用这国外的光阴，来游历，来读书，——我总是佩服西方人的活泼与勇敢，他们会享受，会寻乐，他们有团体的种种健全的生活，我很少看见美国青年有像我们这般忧郁多感的。我在艺术学院和神学院里也认识许多各国的青年人，其中也有小姐们，我们都很说得来，每个星期六的下午，他们常聚在一起研究讨论，或是远足旅行，我有时也加入，觉得很有意思。王小姐，您也应当加入他们的团体，来活泼您的天机。我父亲也常同我们一起去，我想施女士一定会赞成的。"

　　淑贞的眼光中漾出了感谢与欢喜，连忙说，"谢谢你的邀请，我想明年进入大学，也想在离家之先，同这里青年人有些接触，免得骤然加入她们的团体时，感觉得不惯。"

　　天锡问："您想进哪一个大学？"淑贞说，"还不定呢，明年施女士也许回到中国去，也许不回去。这些日子没听见她提起，我也没有问。

她若回去呢，我想我当然也是跟着去，不过……现在……我还是想在这里入大学……"

门开了，施女士先进来，后面是李牧师，臂间夹着几本很厚的书。施女士笑对天锡说，"我们检着书，说着话，就忘了时候，你们没有等急了罢？"天锡站了起来，笑着说，"我们谈着上学的事情，也谈得很起劲，简直是忘了时候。"李牧师拿起帽子，说，"现在我们真是该走了！施女士，打搅了您这一晚，谢谢您的饭和您的书，希望我们以后仍常有见面的机会。"施女士也笑着和他们父子握手，说，"你们以后只管常来，淑贞在这里也闷得慌，有个同乡来谈谈也好！"淑贞站在一旁，红着脸笑着。天锡从父亲手里接过几本书来，跟在父亲后面，一同鞠了躬退走了出来，施女士和淑贞都送到门口。

施女士和淑贞在客厅里收拾着茶具，施女士一面微微的打着呵欠，说，"你看李牧师和他的儿子不是极可爱的人么？天锡真是个中国的绅士，一点也不轻浮，你和他谈得还好罢？"淑贞正端起茶盘来，抬头看着施女士，略微一迟疑，又红了脸，只轻轻的答应了一声，便低着头托着茶盘走了出去。

时间已是春初，施女士和淑贞到美国又整整半年了。这半年中，老屋里的一切，仍是没有改变，除了李牧师父子和雅各太太母子，常常来往，也有一两次他们六个人一齐加入青年团体的野餐会。此外，就是淑贞似乎到了发育时期了，施女士心里想，肌肉丰满了许多，双颊也红润了，最看得出的是深而大的双眼里漾着流动的光辉，言笑也自如了，虽是和李牧师父子有时仍守着中国女孩儿的矜持，而对于彼得，就常常有说有笑的了。施女士心里觉着有一种异样的慰安。以前的淑贞是太沉默了，年轻的人是应当活泼的，……活泼的灵魂投入了淑贞窈窕的躯体，就使得淑贞异样的动人！……倘若……施女士不再往下想了，手按着前额，忏悔似的站了起来，呆望着窗外的残雪。

故乡的天气，似乎不适宜于她近来的身体了，施女士春来常常觉得不舒服。一冬的大雪，在初春阳光之下，与嫩绿一同翻上来的是一种潮湿的气味，厚重的帘幕，也似乎更低垂了。施女士懒懒的倚坐在床上，听着淑贞在楼下甬道里拂拭着家具，轻快的行动着，微讴着；又听着邮差按铃，淑贞开门的声音。过了一会淑贞捧着早餐的盘子，轻盈的走了进来，一面端过小矮几来，安放在床上，一面扶起施女士，坐好了，又替她拍松了枕头，笑着拈起盘子里的一个信封，说，"妈妈您看，这是上次我们出去野餐的时候，照的相片，……里头有一张是小李先生在我不留心的时候拍上的，您看我的样子多傻！"说着把餐具移放在矮几上，转身又端着空盘子出去。

施女士懒懒的拿起相片来看，一共是八张，有雅各太太母子，有李牧师父子，有淑贞和他们一块儿照的，也有青年团体许多人照的，看到最末一张，施女士忽然的呆住了！

背影是一棵大橡树，老干上满缀着繁碎的嫩芽，下面是青草地，淑贞正俯着身子，打开一个野餐的匣子，卷着袖，是个猛抬头的样子，满脸的娇羞，满脸的笑，惊喜的笑，含情的笑，眼波流动，整齐的露着雪白的细牙，这笑的神情是施女士十年来所绝未见过的！

一阵轻微的战栗，施女士心里突然涌起一种无名的强烈的激感，不是惊讶,不是忿急,不是悲哀……她紧紧的捏住这一张相片——

上次的野餐,自己是病着,原想叫淑贞也不去,在家里陪着自己,又怕打断了大家的兴头,猜想淑贞也是不肯去的,在人前虚让了一句,不料她略一沉吟,望了望拿着帽子站在门口的李天锡,便欢然的答应着随着大家走了——

她呆呆的望着这张相片,看不见了相片上的淑贞,相片上却掩映的浮起了毕牧师的含情的唇角,王先生忧郁的脸,一座古城,一片城墙,一个小院,一架蔷薇,……手指一松,相片落了下来,施女士眼里忽然满了清泪。

门轻轻的开了,淑贞又轻盈的托着咖啡盘子进来,放在床旁的小桌上,便笑着在屋里随便的收拾着。施女士一声不响的看着她:身上是白绸的薄衫子,因着上楼的急促,丰满的胸口,微微的起伏着,厚厚的微卷的短发,堆在绯红的颊旁,一转身,又呈现着丰美的背影,衬衣的花边中间,隐约的透露着粉红色的肌肤……一团春意在屋中流转……

猛抬头看见对面梳妆台上镜中的自己,蓬乱的头发,披着一件绒衫,脸色苍白,眼里似乎布着红丝,眼角聚起了皱纹……

淑贞笑着走了过来,站在床前,拈起相片来看,笑着说,"妈妈您看这些青年人不都是活泼可爱么?我们还说呢,将来我们一起入学,一定……"

施女士没有答应。淑贞抬起头来,忽然敛了笑容:施女士轻轻的咬着下唇,双眼含泪的,极其萧索的呆望着窗外。淑贞往前俯着,轻轻的问,"妈妈,您想什么?"

　　施女士没有回头,只轻轻的拉着淑贞的手说,"孩子,我想回到中国去。"

　　　　　　　　　（原载《文学季刊》1934年7月1日第3期）

落 价

　　我们家的老阿姨回安徽老家去给儿子娶媳妇的时候,对我说:"宋老师,我这次回去,可能不来了。我总觉着在您家里干活,挺轻松、挺安逸的。我的侄女昨天从乡下来了。她刚念完初中,她妈妈就死了,她爹又娶了后妻,待她很不好,尽叫她下地干农活。我听说了怪心疼的,就托同乡把她带来了,想让她顶我的缺。她什么都会,又有文化,比我强多了。"说着从身后拉过一个二十岁左右、面黄肌瘦、衣衫褴褛的姑娘来,说她叫方玉凤,又催她说:"你快见见宋老师,她就是你的东家!"小方腼腆地向我鞠了一个深深的躬。

　　那时我还没有退休,我女儿小真大学刚毕业,也在中学里教书。家中里里外外的事也不少,有小方来帮忙,我很高兴。

　　小方虽然瘦弱,却很利落麻利,来了不到一个月,我们就都十分喜欢她。她也因为久已没有家庭的温暖,在我们这个简卑的小家庭里,似乎又得到了和睦融洽的"家"的滋味。小真总把自己穿过的衣服,一年四季给小方换上。她俩就像姐妹一样地亲热。每天晚上小真还教她英语、数学等,鼓励她去考中专。

　　两年过去了,忽然有一天,小方很难为情地来对我说:有个同乡介绍她到一家面铺当售货员,每月工资有一百九十元,奖金在外。她几乎流着眼泪说:"我真是舍不得离开你们,可是我若想上学,不攒一点学费不行……"这时我已经退休了,足可以料理家务了,因此我和小真都连忙说:"这个我们了解而且也替你高兴,你去吧,有空常来走走。"

小方真地像回家一样,每个星期天都来。本来在我们家两年,她已经丰满光鲜得多了,这时再穿上颜色鲜艳的连衣裙,更是十分漂亮,我们都笑说几乎认不得她了。

她每次来,都带着果品,尤其常送些新鲜的南豆腐,她说:"从书上看到老人骨节疏松,最好吃些带'钙'的东西,除了牛奶、鸡蛋之外,最好的是豆制品了。你们上街买菜时,不容易碰得到好豆腐。"当我们辞谢她时,她还对小真挤眼,笑说:"我的工资比你们都高,这点东西算不了什么。"我们也只好由她。

有一天,她拿来了一架小长方形的白色蓝面的收音机,放在我的书桌上,说:"这收音机才十八块钱,不到我工资的十分之一,你们早晨起来听'新闻和报纸摘要'不比订那些报纸强么?从前我每次到邮局去替您订这个报、那个报的,我都觉得很浪费!其实那些报纸上头登的都是一样的话!"我一边赏玩着那架小巧的收音机,一边笑说:报纸上也不尽是新闻,还有许多别的栏目呢。而且几份报纸看过了,整理起来,也是一大摞,可以卖给收买破烂的,不也可以收回一点钱?"

小方打断了我,说:"您不知道,'破烂'才不值钱呢!现在人人都在说,一切东西都在天天涨价,只有两样东西落价,一样是'破烂',一样是知识……"小方忽然不往下说了。

　　我的心猛然往下一沉，心说：和破烂一样，我们是落价了，这我早就知道！

1988年5月11日晨。

（原载《收获》1988年第5期）

干　涉

晓岚手里捏着一摞"杨谦教授启，上海柳缄"的航空信封，呆呆地坐在父亲的书桌旁边。

爸爸临时到沈阳开学术会议，去了两个星期，这是两个星期内从上海来的信，一共是四封，摸上去都不薄，而且字迹十分娟秀，好像春风里摇曳的柳枝一般。

爸爸是经济学教授，是个学术权威，他已经七十岁，过了退休年龄，可是学院里还请求他带几个研究生。

爸爸和妈妈是大学里同班同学，恋爱结婚的，婚后又一同留校教学，生活十分美满。他们有两个女儿，晓岚和晓芬，她们也都结婚了。晓岚是和她的一同上山下乡的知青王卫东恋爱结婚的，有了一个八岁的儿子叫冬冬。晓芬和她的爱人李卓，是在大学里同班，恋爱结婚的。她们两姐妹婚后，都分住在各自的机关里。

爸爸和妈妈的宿舍是大学高知楼里一个四室一厅的单元，他们夫妻的卧室是比较大的，放着有"席梦思"褥子的双人床，大穿衣柜，五斗柜等等，对面朝北的一间，是老阿姨住的。客厅的右边是他们的书房，比卧房小一些，两张书桌对面放着，如同一张大方桌，沿墙是好几个书柜，客人来了都称赞房子布置得真好。

不幸的是妈妈于十年前因心肌梗塞突然去世了，爸爸十分悲痛，还把妈妈的骨灰盒放在自己书桌旁边的书架上，来陪伴自己。他不会照料自己，晓岚一家便很高兴地搬来和他同住。爸爸把那间大卧室让给他们，自己住到书房里去。冬冬也由那个老阿姨带着住，在北屋里。爸爸每月的工资，一大半都交给晓岚作为家用。晓岚觉得日子过得又轻松又自在，她努力把爸爸侍候好，又悄悄地把妈妈的骨灰盒藏在墙柜里。

想不到在妈妈死去十年之后，爸爸到上海开过一个学术会议回来，爸爸的精神活泼了起来，面色也红润了，说话也显得兴奋，而且还常常得到"上海柳缄"这种很厚很厚的信！爸爸是不是又和人搞恋爱了？晓岚从心底涌上一股酸涩的滋味。是替妈妈吃醋呢，还是看不起爸爸，仿佛他这样做有失身分？

她手里拿着那几封信，正在发愣，妹妹晓芬来了，她是来看爸爸的，听说爸爸临时到沈阳去了，又看见晓岚手里的几封信。晓岚便把自己心里的疑虑，告诉了妹妹。不料晓芬却很高兴地笑了起来，说："妈妈走了以后，爸爸似乎老了许多，如今又有了对象，足见老来也需要贴身的、可以讲些老话的伴侣。此外，还有许多事，比如病痛，我们到底不能照顾得周到。我看这事如果有了眉目，你千万不要干涉！"

晓岚难过地说："我不是想干涉，不过爸爸临老又恋爱结婚，他的学生们听见了，也会笑话……"

晓芬笑说："你和王卫东恋爱的时候，妈妈还不同意，嫌他不是书香门第出身，不是爸爸坚持说：'不要干涉儿女的恋爱和婚姻的自由'吗？我看你还是……"

两个姐妹的谈话,就僵着说不下去了。

过两天爸爸从沈阳回来了,晓岚把"上海柳缄"的几封信给了他。他高兴地接了过去,看过了笑对晓岚说:"这位柳教授要参加一个旅游团来到北京。在上海开会时她接待过我,我想我也应该好好地接待她。"

晚上过道墙上的电话响了,晓岚不等爸爸出来便抢着去接,摘下了话筒,据说是从科学院招待所打来的,话筒里是一位女人很清脆的声音,问"杨谦教授在家吗?"晓岚说,"在,您贵姓呀?"话筒里说:"我姓柳,从上海来的。"这时爸爸已经站在身后,把话筒接过去,晓岚一扭身便回到自己屋里,把屋门砰地一声关上了。

爸爸来叩她的屋门,笑着说:"刚才那个电话就是那位柳青教授来的,我想陪她在北京玩两天,再请她来家吃饭,到时你就准备一下,也叫晓芬夫妇来参加吧。"晓岚低着头,"嗯"了一声。

从第二天起,爸爸就天天出去,每天临走时都说:"我不回家吃饭了,你们不要等我。"

到了爸爸让她准备请客的那一天,晓岚一面腻烦地帮着老阿姨做菜,一边忧郁地想,"假如爸爸真的和柳教授结婚了,我们就必须把这房子让出来,回到那两间窄小的单元里,去过从前那种清寒的日子,连保姆也请不起了……我必须干涉爸爸的这段婚姻!"

在这天的宴会之前,她从墙柜里搬出妈妈的骨灰盒来,拂拭了一下,又摆在爸爸书桌旁边的书架上,还在客厅和爸爸的书房和卧室墙上挂上几张爸爸和妈妈不同时期的合影。

晓芬夫妇在宴会前半小时才兴冲冲地来了,还带来一大把鲜花。在插花的时候,他们看了客厅和爸爸屋里的新的布置,都惊诧地对看了一眼，又看了晓岚一眼，默默地低下了头。

这时爸爸已经陪着一位衣着很素净，仪态很大方，年纪在六十岁左右的妇女进来，一面笑着向她介绍说："这是我两个女儿的家里人，"又对她们说："这位就是柳青教授。"大家向前一一地握了手，喝过茶后，晓岚立刻就带客人去参观他们的居室。爸爸看见自己的书架上又摆上了妻子的骨灰盒，面容不由得严肃了起来。饭桌上王卫东和晓芬夫妇都热情地同客人谈笑，也问长问短，知道柳教授的老伴过去十二年了，也有已婚的两个儿女，也都住在各自的宿舍里，只每星期天到柳教授住宅里来聚餐。晓岚却是除了向客人碗里夹菜之外，一语不发。冬冬却向他妈妈耳边悄悄地夸"这位老太太真好！"

饭后喝过咖啡，柳教授就起身道谢告辞，爸爸说："就送你到出租汽车站吧。"晓岚就表示也要去送，晓芬急忙在姐姐的胳臂上捏了一把，晓岚只好说："冬冬陪外公走一趟吧。"冬冬就追了出去。

不久，冬冬就回来了，说："外公说外面太冷，叫我快回去，怕凉着。"晓岚赶紧问："他们还说些什么？"冬冬搔了搔头说："仿佛是那位柳奶奶说，'看来你大女儿不喜欢我们在一起——'外公叹口气说，'恐怕我们只能像铁路上的两条钢轨，尽管一路并肩同行，可是永远也不会聚在一起……'"

1988年8月5日晨。

（原载《人民文学》1988年第9期）

小说第二辑

最后的安息

惠姑在城里整整住了十二年,便是自从她有生以来,没有领略过野外的景色。这一年夏天,她父亲的别墅刚刚盖好,他们便搬到城外来消夏。惠姑喜欢得什么似的,有时她独自一人坐在门口的大树底下,静静的听着农夫唱着秧歌;野花上的蝴蝶,栩栩的飞过她头上。万绿丛中的土屋,栉比鳞次的排列着。远远的又看见驴背上坐着绿衣红裳的妇女,在小路上慢慢的走。她觉得这些光景,十分的新鲜有趣,好像是另换了一个世界。

这一天的下午,她午梦初回,自己走下楼来,院子里静悄悄的,没有一点的声息。在廊子上徘徊了片响,忽然想起她的自行车来,好些日子没有骑坐了,今天闲着没事,她想拿出来玩一玩,便进去将自行车扶到门外,骑了上去,顺着那条小路慢慢的走着。转过了坡,只见有一道小溪,夹岸都是桃柳树,风景极其幽雅,一面赏玩,不知不觉的走了好远。不想溪水尽处,地势欹斜了许多,她的车便滑了下去,不住的飞走。惠姑害了怕,急忙想挽转回来,已来不及了,只觉得两旁树木,飞也似的往两边退去,眼看着便要落在水里,吓得惠姑只管喊叫。忽然觉得好像有人在后面拉着,那车便望旁倒了,惠姑也跌在地下。起来看时,却是一个乡下女子，在后面攀着轮子。惠姑定了神，拂去身上的尘土，回头向她道谢，只见她也只有十三四岁光景，脸色很黑，衣服也极其褴褛，但是另有一种朴厚可爱的态度。她笑嘻嘻的说："姑娘！刚才差一点没有滑下去，掉在水里，可不是玩的！"惠姑也笑说："可不是么，只为我路径不熟，幸亏你在后面拉着，要不然，就滚下去了。"她看了惠姑一会儿说："姑娘想是在山后那座洋楼上住着罢？"惠姑笑说："你怎么知道？"她道："前些日子听见人说山后洋楼的主人搬来了。我看姑娘不是我们乡下的打扮，所以我想，……"惠姑点头笑道："是了，你叫什么名字？家里还有谁？"她说："我名叫翠儿，家里有我妈，还有两个弟弟三个妹妹。我自从四岁上我爹妈死去以后，就上这边来的。"惠姑说："你这个妈，是你的大妈还是婶娘？"翠儿摇头道："都不是。"惠姑迟疑了一会，忽然想她一定是一个童养媳了，便道："你妈待你好不好？"翠儿不言语，眼圈红了。抬头看了一看日影说："天不早了，我要走了，要是回去的晚，我妈又要……"说着便用力提着水桶要走，惠姑看那水桶很高，内里盛着满满的水，便说："你一个人哪里搬得动，等我来帮助你抬罢。"翠儿说："不用了，姑娘更搬不动，回头把衣服弄湿了，等我自己来罢。"一面又挣扎着提起水桶，一步一步的挪着，径自去了。

　　惠姑凝立在溪岸上，看着她的背影，心里想："看她那种委屈的样子，不知她妈是怎样的苦待她呢！可怜她也只比我略大两岁，难为她成天里作这些苦工。上天生人也有轻重厚薄呵！"这时只听得何妈在后面叫道："姑娘原来在这里，叫我好找！"惠姑回头笑了，便扶着自行车，慢慢的转回去。何妈接过自行车，便说："姑娘几时出来的，也不叫我跟着。刚才太太下楼，找不见姑娘，急得什么似的。以后千万不要独自出来，要是……"惠姑笑着说:"得了，我偶然出来一次，就招出你两车的话来。"何妈也笑了，一边拉着惠姑的手，一同走回家去。道上惠姑就告诉何妈说她自己遇见翠儿的事情，只把自行车几乎失险的事瞒过了。何妈叹口气说:"我也听见那村里的大嫂们说了，她婆婆真是厉害，待她极其不好。因为她过来不到两个月，公公就病死了，她婆婆成天里咒骂她，说她命硬，把公公克死了，就百般的凌虐她，挨冻挨饿，是免不了的事情。听说那孩子倒是温柔和气，很得人心的。"这时已经到家。她父亲母亲都倚在楼头栏杆上，看见惠姑回来了，虽是喜欢，也不免说了几句，惠姑只陪笑答应着，心里却不住的想到翠儿所处的景况，替她可怜。

第二天早晨，惠姑又到溪边去找翠儿，却没有遇见，自己站了一会儿。又想这个时候或者翠儿不得出来，要多等一等，又恐怕母亲惦着，只得闷闷的回来。

下午的时候，惠姑就下楼告诉何妈说:"我出去一会儿，太太要找我的话，你说我在山前玩耍就是了。"何妈答应了，她便慢慢的走到山前，远远的就看见翠儿低着头在溪边洗衣服，惠姑过去唤声"翠儿"！她抬起头来，惠姑看见她眼睛红肿，脸上也有一缕一缕的爪痕，不禁吃了一惊，走近前来问道:"翠儿！你怎么了？"翠儿勉强说:"没有怎么！"说话却带着哽咽的声音，一面仍用力洗她的衣服。惠姑也便不问，拣一块干净的石头坐下，凝神望着她，过了一会说:"翠儿！还有那些衣服，等我替你洗了罢，你歇一歇好不好？"这满含着慈怜温蔼的言语，忽然使翠儿心中受了大大的感动——

可怜翠儿生在世上十四年了，从来没有人用着怜悯的心肠，温柔的言语，来对待她。她脑中所充满的只有悲苦恐怖，躯壳上所感受的，也只有鞭笞冻饿。她也不明白世界上还有什么叫做爱，什么叫做欢乐，只昏昏沉沉的度那凄苦黑暗的日子。要是偶然有人同她说了一句稍为和善的话，她都觉得很特别，却也不觉得喜欢，似乎不信世界上真有这样的好人。所以昨天惠姑虽然很恳挚的慰问她的疾苦，她也只拿这疑信参半的态度，自己走开了。

今天早晨，她一清早起来，忙着生火做饭。她的两个弟弟也不知道为什么拌起嘴来，在院子里对吵，她恐将她妈闹醒了，又是她的不是，连忙出来解劝。他们便都拿翠儿来出气，抓了她一脸的血痕，一边骂道："你也配出来劝我们，趁早躲在厨房里罢，仔细我妈起来了，又得挨一顿打！"翠儿看更不得开交，连忙又走进厨房去，他们还追了进来。翠儿一面躲，一面哭着说："得了，你们不要闹，锅要干了！"他们掀开锅盖一看，喊道："妈妈！你看翠儿做饭，连锅都熬干了，她还躲在一边哭呢！"她妈便从那边屋里出来，蓬着头，掩着衣服，跑进厨房端起半锅的开水，望翠儿的脸上泼去，又骂道："你整天里哭什么，多会儿把我也哭死了，你就趁愿了！"这时翠儿脸上手上，都烫得起了大泡，刚哭着要说话，她弟弟们又用力推出她去。她妈气忿忿的自己做了饭，同自己儿女们吃了。翠儿只躲在院子里推磨，也不敢进去。午后她妈睡了，她才悄悄的把屋里的污秽衣服，捡了出来，坐在溪边去洗。手腕上的烫伤，一着了水，一阵一阵的麻木疼痛，她一面洗着衣服，只有哭泣。

惠姑来了，又叫了她一声，那时她还以为惠姑不过是来闲玩，又恐怕惠姑要拿她取笑，只淡淡的应了一声。不想惠姑却在一旁坐着不走，只拿着怜悯的目光看着她，又对她说要帮助她的话。她抬头看了片响，忽然觉得如同有一线灵光，冲开了她心中的黑暗。这时她脑孔里充满了新意，只觉得感激和痛苦都怒潮似的，奔涌在一处，便哽咽着拿前襟掩着脸，渐渐的大哭起来，手里的湿衣服，也落在水里。惠姑走近她面前，拾起了湿衣，挨着她站着，一面将她焦黄蓬松的头发，向后掠了一掠，轻轻的摩抚着她。这时惠姑的眼里，也满了泪珠，只低头看着翠儿。一片慈祥的光气，笼盖在翠儿身上。她们两个的影儿，倒映在溪水里，虽然外面是贫，富，智，愚，差得天悬地隔，却从她们的天真里发出来的同情，和感恩的心，将她们的精神，连合在一处，造成了一个和爱神妙的世界。

从此以后，惠姑的活泼憨嬉的脑子里，却添了一种悲天悯人的思想。她觉得翠儿是一个最可爱最可怜的人。同时她又联想到世界上无数的苦人，便拿翠儿当作苦人的代表，去抚恤，安慰。她常常和翠儿谈到一切城里的事情，每天出去的时候，必是带些饼干糖果，或是自己玩过的东西，送给翠儿。但是翠儿总不敢带回家去，恐怕弟妹们要夺了去，也恐怕她妈知道惠姑这样好待她，以后不许她出来。因此玩完了，便由惠姑收起，明天再带出来，那糖饼当时也就吃了。她们每天有一点钟的工夫，在一块儿玩，现在翠儿也不拦阻惠姑来帮助她，有时她们一同洗着衣服，汲着水，一面谈话。惠姑觉得她在学堂里，和同学游玩的时候，也不能如此的亲切有味。翠儿的心中更渐渐的从黑暗趋到光明，她觉得世上不是只有悲苦恐怖，和鞭笞冻饿，虽然她妈依旧的打骂磨折她，她心中的苦乐，和从前却大不相同了。

快乐的夏天，将要过尽了，那天午后，惠姑站在楼窗前，看着窗外的大雨。对面山峰上,云气濛濛,草色越发的青绿了,楼前的树叶,被雨点打得不住的颤动。她忽然想起暑假要满了,学校又要开课了,又能会着先生和同学们了,心里很觉得喜欢。正在凝神的时候,她母亲从后面唤道:"惠姑!你今天觉得闷了,是不是?"惠姑笑着回头走到她母亲跟前坐下,将头靠在母亲的膝上,何妈在一旁笑道:"姑娘今天不能出去和翠儿玩,所以又闷闷的。"惠姑猛然想起来,如若回去,也须告诉翠儿一声。这时母亲笑道:"到底翠儿是一个怎么可爱的孩子,你便和她这样的好!我看你两天以后,还肯不肯回去?"何妈说:"太太不知道还有可笑的事。那一天我给姑娘送糖饼去了,她们两个都坐在溪边,又洗衣服,又汲水,说说笑笑的,十分有趣。我想姑娘在家里,哪里做过这样的粗活,偏和翠儿在一处,就喜欢做。"母亲笑道:"也好,倒学了几样能耐。以后……"她父亲正坐在那边窗前看报,听到这里,便放下报纸说:"惠姑这孩子是真有慈爱的心肠,她曾和我说过翠儿的苦况,也提到她要怎样的设法救助,所以我任凭她每天出去。我想乡下人没有受过教育,自然就会生出像翠儿她婆婆那种顽固残忍的妇人,也就有像翠儿那样可怜无告的女子。我想惠姑知道了这些苦痛,将来一定能以想法救助的。惠姑!你心里是这样想么?"这时惠姑一面听着,眼里却满了晶莹的眼泪,便站了起来,走到父亲面前,将膝上的报纸拿开了,挨着椅旁站着,默默的想了一会,便说:"我回去了,不能常常出来的,翠儿岂不是更加吃苦?爹爹!我们将翠儿带回去,好不好?"她父亲笑了说:"傻孩子!你想人家的童养媳,我们可以随随便便的带着走么?"惠姑说:"可否买了她来?"何妈摇头说:"哪有人家将童养媳卖出去的?她妈也一定不肯呵。"母亲说:"横竖我们过年还来的,又不是以后就见不着了,也许她往后的光景，会好一点，你放心罢！"惠姑也不说什么，只靠在父亲臂上，过了一会，便道："妈妈！我们什么时候回去？"她母亲说："等到晴了天，我们就该走了。"惠姑笑说："我玩的日子多了，也想回去上学了。"何妈笑说："不要忙，有姑娘腻烦念书的日子在后头呢。"说得大家都笑了。

又过了两天，这雨才渐渐的小了，只有微尘似的雨点，不住的飞洒。惠姑便想出去看看翠儿。走到院子里，只觉得一阵一阵的轻寒，地上也滑得很，便又进去套上一件衣服，换了鞋，戴了草帽，又慢慢的走到溪边。溪水也涨了，不住的潺潺流着，往常她们坐的那几块石头，也被水没过去了，却不见翠儿！她站了一会，觉得太凉。刚要转身回去，翠儿却从那边提着水桶，走了过来，忽然看见惠姑，连忙放下水桶笑说："姑娘好几天没有出来了。"惠姑说："都是这雨给关住了，你这两天好么？"翠儿摇头说："也只是如此，哪里就好了！"说着话的时候，惠姑看见她头发上，都是水珠，便道："我们去树下躲一躲罢，省得淋着。"说着便一齐走到树底下。翠儿笑说："前两天姑娘教给我的那几个字，我都用树枝轻轻的画在墙上，念了几天，都认得了，姑娘再教给我新的罢。"惠姑笑说："好了，我再教给你罢。本来我自己认得的字，也不算多，你又学得快，恐怕过些日子，你便要赶上我了。"翠儿十分喜欢，说："不知道到什么时候，我才能够赶上呢，姑娘每天多教给我几个字，或者过一两年就可以……。"这时惠姑忽然皱眉说："我忘了告诉你了，我们——我们过两天要回到城里去了，哪里能够天天教你？"翠儿听着不觉呆了，似乎她从来没有想到这些，便连忙问道："是真的么？姑娘不要哄我玩！"惠姑道："怎么不真，我母亲说了，晴了天我们就该走了。"翠儿说:"姑娘的家不是在这里么?"惠姑道:"我们在城里还有房子呢,到这儿来不过是歇夏,哪里住得长久,而且我也须回去上学的。"翠儿说:"姑娘什么时候再来呢?"惠姑说:"大概是等过年夏天再来。你好好的在家里等着,过年我们再一块儿玩罢。"这时翠儿也顾不得汲水了,站在那里怔了半天,惠姑也只静静的看着她。过了一会儿,她忽然说:"姑娘去了,我更苦了,姑娘能设法带我走么?"惠姑没有想到她会说这话,一时回答不出,便勉强说:"你家里还有人呢,我们怎能带你走?"翠儿这时不禁哭了,呜呜咽咽的说:"我家里的人,不拿我当人看待,姑娘也晓得的,我活着一天,是一天的事,哪里还能等到过年,姑娘总要救我才好!"惠姑看她这样,心中十分难过,便劝她说:"你不要伤心,横竖我还要来的,要说我带你去,这事一定不成,你不如⋯⋯"

翠儿的妈,看翠儿出来汲水,半天还不见回来,心想翠儿又是躲懒去了,就自己跑出来找。走到溪边,看见翠儿背着脸,和一个白衣女郎一同站着。她轻轻的走过来,她们的谈话,都听得明白,登时大怒起来,就一直跑了过去。翠儿和惠姑都吓了一跳,惠姑还不认得她是谁,只见翠儿面如白纸,不住的向后退缩。那妇人揪住翠儿的衣领,一面打一面骂道:"死丫头!你倒会背地里褒贬人,还怪我不拿你当人看待!"翠儿痛的只管哭叫,惠姑不觉又怕又急,便走过来说:"你住了手罢,她也并没有说⋯⋯"妇人冷笑说:"我们婆婆教管媳妇,用不着姑娘可怜,姑娘要把她带走,拐带人口可是有罪呵!"一面将翠儿拖了就走。可怜惠姑哪里受过这样的话,不禁双颊涨红,酸泪欲滴,两手紧紧的握着,看着翠儿走了。自己跑了回来,又觉得委屈,又替翠儿可怜,自己哭了半天,也不敢叫她父母知道,恐怕要说她和村妇拌嘴,失了体统。

第二天雨便停了，惠姑想起昨天的事，十分的替翠儿担心，也不敢去看。下午果然不见翠儿出来。自己只闷闷的在家里，看着仆人收拾物件。晚饭以后，坐了一会，便下楼去找何妈作伴睡觉，只见何妈和几个庄里的妇女，坐在门口说着话儿，猛听得有一个妇人说："翠儿这一回真是要死了，也不知道她妈为什么说她要跑，打得不成样子。昨夜我们还听见她哭，今天却没有声息，许是⋯⋯"惠姑吃了一惊，连忙上前要问时，何妈回头看见惠姑来了，便对她们摆手，她们一时都不言语。这时惠姑的母亲在楼上唤着："何妈！姑娘的自行车呢？"何妈站了起来答应了，一面拉着惠姑说："我们上去罢，天不早了。"惠姑说："你先走罢，太太叫你呢，我再等一会儿。"何妈只得自己去了。惠姑赶紧问道："你们刚才说翠儿怎么了？"她们笑说："没有说翠儿怎么。"惠姑急着说："告诉我也不要紧的。"她们说："不过昨天她妈打了她几下，也没有什么大事情。"惠姑道："你们知道她的家在哪里？"她们说："就在山前土地庙隔壁，朝南的门，门口有几株大柳树。"这时何妈又出来，和她们略谈了几句，便带惠姑进去。

这一晚上，惠姑只觉得睡不稳，天色刚刚破晓，便悄悄的自己起来，轻轻走下楼来，开了院门，向着山前走去。草地上满了露珠，凉风吹袂，地平线边的朝霞，照耀得一片通红，太阳还没有上来，树头的雀鸟鸣个不住。走到土地庙旁边，果然有个朝南的门，往里一看，有两个女孩，在院子里玩，忽然看见惠姑，站在门口，便笑嘻嘻的走出来。惠姑问道："你们这里有一个翠儿么？"她们说："有，姑娘有什么事情？"惠姑道："我想看一看她。"她们听了便要叫妈。惠姑连忙摆手说："不用了，你们带我去看罢。"一面掏出一把铜元，给了她们，她们欢天喜地的接了，便带惠姑进去。惠姑低声问道:"你妈呢?"她们说:"我妈还睡着呢。"惠姑说:"好了,你们不必叫醒她,我来一会就走的。"一面说着便到了一间极其破损污秽的小屋子,她们指着说:"翠儿在里面呢。"惠姑说:"你们去罢,谢谢你。"自己便推门走了进去,只觉得里面很黑暗,一阵一阵的臭味触鼻,也看不见翠儿在什么地方,便轻轻的唤了一声,只听见房角里微弱的声音应着。惠姑走近前来,低下头仔细一看,只见翠儿蜷曲着卧在一个小土炕上,脸上泪痕模糊,脚边放着一堆烂棉花。惠姑心里一酸,便坐在炕边,轻轻的拍着她说:"翠儿!我来了!"翠儿的眼睛,慢慢的睁开了,猛然看是惠姑,眉眼动了几动,只显出欲言无声欲哭无泪的样子。惠姑不禁滴下泪来,便拉着她的手,忍着泪坐着。翠儿也不言语,气息很微,似乎是睡着了。一会儿只听得她微微的说:"姑娘……这些字我……我都认……"忽然又惊醒了说:"姑娘!你听这溪水的声音……"惠姑只勉强微笑着点了点头,她也笑着合上眼,慢慢的将惠姑的手,拉到胸前。惠姑只觉得她的手愈握愈牢,似乎迸出冷汗。过了一会,她微微的转侧,口里似乎是唱着歌,却是听不清楚,以后便渺无声息。惠姑坐了好久,想她是睡着了,轻轻的站了起来,向她脸上一看,她憔悴鳞伤的面庞上,满了微笑,灿烂的朝阳,穿进黑暗的窗棂,正照在她的脸上,好像接她去到极乐世界,这便是可怜的翠儿,初次的安息,也就是她最后的安息!

(原连载于北京《晨报》1920年3月11日至13日)

国　旗

　　笔筒里的一幅小小的国旗，低低的垂拂着，——无论什么时候，我抬起头来看见他，总觉得有一种庄严兴奋的感情。世界上也只有这样小小的巾儿，才能触动这种不可抵抗的感觉！

　　夕阳到了地平了，霞光漾进窗里来，墙外隐隐的听见跳跃笑语。膝上的一本书，正看到很费解的一段，不禁抬头凝想着。忽然看见小弟弟，自己呆呆的，坐在对面椅子上发怔。我便放下书，笑着问道，"你一个人，进来坐着作什么？谁和你怄气了？"他慢慢的挪了过来，倚着椅背儿，生着气说，"二哥哥说我了……"我说，"他说你什么了？"他说，"他不许我和武男玩，他说我要和武男玩，人家就要笑话我；从前我和杰蒙玩，也是他给……他说杰蒙是德国人，我们同他们是什么交战国，他不许我理他，现在他又不许……"正说着二弟连忙从外面进来，哄着小弟弟说，"我劝你不要和武男玩，不是说你，是怕你叫同学们笑话。"小弟弟牵着二弟的手，低着头说，"你平日也有朋友，怎么人家都不笑话你？"二弟笑了，说，"我的朋友都是中国孩子，武男却是……，小弟弟！你忘了上次我们听的演说么？学生要爱国！"小弟弟想了一会儿说，"他也爱我们的国，我们也爱他们的国，不是更好么？各人爱各人的国，闹的朋友都好不成！我们索性都不要国了，大家合拢来做一国，再连上杰蒙……"

二弟忽然从笔筒里，拿出那一柄国旗来，放在小弟弟的手里，凝视着他说，"小弟弟，你爱这国旗么？"小弟弟低低的说，"我——我爱这国旗！"二弟说，"你还小呢，你只懂得爱朋友，不懂得爱国。也罢，现在你爱这国旗罢，不要再出去了！"小弟弟也不言语了，接过旗儿来，两个弟兄牵着手儿，并着肩儿站着。

我看着他们，一声儿不响，心中起了一种异样的热烈的感觉。

细碎的木屐声音近了，一个白胖的小脸儿，露在外院的门边，小头儿点着，小手儿拿着小旗儿招着，二弟指给小弟弟看，说，"你看武男也拿着他们的旗儿呢，人家都懂得爱国！"小弟弟看着二弟，看了一会儿，也便摇着头儿，招着旗儿。

一样可爱的小脸儿，一样漆黑的头发，一样黯寂可怜的神儿！

两个孩子，隔着窗户，挥着旗子，却都凝立不动。

我看着他们，一声儿不响，心中另起了一种异样伟大的感觉！

国旗呵，你这一块人造的小小的巾儿，竟能隔开了这两个孩子天真的朋友的爱！

这小小的巾儿，百千万面，帐幕般零零碎碎的隔开了世界上的，天真的，伟大的爱！人类呢，都蒙蔽在这百千万面的旗影里，昏天黑地的，过那无同情，不互助的生活！

"小弟弟，你出去和你的朋友玩罢，国旗算什么？"

两个旗儿，并在一处，幻成了一种新的和平的标帜。两个孩子拉着手，并着肩，向着晚霞边的草场走去。

我拊着二弟的肩,目送着这两个孩子,走入光影里,还隐约听见他们说,"我们索性都不要国了,大家合拢来,再连上杰蒙——"

　　二弟慢慢的回过头来,看着我说,"姊姊——大家合拢来……朋友的爱,是比国家的爱,更……我的话说错了!"

　　书还在桌子上,刚才凝想的那一段,又跳上眼帘来:

　　"因为我们现在所知道的有限……等那完全的来到,这有限的必归于无有了!"

（原连载于北京《晨报》1921年3月13日）

离家的一年

他和他的小姊姊对坐在石阶上。小姊姊只低着头织绒袜子。他左手握着绒球，右手抽着线儿，呆呆的坐着。恋家惜别的心绪，也和这绒线般，牵挽不断的抽出来，又深深密密的织入这袜子里。

十三岁的年纪，就要离家远去，自然是要难受的。然而他是个要强的孩子，抵死也不肯说恋家不去的话。只因他不肯说出，他的眼泪只往心里流，加倍的刺伤他的心。

当他去投考大学附中的时候，他父亲不过是带他去试一试罢了，不想到竟取上，名次又列得很高，他自己非常的喜欢。母亲说他太小，取上也罢了，不去也使得；离家太远了，自己也难受，家里也不放心。父亲也是这么说。他自己却坚执要去，说男儿志在四方，岂可坐失机会！他小姊姊也说是去好。两个小孩子，一吹一唱，高兴的了不得。他父亲和朋友们谈起，他们都着实夸奖他；又说那大学的进学考，限制的很严，难得取上了，不去很可惜。—— 商量的结果，还是定了要去。

他母亲忙着替他收拾这个，预备那个。小姊姊也不和他打架了，成日里两个人厮守着，又将自己最爱的一管自来水笔，也送给他 —— 他们为这一管笔曾拌了一回嘴，至终被他小姊姊得去了，现在又无条件的送给他,他倒觉得不好意思。

——小姊姊只比他大一岁,所以在他们的称呼上,都加上个"小"字。——

离着动身的日子,只有三天了。他渐渐的觉得难受起来,小姊姊也是如此,只是他们都不说出。小姊姊要替他织一双绒袜子,织了三天才成了一只。

这时父亲和一位年轻的朋友,从外院进来。小姊姊只管低着头,他也装做没有看见。等他们一齐进入客室,小姊姊和他同时抬起头来,笑了一笑。

父亲在客室里唤他。他连忙放下线球,走了进去。父亲说:"这是大学教授周先生,后天你便跟他一块儿走,周先生好照应你。"他便鞠了一躬。周先生看着他,和他谈几句话。他站了一会,搭讪着又走出来。

小姊姊悄声问:"叫你进去作什么?"他说:"叫我去见周先生,后天和他一块去。"小姊姊说:"是大学的周先生么?他的夫人我认得,是个很好看的……"

父亲同客人又出来了。他便站起来。小姊姊只得也鞠了一躬。

吃饭的时候,母亲笑着说:"你要走了,叫你父亲带你和小姊姊出去玩一玩罢。"他摇一摇头说:"我不去,只在家里便好,出去又烦得慌。"小姊姊说:"我那袜子还没织完呢。"父亲说:"等你织完,他也毕业回来了。"母亲不觉笑起来。

他在家里也忙了两天。有些东西,小姊姊一定要他带去玩,他一定要留在家里。母亲看了笑说:"有现在的相让,当初又何苦为这些东西生气?"他们都笑着,一面只管忙忙的,丢下这个,拾起那个。

这一天晚上,母亲叫他到屋里去,打开箱子叫他看,说:"这边是夹衣服,这边是棉衣服,天气一冷,千万记着换上;这底下是被单……"他只管点头答应着。父亲站在一边笑着说:"你不必吩咐,他哪里记得这许多?横竖冷了,也一般的知道穿。"这时小姊姊从自己屋里进来,说:"好容易赶完这双袜子了,放在这边角里,你可记着。"放下了袜子,又说:"这是信封,都贴上邮票了。"他接过来说:"我已有了不少的信封了,做什么又给我?"一看那十二个封面上都已写好了,都是他小姊姊的名字,他随手也放入箱子里。

仆人进来,将几件行李都捆好了。母亲和父亲又嘱咐他好些话。他这时真是伤心了,几乎撑不住,心想不如小姊姊也和我打架,家里的人都不理我,我去倒觉得无有牵挂,这样真是太叫人难受。父亲看出来了,便说:"你们早去睡觉罢,明天早车是七点钟的,还要早起呢。"母亲说:"可不是还得先到周先生那里,李妈! 叫他们明天早饭早一点开。"李妈答应着。他和小姊姊便出来了。

两个人又坐在台阶上,小姊姊说:"你到那里就写信回来;年假是什么时候放的,也早几天告诉我。"屋内的灯光,从竹帘子里射将出来,人影在地,小猫从廊下慢慢的走入他怀里。他一面抚着小猫,一面说:"我走了,你可寂寞了。"小姊姊说:"我还有几天也就上学了,不过放学回来,也是……"这时母亲在屋里又一连叠声,催他去睡。他放下小猫站了起来,小姊姊也自回屋里去了。

他走入屋里,桌上都空了,开了灯坐了一会,心里只乱乱的,蹑着脚又走出来,院中无人,对面小姊姊屋里,灯已经灭了。走了几转,才进去卧下。心里猜想到校后情形如何? 功课怎样? 同学多少? 想了半天，正朦胧欲睡，忽听得外面叫门，又听见隔壁黄家开门了。他重行卧下，睡魔又走了，翻来覆去，以后不知什么时候睡着。

第二天五点钟，他就醒了，开了门放进小猫来，在地下玩了一会。听见李妈在院子里和母亲说话，就走进母亲屋里，坐在一边，看着母亲梳头，心中万分难过，似乎盼望母亲留他不去才好。母亲抬头看见，问道："怎么样？你怎么起的这么早？"这时他万禁不住了，便掏出手绢儿捂着脸，呜咽着哭了起来。母亲看着他也不言语。一会儿李妈进来，他连忙伏在桌上，不作一声。

早饭开来了，他也吃不下去，胡乱用了一点。看时辰钟已经六点，自己穿起长衣。仆人进来将行李搬出去。母亲交给他几张票子，说："打车票的钱在里面，交给周先生罢。其余的留着在车上买点心吃，你今早没有吃饱。别的钱父亲都交给周先生了，他自然会给你的。"他含着泪点一点头。一会儿车来了；母亲说："走罢，父亲还没起来，不必告辞了。"他便走下台阶。母亲站在廊上唤道："小姊姊呢？小弟弟要走了！"小姊姊在屋里应了一声，他便到小姊姊门口，低低的叩道："小姊姊，我可以进来么？"门开了，床上衾枕还散乱着，小姊姊穿着睡衣，站在镜台前，拢着头发。回头看见他，便道："你要走了么？"他又点一点头，回身便走。小姊姊也不再言语。只有李妈送到门口，仆人就和他一同上车。

街上行人熙熙的来往，他想："他们也有的是和我一般的离家远去么？"他心里只乱乱的，不住的擦着眼泪。

车停在一所洋楼的门口，许多的行李堆在阶边。几个同学站在阶上，周先生也在中间，看见他来了，便笑道："你来正好，和他们一块儿走罢；我还有些事未了，打算晚车去呢！"他不觉为难起来，半天没有言

125

语。周先生看他踌躇，便道："你要是喜欢和我一同走时，行李先放在这里，你下午四点再来罢。"他又喜欢了，连忙点头说好。看着行李搬下去，便又坐上车和仆人一同回来。

他觉得满街的太阳，墙上贴着许多的花花绿绿的广告，来时竟没有看见。

到了家，跳下车来，跑了进去。李妈在院子里，先看见了，惊道："少爷怎么又回来了？"他笑着点一点头，也不答话。走进上房，见过了父母，说明了；便问："小姊姊呢？"母亲笑道："你走了以后，她也没有吃饭，就到黄家去了。"他便回身出来，走到黄家门口。小姊姊和两个孩子正在院子里玩，抬头看见他，连忙走出来。他笑说："我不去了。"小姊姊看着他道："胡说，你骗我呢？"他说："下午才走，我们先回家玩去。"说话之间，他看见小姊姊的眼圈边，余红未退。

一边玩着，他兀自提心吊胆的。果然至终捱不过下午四点，还是一走。小姊姊送到门口，看见他在车上哭了。

这回真上车了。周先生携着他的手，挤了上去，找个座位，叫他坐下。自己却又走下月台去，和朋友说话，一直到车慢慢开动，才走上来。他只背着脸凭窗站着，想着父亲母亲，想着小姊姊——有许多事叫他非常的后悔：就是从前因为自来水笔打架，两个人都哭了；还有为争着看一本少年丛书，至终小姊姊掷过给他，他气忿忿的拿起自己走了。他自恨当初为什么和可爱的小姊姊这样的过不去？想起一阵一阵的伤心。

周先生叫他坐下，和他说些闲话。他只低着头，恐怕人家看见他的泪眼。一会儿车上的灯亮了，他们一起吃过点心。他渐渐的注意到车上别的坐客；周先生又把报纸递给他，他看着"小说"和"趣闻"，很觉得有味，以后眼睛疲倦，渐渐睡着。

嘈杂的声音，将他搅醒了。车走的很慢，灯已经灭了，窗外的晓风，吹面生寒。他坐好了，拾起地上的报纸。周先生从那边走过来，笑着向他说："到了，我们下车罢。"

矮矮的长墙，围着广大的草场。几处很伟大的学校建筑，矗立在熹微的晨光里，使他振起精神来。穿过了草场，周先生走进"庶务处"，一会儿出来说："你的宿舍定在东楼十五号，和这个堂役先去罢，我一会儿就来。"他答应了，曲曲弯弯的又上了东楼。

屋里已有两个同学，正在盥洗。看见他来了，知道是住在这屋里的新同学，似乎惊奇他很小，便都走拢来招呼他，又叫堂役搬进行李。他一看门后贴着一张纸，三个名字，是王纪新，唐敬，最后的便是他。

那个大的同学说："小唐，你先带他吃早饭去罢，这屋里的事，你不用管了。"小唐便和他出来，一边走着，一边问他是哪里人？从前在什么学校念书？现在入的是哪一班？他一一都说了。他觉得小唐极有趣，只有十五六岁光景；前发覆额，戴着眼镜，走路永远是跳着。

进了食堂，他便坐在小唐的桌上。好些的同学都注意他，有的便过来和他说话。

饭后回到屋里，周先生也来了。看着他收拾清楚了；又说："我的家就在学校后面，从右数第五座楼上，你若去时，叫唐敬带你去。"说着就走了。

这时那两个同学都不在屋里，他独自在窗前站着，看见许多同学在操场里踢球；小唐穿着运动衣，也在内中奔走。他又回来，开了小箱子，看见那些信封和袜子，猛然忆起小姊姊来，不觉退卧在床上，拿枕头盖上脸,暗暗垂泪。

钟声响着,王纪新进来了,他装做睡着,纪新叫起他来,说:"开学式要举行了,到礼堂去罢。"他站了起来,纪新端详了他的脸,却也没说什么。

他坐在第一排椅子上,和他联坐的都是些小的同学,却没有比他还小的。——校长的训词,他听得不甚清楚,只抬头看着墙上的照片。

回来他便写信,写了四张纸,用了许多"呜呼噫嘻"的字眼,写完了,自己送到信箱里。

午后小唐带他到"庶务处"去买书,又替他介绍了几个小朋友。有一个叫徐真的,带着许多玩具,几个小朋友便玩起来,惹得许多大学生都围着看。

晚上他又难受起来,卧下也睡不着,翻来覆去的,满屋漆黑。想想这个,想想那个,枕头都湿了。自己后悔为何竟然来了,在这里多么孤苦! 半夜里流泪,母亲也不知道。想到这里,不禁哭起来,小唐惊醒了,朦胧中劝慰他几句。

第二天便上课了,下了堂便拿起书来念。心中虽难过,却因为分些心,还觉得好些。周先生又来叫他,小唐劝他去走走,他怕羞不去。

有一天在食堂里,接到了一封信,是他父亲写的封面。连忙拆开,父亲一张纸,只说些安慰劝勉的话,小姊姊也有一张,上面写:

最亲爱的小弟弟:

你走了以后,我真是难受,真是太难受。吃晚饭时只有父亲母亲和我三个人。晚上我也睡不着,想你在火车上也必是睡不着。今天接到了你的信，我忍不住哭了，——没有大哭——母亲也很难过。

有许多的事，要告诉你：你的小猫不见了，我想是黄家那几个弟弟抱走了。你记得从前他们的小鸡丢了的时候，不是赖我们的小猫吃了么？我也不敢问他们，恐怕母亲要说。李妈说他们家的老猫，又要生小猫了，再抱一个给我们，我想这一次要一个小黑猫，你看怎样？

我明天上学了，倒也有个着落，省得在家里，又闷得慌，又难受。

你在学校里，要自己小心，也要用心功课，也不要和朋友打架——我知道你不会和人打架，除了跟我。

爱你的小姊姊

你看见周夫人时，替我问她好。

母亲吩咐你说，天气冷，要多穿衣服。身上要洁净，要常洗澡。又及。

他看了很喜欢，折起来放在袋里。徐真问："是谁给你的信？"他说："是我的小——是我的姊姊。"

他立刻回到屋里，写了一封回信。

一天一天的过去，渐渐的熟了，朋友也认识的多了。功课又忙，便不十分想家。

秋节的时候，周先生叫他去过节。王纪新勉强把他送到周先生门口，按了铃,自己跑了。他只得进去。

好清雅的院子——周先生和夫人一同站在廊子上,他连忙鞠了躬。谈了几句话,周夫人便请他到屋里去。

壁炉上立着两个铜盘,桌上白花的台布,当中摆着一瓶的菊花,他四下里看着。周夫人端过果点来,就坐下和他谈话,问他:"想家不想?"他笑着摇一摇头。周夫人又问:"你母亲好么?你有几个兄弟?"他说:"我母亲好。我只有一个姊姊,她也认得……"周夫人想了一想道:"你姊姊是不是叫意华?"他连忙说是。周夫人笑道:"是了,她是我的学生;怪道刚看见你时,觉得有些眼熟,好像是在哪里见过似的,你们倒是像得很。"他只笑着。

周先生只在廊外看报。周夫人一边走来走去做些事,一边和他闲谈。他觉得她服装很潇洒,风采也能动人。

明月当空,他们三个人在廊子上一同吃着饭,很快乐的。饭后坐了一会,他恐怕学校关门,便告辞了,踏着月色回去。

同学们都在楼下玩月。小唐拉他坐下,递给他一块月饼,笑说:"叫你去你不去,去了就这么晚回来,我们都在这里,只短你了。"他说:"我本想去去就来,周先生一定要留我过节。"又玩了一会,便各自回屋去。他卧下的时候,还不住的想着日间的事。

他在学校,功课成绩很好,得了一张奖状。他十分得意,寄回家去;父亲来信很夸奖他一番。

年假到了,却因为特别的缘由,只放三天。同学们劝他不回去,他只是游移不决。至终母亲来信说若没有伴,天气又冷,不回来也好。三天的假还不够来回走的。他才死了心,不回去了。

三十晚上,几个小朋友,在徐真屋里,买些糕点,吃年夜饭,谈谈笑笑,大乐了一阵。十点多钟才回屋去。

灯下王纪新递给他一封信,是小姊姊写的:

小弟弟:

听说你新年不回来了,失意得很。你们学校真特别,新年为何只放三天!

这里下了很大的雪,我独自做了几个雪人,立在院子里。那天父亲夜里回来,以为是贼,吓了一跳。

我和同学们制了许多灯谜。我猜着很多,得了许多奖品。有一个谜,我猜不着,请你研究研究。

"斜竿上,挂件衣。可惜沾点土。还说日头低。字一"

小姊姊

他看完了,觉得十分有趣,便立刻坐下写封信:

小姊姊:

信收到了,今晚是三十晚上,想我写信的时候,你正在吃年夜饭。呜呼,"每逢佳节倍思亲"!

这里雪也很大,我们只打雪战,没有做雪人。

你那谜我猜不着,我想明天叫同学们猜猜……

写到这里,他沉吟了一会,想写些笑话。忽然想起一件事,便笑着往下写：

  我们的国文先生，有一天给我们讲到"杜威论思想"，他说，"杜威论思想，这思想不是你们小孩子胡思乱想的思想；也不是戏台上唱的，'思想起来，好不伤惨人也'的思想。这是……"他说了半天，也没有说出到底是什么思想来，那神气还非常的……

  这时小唐推门进来，看见王纪新已经睡下，他自己在灯下又笑又写。便也笑道："小人儿，你自己笑什么？"他抬起头来笑了，将信递了过来，两个人又笑了一阵。他便搁下未写完的信，将那谜对小唐念了。小唐也想了半天，正说着话，王纪新醒了，说："天不早了，你们睡罢，明天早起，我带你们玩去。"他卧下刚要睡着，小唐在自己床上，悄悄唤道："小人儿，那字我猜着了，一定是'褚'字。"他一想果然有理，恐怕纪新又说，只答应了一声，便不再言语。

  这些日子，他运动过度，玩足球伤了踝骨，卧了几天，心里很不好过。月考时，又和一个平日很欺负他的同学联坐。这同学强迫他将答案给他看，他又怕先生看见，又不敢不依他，心中又气又急。考完了，回到屋子，自己哭了一场。小唐和王纪新都替他抱不平，要去和这个同学理论。他恐怕这同学以后要拿他泄愤，反央及他们，不叫他们去。小唐又教他去告诉先生，他也不肯。过两天再考时，进到课堂，座位竟都换了。他暗暗喜欢，又觉希奇。事后小唐悄悄的告诉他，是王纪新私下和先生说的；纪新是大学最高级生，又和这位先生同过学，说话有些效力。

第一月考行过，春天便到了，他心中充满了欢悦。一天一天的过去，花也开了，草也青了，离家也近了。

这一学期里，他又添了两件课外的事，就是从几个大学生那里学习音乐，如吹箫弹琴之类，他一学便会，众人都称赞他聪明，"音乐会"里也有他的份。还有便是和小唐、徐真几个小朋友，组织了一个"童子足球队"；常常要求着大学生，和他们比赛。

他自己觉得精神很活泼，体格也增长，又习练了些办事的才能；心中一喜欢，频频问着同学，他比初来时高了多少。

季考近了，他又忙又乐，便写信回家报告放学的日期。

考完了，还有三天行毕业式，中间的日子，只是话别了。他和小唐因为王纪新今年毕业，便一块儿请他吃了一顿饭，又合照一张相片。同时徐真又请他和几个小朋友照了一张。

王纪新恰好同他一路，因为有事，打算早走。他自然是赞成的。便忙着收拾东西；一面报知了学监，便一同上周先生家里去。

周先生和纪新在院子里说话，他便走上廊子去。周夫人站在门口，让他进来。一面笑问："考完了么？"他说："考完了，打算明天就走，特意来告辞。"周夫人道："不是还有两天么？"他说："因为要和一位同学一路走，所以早些。"周夫人道："你到家时，替我问你母亲好。还有你姊姊前些日子来了一封信，我因为病着，好久没有回复，也替我说一声。"他答应着，看周夫人时，果然清减了许多。

这时听得王纪新在外头叫他，他对周夫人鞠了一躬，便连忙走出来。周先生看着他笑，说："你长了许多，也比从前健壮了。你父亲看见，不定怎样的喜欢呢！"他低头笑着——暮色里，走出几步，回头看见周先生还站在门口。

　　明天早晨，小唐和几个小朋友又有纪新的同班，都来送他们上车。彼此写下住址来，约着通信。车开了，他和纪新站在窗里，和月台上的同学，互扬着手巾，都觉得也有一番伤离惜别的情绪。只有小唐在月台上笑着跳着，跟着火车跑，直到火车出了栅栏，才转身回去。

　　他凝望了半天，回头坐下，一道上和纪新说说笑笑，倒也一点不寂寞。

　　天色渐近黄昏，火车只管前进。遥遥的已经望见对面车站上的灯光，闪闪烁烁的如同繁星一般。纪新说："快到了，你家里有人来接你么？"他看着前面，已经喜欢得不知怎么好了！忽听纪新问他，便说："我想没有罢，因我告诉我家里是后天走。"纪新便道："不要紧的，我送你到家。"他连忙说："不必了，我认得道。"

　　车停了，一齐走出车站。纪新替他雇了车，看着行李载上了，便和他握手说："我不上学校去了，我们以后家里见罢。"他听着忽然觉得难过，也说不出话来。

　　到家了，进了外院。月影下，树叶萧萧。看见小姊姊穿着一身雪白的衣裳，背着脸站着，右手扶在花架上；看着地下两个孩子捧沙土玩。那两个孩子看不真切，仿佛是黄家两个小弟兄。他心中一喜，疾忙低头走入内院去，小姊姊也没有看见。走到门边，碰见李妈，正要说话，他连忙摇头不叫言语。

　　他父亲和母亲正吃着晚饭，看见他进来，都惊喜道："你怎么今天就回来了？"他笑着说："因为有伴，所以考完就走。"母亲十分喜欢，一面叫仆人去付了车钱，搬进行李。

父亲问:"你看见小姊姊了么？她先吃完了饭,在外院和孩子们玩呢。"他笑说:"看见了,她没有看见我。"这时小姊姊已走到院子里;他连忙迎了出去,对着小姊姊笑着行了一个举手礼。小姊姊笑说:"这会子你不哭了。你记得去年那晚上,我们坐在台阶上,说着话儿,你眼泪汪汪的,还假充好男儿呢！"他不好意思的笑了一笑。

（原载《小说月报》1921年11月第12卷第11号）

寂　寞

　　小小在课室里考着国文。他心里有事，匆匆的缀完了几个句子，便去交卷。刚递了上去，先生抬头看着他，说："你自己再看一遍有错字没有，还没有放学呢，忙什么的！"他只得回到位上来，眼光注在卷上，却呆呆的出神。

　　好容易放学了，赵妈来接他。他一见就问："婶婶和妹妹来了么？"赵妈笑说："来了，快些家去罢，你那妹妹好极了。"他听着便自己向前跑了，赵妈在后面连连的唤他，他只当没听见。

　　到家便跑上台阶去，听母亲在屋里唤说："小小快来，见一见婶婶罢。"他掀开竹帘子进去，母亲和一个年轻的妇人一同坐着。他连忙上去鞠了躬，婶婶将他揽在怀里，没有说什么，眼泪却落了下来。母亲便说："让婶婶歇一歇，你先出去和妹妹玩罢，她在后院看鱼呢。"小小便又出来，绕过廊子，看见妹妹穿着一身淡青色的衣裳，一头的黑发散垂着，结着一条很宽的淡青缎带；和赵妈站在鱼缸边，说着话儿。

　　赵妈推她说："哥哥来了。"她回头一看，便拉着赵妈的手笑着。赵妈说："小小哥！你们一起玩罢，我还有事呢。"小小便过去，赵妈自己走了。

小小说:"妹妹,看我这几条鱼好不好? 都是后面溪里钓来的。"妹妹只看着他笑着。小小见她不答,也便伏在缸边,各自看鱼,再不说话。

饭桌上母亲,婶婶,和他兄妹两个人,很亲热的说着话儿,妹妹和他也渐渐的熟了。饭后母亲和婶婶在廊外乘凉,小小和妹妹却在屋里玩。小小搬出许多玩具来,灯下两个人玩着。小小的话最多,说说这个,说说那个,妹妹只笑着看着他。

母亲隔窗唤道:"你们早些睡罢,明天……"小小忙应道:"不要紧的,我考完了书了,明天便放假不上学去了。"妹妹却有了倦意,自己下了椅子,要睡觉去;小小只得也回到屋里,——床上他想明天一早和妹妹钓鱼去。

绝早他就起来,赵妈不让他去搅妹妹,他只得在院子里自己玩。一会儿才听得婶婶和母亲在屋里说话,又听得妹妹也起来了,便推门进去。妹妹正站在窗前,婶婶替她梳着头。看见小小进来,婶婶说:"小小真是个好学生,起得这样早!"他笑着上前道了晨安。

早饭后两人便要出去。母亲嘱咐小小说:"好生照应着妹妹,溪水深了,掉下去不是玩的,也小心不要弄湿了衣裳!"小小忙答应着,便和妹妹去了。

开了后门,一道清溪,横在面前;夹溪两行的垂柳,倒影在水里,非常的青翠。两个人先走着,拣着石子,最后便在水边拣一块大石头坐下,谈着话儿。

妹妹说:"我们那里没有溪水,开了门只是大街道,许多的车马,走来走去的,晚上满街的电灯,比这里热闹多了,只不如这里凉快。"小小说:"我最喜欢热闹;但我在这里好钓鱼,也有螃蟹。夏天看农夫们割麦子,都用大车拉着。夏天的晚上,母亲和我更常常坐在这里树下,听水流和蝉叫。"一面说着,小小便站起来,跳到水中一块大溪石上去。

那石块微微的动摇,妹妹说:"小心! 要掉下去了。"小小笑道:"我不怕,我掉下好几次了。你看我腿上的疤痕。"说着便褪下袜子,指着小腿给妹妹看。妹妹摇头笑说:"我怕,我最怕晃摇的东西。在学校里我打秋千都不敢打得太高。"小小说:"那自然,你是个女孩子。"妹妹道:"那也未必! 我的同学都打得很高。她们都不怕。"小小笑道:"所以你更是一个怯弱的女孩子了。"妹妹笑了笑,无话可说。

小小四下里望着,忽然问道:"昨天婶婶为什么落泪?"妹妹说:"萱哥死了,你不知道么? 若不是为母亲尽着难受,我们还不到这里来呢。"小小说:"我母亲写信给叔叔,说要接婶婶和你来玩,我听见了——到底萱哥是为什么死的?"妹妹用柳枝轻轻的打着溪水,说:"也不知道是什么病,头几天放学回来,还好好的,我们一块儿玩着。后来他晚上睡着便昏迷了,到医院里,不几天就死了。那天母亲从医院里回来,眼睛都红肿了,我才知道的。父亲去把他葬了,回来便把他的东西,都锁了起来,不叫母亲看见——有一天我因为找一本教科书,又翻出来了,母亲哭了,我也哭了半天……"妹妹说到这里,眼圈儿便红了。小小两手放在裤袋里,凝视着她,过了半天,说:"不要紧的,我也是你的哥哥。"妹妹微笑说:"但你不是我母亲生的,不是我的亲哥哥。"小小无可说,又道:"横竖都是一样,你不要难过了! 你看那边水上飞着好些蜻蜓,一会儿要下雨了,我捉几个给你玩。"

下午果然下雨,他们只在餐室里,找了好几条长线,两头都系上蜻蜓。放了手,蜻蜓便满屋里飞着,却因彼此牵来扯去的,只飞得不高。

妹妹站在椅上，喜得拍手笑了。忽然有一个蜻蜓，飞到妹妹脸上，那端的一个便垂挂在袖子旁边，不住的鼓着翅儿，妹妹吓得只管喊叫。小小却只看着，不住的笑。妹妹急了，自己跳下椅子来。小小连忙上去，替她捉了下来；看妹妹似乎生气，便一面哄着她，一面开了门，扯断了线，把蜻蜓都放了。

一连下了几天的雨，不能出去，小小和妹妹只坐在廊下，看雨又说故事。小小将听过的故事都说完了，自己只得编了一段，想好了，便说："有一个老太太，有两个儿子，小的名叫猪八戒，大的名叫土行孙，……"妹妹笑道："不对了，猪八戒没有母亲，他的哥哥不叫什么土行孙，是孙行者；你当我没有听过《西游记》呢！"小小也笑道："我说的这是另一个猪八戒，不是《西游记》上的猪八戒。"妹妹摇头笑道："不用圆谎了，我知道你是胡编的。"小小无聊，便道："那么你说一个我听。"妹妹也想了一会儿，说："从前……从前有一个国王，他有一个女儿，叫雪花公主，长得非常好看……"小小道："以后有人来害她是不是？"妹妹看着他道："是的，你听见过，我就不说了。"小小忙道："没有听过，我猜着是那样，往下说罢！"妹妹又说："以后国王的王后死了，又娶了一个王后，名叫……那名字我忘记了……这新王后看雪花公主比自己好看，就生气了，将她送到空山里去，叫一个老太太拿有毒的苹果哄她吃……"小小连忙问："以后有人来救她没有？"妹妹笑道："你别忙，——后来也不知道怎样雪花公主也没有死。那国王知道新王后不好，便撵她出去。把雪花公主仍接了回来，大家很快乐的过日子。"妹妹停住了，小小还问："往后呢？"妹妹说："往后就是这样了，没有了。"

小小站了起来，伸一伸腰，说："我听故事，最怕听到快乐的时候，一快乐就完了。每次赵妈说故事，一说到做财主了，或是做官了，就是快完了，真没意思！"妹妹说："故事总是有完的时候，没有不完的，——反不如那结局不好的故事，能使我在心里想好几天……"小小忽然想起一段，便说："我有一个说不完的故事——有一个国王……"他张开两臂比着："盖了一间比天还大的仓房，攒了比天还多的米在里面。有一天有一阵麻雀经过，那麻雀多极了，成群结队的飞着，连太阳都遮住了。它们看见那些米粒，便寻出了一个小孔穴，一只一只的飞进去……"妹妹连忙笑道："我知道了！第一个麻雀进去，衔出一个米粒来；第二个麻雀又进去，又衔出一个米粒来；这样一只一只尽着说，是不是？我听见萱哥说过了。"小小道："是的，编这故事的人真巧，果是一段说不完的。"妹妹说："我就不信，我想比天还多的米，也不过有几万万粒，若黑夜白日不住的说，说几年也就完了。"小小正要答应，屋里母亲唤着，便止住了，一同进去。

夜里的雨更大了，还时时的听见轻雷。小小非常的懊丧：后门的小溪，是好几天没有去了，故事说尽了，家里没有什么好玩的，想来想去，渐渐入梦——梦见带着妹妹，走进很深的树林里，林中有一个大湖。湖边迎面走来一个白衣的女子，似乎是雪花公主。她手里提着一个大笼子，里面有许多麻雀，正要上前，眼前一亮，便不见了。

开了眼，阳光满室，天晴了，他还不信，起来一看，天青得很，枝上的小鸟不住的叫着；庭中注着很深的雨水，风吹得粼粼的，他心里喜欢，连忙穿起衣裳，匆匆的走出去——梦也忘了。

妹妹自己坐在廊上，揉着眼睛发怔，看见他便笑说："哥哥，天晴了！"小小拍手笑道："可不是！你看院子里这些雨水，——我敢下去。"妹妹笑着看他，他便脱鞋和袜子，轻轻的走入水里，一面笑道："凉快极了，只是底下有青苔，滑得很。"他慢慢的跑起来，只听见脚下水响。妹妹走到廊边道："真好玩，我也下去。"小小俯着身子，撩起裤脚，说："你敢你就下来，我们在水里跳圈儿。"妹妹笑着便坐在廊上，刚脱下一只袜子，母亲从屋里出来看见，便道："可了不得！小小，快上来罢，你只管带着妹妹淘气！"妹妹连忙又将袜子穿上。小小却笑着从廊上拿了鞋袜，赤着脚跑到浴室里去。

饭后母亲说大家出去散散心。婶婶只懒懒的，禁不住妹妹和小小的撺掇劝说，只得随同出去。先到了公园，母亲和婶婶进了一处"售品所"；小小和妹妹却远远的跑开去，在水边看了一会子的浴鸭，又上了小山。雨后的小山和树林都青润极了；山后篱内的野茉莉，开得崭齐，望去好似彩云一般。池里荷花也开遍了，水边系着一只小船。两个人商量着，要上船玩去；正往下走，只见母亲在山下亭中招手叫他。

到了亭前，只见婶婶无力的倚着亭柱坐着，眼中似有泪痕。妹妹连忙走过去，一声儿不响的倚在婶婶怀里。母亲悄声说："我们回去罢，婶婶又不好过了。"小小只得嗒嗒的随着一同出来。

车上小小轻轻的问："婶婶为什么又哭了？"母亲道："婶婶看见我替你买了一顶小草帽，看那式样很好，也想买一顶给萱哥。忽然想起萱哥死了，便又落泪，我们转身就出来了。——你看母亲爱子的心，是何等的深刻！"母亲说着深沉的叹了一口气，小小也默然无语。

前面婶婶的车，停在糖果公司门口，婶婶给妹妹买了两瓶糖，又给他两瓶。小小连忙谢了婶婶，自己又买了一瓶香蕉油。妹妹问："买这个作什么？"小小笑道："回家做冰激凌去！"

到家婶婶又只懒懒的。妹妹便跟婶婶睡觉去了。小小自己一人跑来跑去，寻出冰激凌的桶子来，预备着明天要做。

黄昏时妹妹醒了，睡得满脸是汗，只说热；母亲打发她洗了澡，又替她洗了头发，小小便拿过一把大扇子，站在廊上用力的替她扇着。妹妹一面撩开拂在脸上的头发，一面笑说："不要扇了，我觉得冷。"小小道："如此我们便到门外去，树下有风，吹一会儿就干了。"两个人便出来，坐在树根上。

暮色里，新月挂在柳梢——远远地走来一个绿衣的邮差。小小看见便放下扇子，跑着迎了上去，接过两封信来。妹妹忙问："谁来的信？"小小看了，道："一封是父亲的，一封许是叔叔的。你等着，我先送了去。"说着便进门去了。

一转身便又出来；妹妹说："我父亲来信，一定是要接我们走了。"小小说："我不知道——你如走了，我一定写信给你，我写着'宋妹妹先生'，好不好？"妹妹笑说："我的学名也不是叫妹妹，而且我最不喜欢人称我'先生'，我喜欢人称'女士'。平日父亲从南边来信，都是寄给我，也是称我'女士'。"小小说："那也好，你的学名是什么？"妹妹不答。

小小两手弄着扇子的边儿，说："我父亲到英国去了一年多了，差不多两个礼拜就有一封信，有时好几封信一齐送来。信封上写着外国字，我不认得，但母亲说，上面也都是我的名字。"妹妹道："你为什么不跟伯伯到英国去？"小小摇头道："母亲不去，我也不去。我只爱我的国，又有树，又有水。我不爱英国，他们那里尽是些黄头发蓝眼睛的孩子！"

妹妹说:"我们的先生常常说,我们也应当爱外国,我想那是合理的。"小小道:"你要爱你就爱,横竖我只有一个心,爱了我的国,就没存心再去爱别国。"妹妹一面抚着头发,说:"一个心也可以分作多少份儿,就如我的一个心,爱了父亲,又爱了母亲,又爱了许多的……"这时小小忽然指着天上说:"妹妹!快看!"妹妹止住了,抬头看时,一个很小的星,拖着一片光辉,横过天空,直飞向天末去了。

天渐渐的黑了,他们便进去。搬过两张矮凳子,和一张大椅子,在院子里吃着晚饭。母亲在后面替妹妹通开了头发,松松的编了两个辫子。小小便道:"有头发多么麻烦!我天天早起就不用梳头,就是洗头也不费工夫。"妹妹一面吃饭,说:"但母亲说头发有一种温柔的美。"小小点头说:"也是,不过我这样子,即或是有头发,也不美的。"说得婶婶也笑了。

第二天早起,小小便忙着打发赵妈洗那桶子,买冰和盐要做冰激凌。母亲替他们调好了材料,两个便在院里树下摇着。

小小一会一会的便揭开盖子看看,说:"好了!"一看仍是稀的。妹妹笑道:"你不要性急,还没有凝上呢,尽着开盖,把盐都漏进去了!"小小又舀出一点来,尝了尝说:"没有味儿,太淡了,不如把我的糖,也拿几块来放上。"妹妹说,"好。"于是小小放上好些的橘子糖,又把那一瓶香蕉油都倒了进去。末了又怕太甜了,便又对上些开水。

妹妹扎煞着两只湿手,用袖子拭了脸上的汗,说:"热得很,我不摇了!"小小说:"等我来,你先坐在一边歇着。"

摇了半天,小小也乏了,便说:"一定好了,我们舀出来吃罢。"妹妹便盛了出来,尝了一口,半天不言语。小小也尝着,却问妹妹说:"好吃不好吃？"妹妹笑道："不像我们平常吃的那味儿，带点酸又有些咸。"小小放下杯子，拍手笑道："什么酸咸？简直是不好吃！算了罢，送给赵妈吃。"

胡乱的收拾起来，小小用衣襟自己扇着，说："还是钓螃蟹去有意思，我们摇了这半天的冰激凌，也热了，正好树荫底下凉快去。"妹妹便拿了钓竿，挑上了饵，出到门外。小小说："你看那边树下水里那一块大石头，正好坐着，水深也好钓；你如害怕，我扶你过去。"妹妹说："我不怕。"说着便从水边踏着一块一块的石头，扶着钓竿，慢慢的走了上去。

雨后溪水涨了，石上好像小船一般，微风吹着流水，又吹着柳叶。蝉声聒耳。田垄和村舍一望无际。妹妹很快乐，便道："这里真好，我不想回去了！"小小道："这块石头就是我们的国，我做总统，你做兵丁。"妹妹道："我不做兵丁，我不会放枪，也怕那响声。"小小说："那么你做总统，我做兵丁——以后这石头随水飘到大海上去，就另成了一个世界。"妹妹道："那不好，我要母亲，我自己不会梳头。"小小道："不会梳头不要紧，把头发剪了去，和我一样。"妹妹道："不但为梳头，另一个世界也不能没有母亲，没有了母亲就不成世界。"小小道："既然这样，我也要母亲，但这块石头上容不下。"妹妹站了起来，用钓竿指着说："我们可以再搬过那一块来……"

上面说着，不提防雨后石上的青苔滑得很，妹妹没有站稳，一交跌了下去。小小赶紧起来拉住，妹妹已坐在水里，钓竿也跌折了。好容易扶着上来，衣裳已经湿透，两个人都吓住了。小小连忙问："碰着了哪里没有？"妹妹看着手腕说："这边手上擦去了一块皮！这倒不要紧，只是衣裳都湿了,怎么好?"小小看她惊惶欲涕,便连忙安慰她说:"你别怕,我这里有手巾,你先擦一擦;我们到太阳底下晒着,一会子就干了。如回家换去,婶婶一定要说你。"妹妹想了一想,只得随着他到岸上来。

小小站在树荫下,看妹妹的脸,晒得通红。妹妹说:"我热极,头都昏了。"小小说:"你的衣裳干了没有?"妹妹扶着头便说:"哪能这么快就干了!"小小道:"我回家拿伞去,上面遮着,下面晒着就好了。"妹妹点一点头,小小赶紧又跑了回来。

四下里找不着伞,赵妈看见便说:"小小哥!你找什么?妈妈和婶婶都睡着午觉,你不要乱翻了!"小小只得悄悄的说与赵妈,赵妈惊道:"你出的好主意!晒出病来还了得呢!"说着便连忙出来,抱回妹妹去,找出衣裳来给她换上。摸她额上火热,便冲一杯绿豆汤给她喝了,挑些"解暑丹"给她闻了,抱着她在廊下静静的坐着,一面不住的抱怨小小。妹妹疲乏的倚在赵妈肩上,说:"不干哥哥的事,是我自己摔下去的。"小小这时只呆着。

晚上妹妹只是吐,也不吃饭。婶婶十分着急。母亲说一定是中了暑,明天一早请大夫去。赵妈没有说什么,小小只自己害怕。——明天早上,妹妹好了出来,小小才放了心。

他们不敢出去了,只在家里玩。将扶着牵牛花的小竹竿儿,都拔了出来,先扎成几面长方的篱子。然后一面一面的合了来,在树下墙阴里,盖了一个小竹棚,也安上个小门。两个人忙了一天,直到上了灯,赵妈催吃晚饭,才放下一齐到屋里来。

母亲笑说:"妹妹来,小小可有了伴儿了,连饭也顾不得吃,看明天叔叔来接了妹妹去,你可怎么办?"小小只笑着,桌上两个人还不住的

145

商议作棚子的事。

　　第二天恰好小小的学校里开了一个"成绩展览会",早晨先有本校师生的集会,还练习唱校歌。许多同学来找小小,要和他一块儿去。小小惦着要和妹妹盖那棚子,只不肯去,同学一定要拉他走。他只得嘱咐了妹妹几句,又说:"午后我就回来,你先把顶子编上。"妹妹答应着,他便和同学去了。

　　好容易先生们来了,唱过歌,又乱了半天;小小不等开完会,自己就溜了出来。从书店经过,便买了一把绸制的小国旗,兴兴头头的举着。进门就唤:"妹妹!我买了国旗来了,我们好插在棚子上……"赵妈从自己屋里出来,笑道:"妹妹走了。"小小瞪她一眼,说:"你不必哄我!"一面跑上廊去,只见母亲自己坐在窗下写信,小小连忙问:"妹妹呢?"母亲放下笔说:"早晨叔叔自己来接,十点钟的车,婶婶和妹妹就走了。"小小呆了,说:"怎么先头我没听见说?"母亲说:"昨晚上不是告诉你了么?前几天叔叔来信,就说已经告了五天的假,要来把家搬到南边去——我也想不到他们走得这么快。妹妹原是不愿意走的,婶婶说日子太短促了,他们还得回去收拾去,我也留他们不住。"小小说:"怎么赵妈也不到学校里去叫我回来?"母亲说:"那时大家都忙着,谁还想起这些事!"说着仍自去写信。小小站了半天,无话可说,只得自己出来,呆呆的在廊下拿着国旗坐着。

　　下午小小睡了半天的觉,黄昏才起来,胡乱吃过饭,自己闷闷的坐在灯下——赵妈进来问:"我的那把剪刀呢?"小小道:"我没有看见!"赵妈说:"不是昨天你和妹妹编篱子,拿去剪绳子么?"小小想起来,就说:"在那边墙犄角的树枝上挂着呢,你自己去拿罢!"赵妈出去了,母亲便说:"也没见你这样的淘气！不论什么东西，拿起来就走。怪道昨天那些牵牛花东倒西歪的，原来竹子都让你拔去了。再淘气连房子还都拆了呢！妹妹走了，你该温习温习功课了，整天里只顾玩，也不是事！"小小满心里惆怅抑郁，正无处着落，听了母亲这一番话，便借此伏在桌上哭了，母亲也不理他。

自己哭了一会，觉得无味，便起来要睡觉去。母亲跟他过来，替他收拾好了，便温和的抚着他说："好好的睡罢，明天早起，我教给你写一封信给妹妹，请她过年再来。"他勉强抑住抽咽答应着，便自己卧下。母亲在床边坐了一会，想他睡着，便捻暗了灯，自己出去。

他重新又坐了起来，——窗外好亮的月光呵！照见了庭院，照见满地的牵牛花，也照见了墙隅未成功的竹棚。小门还半开着，顶子已经编上了，是妹妹的工作……

他无聊的掩了窗帘，重行卧下。——隐隐地听见屋后溪水的流声淙淙，树叶儿也响着，他想起好些事。枕着手腕……看见自己的睡衣和衾枕，都被月光映得洁白如雪，微风吹来，他不禁又伏在枕上哭了。

这时月也没有了，水也没有了，妹妹也没有了，竹棚也没有了。这一切都不是 —— 只宇宙中寂寞的悲哀，弥漫在他稚弱的心灵里。

一九二二年七月二十四日

（原载《小说月报》1922年9月第13卷第9期）

六 一 姊

这两天来，不知为什么常常想起六一姊。

她是我童年游伴之一，虽然在一块儿的日子不多，我却着实的喜欢她，她也尽心的爱护了我。

她的母亲是菩提的乳母——菩提是父亲朋友的儿子，和我的大弟弟同年生的，他们和我们是紧邻——菩提出世后的第三天，她的母亲便带了六一来。又过两天，我偶然走过菩提家的厨房，看见一个八九岁的姑娘，坐在门槛上。脸儿不很白，而双颊自然红润，双眼皮，大眼睛，看见人总是笑。人家说这是六一的姊姊，都叫她六一姊。那时她还是天足，穿一套压着花边的蓝布衣裳。很粗的辫子，垂在后面。我手里正拿着两串糖葫芦，不由的便递给她一串。她笑着接了，她母亲叫她道谢，她只看着我笑，我也笑了，彼此都觉得很腼腆。等我吃完了糖果，要将那竹签儿扔去的时候，她拦住我；一面将自己竹签的一头拗弯了，如同钩儿的样子，自己含在口里，叫我也这样做，一面笑说："这是我们的旱烟袋。"

我用奇异的眼光看着她——当然我也随从了，自那时起我很爱她。

她三天两天的便来看她母亲，我们见面的时候很多。她只比我大三岁，我觉得她是我第一个好朋友，我们常常有事没事的坐在台阶上谈话。——我知道六一是他爷爷六十一岁那年生的，所以叫做六一。但六一未生之前，他姊姊总该另有名字的。我屡次问她，她总含笑不说。以后我仿佛听得她母亲叫她铃儿，有一天冷不防我从她背后也叫了一声，她连忙答应。回头看见我笑了，她便低头去弄辫子，似乎十分羞涩。我至今还不解是什么缘故。当时只知道她怕听"铃儿"两字，便时常叫着玩，但她并不恼我。

水天相连的海隅，可玩的材料很少，然而我们每次总有些新玩艺儿来消遣日子。有时拾些卵石放在小铜锣里，当鸡蛋煮着。有时在沙上掘一个大坑，将我们的脚埋在里面。玩完了，我站起来很坦然的；她却很小心的在岩石上蹴踏了会子，又前后左右的看她自己的鞋，她说："我的鞋若是弄脏了，我妈要说我的。"

还有一次，我听人家说煤是树木积压变成的，偶然和六一姊谈起，她笑着要做一点煤冬天烧。我们寻得了一把生锈的切菜刀，在山下砍了些荆棘，埋在海边沙土里，天天去掘开看变成了煤没有。五六天过去了，依旧是荆棘，以后再有人说煤是树木积压成的，我总不信。

下雨的时候，我们便在廊下"跳远"玩，有时跳得多了，晚上睡时觉得脚跟痛，但我们仍旧喜欢跳。有一次我的乳娘看见了，隔窗叫进我去说："她是什么人？你是什么人？天天只管同乡下孩子玩，姑娘家跳跳钻钻的，也不怕人笑话！"我乍一听说，也便不敢出去，次数多了，我也有些气忿，便道："她是什么人？乡下孩子也是人呀！我跳我的，我母亲都不说我，要你来管做什么？"一面便挣脱出去。乳娘笑着拧我的脸说："你真个学坏了！"

以后六一姊长大了些，来的时候也少了。她十一岁那年来的时候，她的脚已经裹尖了，穿着一双青布扎红花的尖头高底鞋。女仆们都夸赞她说："看她妈不在家，她自己把脚裹的多小呀！这样的姑娘，真不让人费心。"我愕然，背后问她说："亏你怎么下手，你不怕痛么？"她摇头笑说："不。"随后又说："痛也没有法子，不裹叫人家笑话。"

从此她来的时候，也不能常和我玩了，只挪过一张矮凳子，坐在下房里，替六一浆洗小衣服，有时自己扎花鞋。我在门外沙上玩，她只扶着门框站着看。我叫她出来，她说："我跑不动。"——那时我已起首学做句子，读整本的书了，对于事物的兴味，渐渐的和她两样。在书房窗内看见她来了，又走进下房里，我也只淡淡的，并不像从前那种着急，恨不得立时出去见她的样子。

菩提断了乳，六一姊的母亲便带了六一走了。从那时起，自然六一姊也不再来。——直到我十一岁那年，到金钩寨看社戏去，才又见她一面。

我看社戏，几乎是年例，每次都是坐在正对着戏台的席棚底下看的。这座棚是曲家搭的，他家出了一个副榜，村里要算他们最有声望了。从我们楼上可以望见曲家门口和祠堂前两对很高的旗杆，和海岸上的魁星阁。这都是曲副榜中了副榜以后，才建立起来的。金钩寨得了这些点缀，观瞻顿然壮了许多。

金钩寨是离我们营垒最近的村落，四时节庆，不免有馈赠往来。我曾在父亲桌上，看见曲副榜寄父亲的一封信，是五色信纸写的，大概是说沿海不靖，要请几名兵士保护乡村的话，内中有"谚云'……'足下乃今日之大树将军也，小草依依，尚其庇之……""谚云"底下是什么，我至终想不起来,只记得纸上龙蛇飞舞,笔势很好看的。

　　社戏演唱的时候,父亲常在被请参观之列。我便也跟了去,坐在父亲身旁看。我矮,看不见,曲家的长孙还因此出去,踢开了棚前土阶上列坐的乡人。

　　实话说,对于社戏,我完全不感兴味,往往看不到半点钟,便缠着要走,父亲也借此起身告辞。——而和六一姊会面的那一次,不是在棚里看,工夫却长了些。

　　那天早起,在书房里,已隐隐听见山下锣鼓喧天。下午放学出来,要回到西院去,刚走到花墙边,看见余妈抱着膝坐在下台阶上打盹。看见我便一把拉住笑说:"不必过去了,母亲睡觉呢。我在这里等着,领你听社戏去,省得你一个人在楼上看海怪闷的。"我知道是她自己要看,却拿我作盾牌。但我在书房坐了一天,也正懒懒的,便任她携了我的手,出了后门,夕阳中穿过麦垄。斜坡上走下去,已望见戏台前黑压压的人山人海,卖杂糖杂饼的担子前,都有百十个村童围着,乱哄哄的笑闹;墙边一排一排的板凳上,坐着粉白黛绿,花枝招展的妇女们,笑语盈盈的不休。

　　我觉得瑟缩,又不愿挤过人丛,拉着余妈的手要回去。余妈俯下来指着对面叫我看,说:"已经走到这里了——你看六一姊在那边呢,过去找她说话去。"我抬头一看,棚外左侧的墙边,穿着新蓝布衫子,大红裤子,盘腿坐在长板条的一端,正回头和许多别的女孩子说话的,果然是六一姊。

　　余妈半推半挽的把我撮上棚边去,六一姊忽然看见了,顿时满脸含笑的站起来让:"余大妈这边坐。"一面紧紧的握我的手,对我笑,不说什么话。

一别三年，六一姊的面庞稍稍改了，似乎脸儿长圆了些，也白了些，样子更温柔好看了。我一时也没有说什么，只看着她微笑。她拉我在她身旁半倚的坐下，附耳含笑说："你也高了些——今天怎么又高兴出来走走？"

当我们招呼之顷，和她联坐的女孩们都注意我——这时我愿带叙一个人儿，我脑中常有她的影子，后来看书一看到"苎萝村"和"西施"字样，我立刻就联忆到她，也不知是什么缘故。她是那天和六一姊同坐的女伴中之一，只有十四五岁光景。身上穿着浅月白竹布衫儿，襟角上绣着"卍"字。绿色的裤子。下面是扎腿，桃红扎青花的小脚鞋。头发不很青，却是很厚。水汪汪的一双俊眼。又红又小的嘴唇。净白的脸上，薄薄的搽上一层胭脂。她顾盼撩人，一颦一笑，都能得众女伴的附和。那种娟媚入骨的丰度，的确是我过城市生活以前所见的第一美人儿！

到此我自己惊笑，只是那天那时的一瞥，前后都杳无消息，童稚烂漫流动的心，在无数的过眼云烟之中，不知怎的就捉得这一个影子，自然不忘的到了现在。——生命中原有许多"不可解"的事！

她们窃窃议论我的天足，又问六一姊，我为何不换衣裳出来听戏。众口纷纭，我低头听得真切，心中只怨余妈为何就这样的拉我出来！我身上穿的只是家常很素净的衣服，在红绿丛中，更显得非常的暗淡。

百般局促之中，只听得六一姊从容的微笑说："值得换衣服么？她不到棚里去，今天又没有什么大戏。"一面用围揽着我的手抚我的肩儿，似乎教我抬起头来的样子。

我觉得脸上红潮立时退去，心中十分感激六一姊轻轻的便为我解了围。我知道这句话的分量,一切的不宁都恢复了。我暗地惊叹,三年之别,六一姊居然是大姑娘了,她练达人情的话,居然能庇覆我!

恋恋的挨着她坐着,无聊的注目台上。看见两个婢女站在两旁,一个皇后似的,站在当中,摇头掩袖,咿咿的唱。她们三个珠翠满头,粉黛俨然,衣服也极其闪耀华丽,但裙下却都露着一双又大又破烂的男人单脸鞋。

金色的斜阳,已落下西山去,暮色逼人。余妈还舍不得走,我说:"从书房出来,简直就没到西院去,母亲要问,我可不管。"她知道我万不愿再留滞了,只得站起来谢了六一姊,又和四围的村妇纷纷道别。上坡来时,她还只管回头望着台上,我却望着六一姊,她也望着我。我忽然后悔为何忘记吩咐她来找我玩,转过麦垄,便彼此看不见了。—— 到此我热烈的希望那不是最末次的相见!

回家来已是上灯时候,母亲并不会以不换衣裳去听社戏为意,只问我今天的功课。我却告诉母亲我今天看见了六一姊,还有一个美姑娘。美姑娘不能打动母亲的心,母亲只殷勤的说:"真的,六一姊也有好几年没来了!"

十年来四围寻不到和她相似的人,在异国更没有起联忆的机会,但这两天来,不知为何,只常常想起六一姊!

她这时一定嫁了,嫁在金钩寨,或是嫁到山右的邻村去,我相信她永远是一个勤俭温柔的媳妇。

山坳海隅的春阴景物,也许和今日的青山,一般的凄黯消沉! 我似乎能听到那呜呜的海风,和那暗灰色浩荡摇撼的波涛。我似乎能看到那阴郁压人的西南山影，和山半一层层枯黄不断的麦地。乍暖还寒时候，常使幼稚无知的我，起无名的怅惘的那种环境，六一姊也许还在此中。她或在推磨，或在纳鞋底，工作之余，她偶然抬头自篱隙外望海山，或不起什么感触。她决不能想起我，即或能想起我，也决不能知道这时的我，正在海外的海，山外的山的一角小楼之中，凝阴的廊上，低头疾书，追写十年前的她的嘉言懿行……

我一路拉杂写来，写到此泪已盈睫——总之，提起六一姊，我童年的许多往事，已真切活现的浮到眼前来了！

1924年3月26日黄昏。青山，沙穰。

（原载《小说月报》1924年6月第15卷第6号）

小 橘 灯

这是十几年以前的事了。

在一个春节前一天的下午，我到重庆郊外去看一位朋友。她住在那个乡村的乡公所楼上。走上一段阴暗的仄仄的楼梯，进到一间有一张方桌和几张竹凳、墙上装着一架电话的屋子，再进去就是我的朋友的房间，和外间只隔一幅布帘。她不在家，窗前桌上留着一张条子，说是她临时有事出去，叫我等着她。

我在她桌前坐下，随手拿起一张报纸来看，忽然听见外屋板门吱地一声开了，过了一会，又听见有人在挪动那竹凳子。我掀开帘子，看见一个小姑娘，只有八九岁光景，瘦瘦的苍白的脸，冻得发紫的嘴唇，头发很短，穿一身很破旧的衣裤，光脚穿一双草鞋，正在登上竹凳想去摘墙上的听话器，看见我似乎吃了一惊，把手缩了回来。我问她："你要打电话吗？"她一面爬下竹凳，一面点头说："我要××医院，找胡大夫，我妈妈刚才吐了许多血！"我问："你知道××医院的电话号码吗？"她摇了摇头说："我正想问电话局……"我赶紧从机旁的电话本子里找到医院的号码，就又问她："找到了大夫，我请他到谁家去呢？"她说："你只要说王春林家里病了，她就会来的。"

我把电话打通了,她感激地谢了我,回头就走。我拉住她问:"你的家远吗?"她指着窗外说:"就在山窝那棵大黄果树下面,一下子就走到的。"说着就蹬、蹬、蹬地下楼去了。

我又回到里屋去,把报纸前前后后都看完了,又拿起一本《唐诗三百首》来,看了一半,天色越发阴沉了,我的朋友还不回来。我无聊地站了起来,望着窗外浓雾里迷茫的山景,看到那棵黄果树下面的小屋,忽然想去探望那个小姑娘和她生病的妈妈。我下楼在门口买了几个大红橘子,塞在手提袋里,顺着歪斜不平的石板路,走到那小屋的门口。

我轻轻地叩着板门,刚才那个小姑娘出来开了门,抬头看了我,先愣了一下,后来就微笑了,招手叫我进去。这屋子很小很黑,靠墙的板铺上,她的妈妈闭着眼平躺着,大约是睡着了,被头上有斑斑的血痕,她的脸向里侧着,只看见她脸上的乱发,和脑后的一个大髻。门边一个小炭炉,上面放着一个小沙锅,微微地冒着热气。这小姑娘把炉前的小凳子让我坐了,她自己就蹲在我旁边,不住地打量我。我轻轻地问:"大夫来过了吗?"她说:"来过了,给妈妈打了一针……她现在很好。"她又像安慰我似的说:"你放心,大夫明早还要来的。"我问:"她吃过东西吗?这锅里是什么?"她笑说:"红薯稀饭——我们的年夜饭。"我想起了我带来的橘子,就拿出来放在床边的小矮桌上。她没有作声,只伸手拿过一个最大的橘子来,用小刀削去上面的一段皮,又用两只手把底下的一大半轻轻地揉捏着。

我低声问:"你家还有什么人?"她说:"现在没有什么人,我爸爸到外面去了……"她没有说下去,只慢慢地从橘皮里掏出一瓣一瓣的橘瓣来,放在她妈妈的枕头边。

炉火的微光，渐渐地暗了下去，外面变黑了。我站起来要走，她拉住我，一面极其敏捷地拿过穿着麻线的大针，把那小橘碗四周相对地穿起来，像一个小筐似的，用一根小竹棍挑着，又从窗台上拿了一段短短的蜡头，放在里面点起来，递给我说："天黑了，路滑，这盏小橘灯照你上山吧！"

我赞赏地接过，谢了她，她送我出到门外，我不知道说什么好，她又像安慰我似的说："不久，我爸爸一定会回来的。那时我妈妈就会好了。"她用小手在面前画一个圆圈，最后按到我的手上："我们大家也都好了！"显然地，这"大家"也包括我在内。

我提着这灵巧的小橘灯，慢慢地在黑暗潮湿的山路上走着。这朦胧的橘红的光，实在照不了多远，但这小姑娘的镇定、勇敢、乐观的精神鼓舞了我，我似乎觉得眼前有无限光明！

我的朋友已经回来了，看见我提着小橘灯，便问我从哪里来。我说："从……从王春林家来。"她惊异地说："王春林，那个木匠，你怎么认得他？去年山下医学院里，有几个学生，被当作共产党抓走了，以后王春林也失踪了，据说他常替那些学生送信……"

当夜，我就离开那山村，再也没有听见那小姑娘和她母亲的消息。

但是从那时起，每逢春节，我就想起那盏小橘灯。十二年过去了，那小姑娘的爸爸一定早回来了。她妈妈也一定好了吧？因为我们"大家"都"好"了！

（原载《中国少年报》1957年1月31日）

明子和咪子

　　明子的真名不叫明子，他姓徐，叫徐明。咪子的真名也不叫咪子，它是一只猫，叫咪咪，明子和咪子是奶奶给他们的爱称。咪子是明子给奶奶抱来的。奶奶退休后，闲多了，不但要明子和爸爸每天来吃晚饭——因明子的妈妈得到"交换学者"的奖学金，到加拿大进修一年——还要找些别的事做，像在阳台上种些花草什么的，因此明子就想劝奶奶养猫。

　　明子最爱猫了，但是妈妈不爱猫，说:猫不像狗，它到处爬，到处跳。一会上桌，一会上床，太脏了。无论明子怎样央告，妈妈总是不肯。如今妈妈出国了，楼上的陈伯伯——爸爸的同事——他家又有了三只小猫，长毛的，个个像毛茸茸的小花毛团似的，可爱极了。大家都说陈伯伯太爱猫了，送走一只猫，就像嫁出去一个女儿似的，一定要找一个可靠的人家，他才肯给。明子想，说是我奶奶要，他不会不答应吧，我去试试看。

　　第二天一放学，明子就上楼对陈伯伯赔笑说："我奶奶您认识吧？她最爱猫了，她退休了闲得慌，想要您一只小猫作伴，行不行？"陈伯伯看着他笑说："你奶奶要，可以抱一只去……"明子又赔笑说："我把三只都抱去给奶奶看,即刻就送回来。"陈伯伯只好让他把三只小猫都放进书包里,他挎上书包,骑上车飞快地到了奶奶家。

奶奶家住得不远,骑车三分钟就到了,奶奶还给明子一大把门的钥匙,可以一直进去。明子兴冲冲地进去时,奶奶正在给妈妈写信呢。明子从书包里把小猫一只一只放在书桌上,它们一边低头闻着,一边柔软轻巧地在笔筒、茶杯和台灯中间穿走。其中有一只是全白的,只有尾巴是黑的,背上还有一块小黑点。就是它最活泼了。一上来就爬到奶奶手边,伸出前爪去挠那支正在摆动着的笔。奶奶一面挥手说:"去!去!"抬起头来一看,却笑了说:"这只猫有名堂。这黑尾巴是条鞭子,那一块黑点是个绣球。这叫'鞭打绣球'……"明子高兴得拍手笑了说:"好,好,'鞭打绣球',就留下它吧。"奶奶笑着说:"要留下它,也得先送回去。我们要先给它准备吃、喝、拉、撒、睡的地方。"

明子连忙又把小猫送回给陈伯伯,说:"我奶奶谢谢您啦,她想要那只有黑尾巴的。"——他不敢把"鞭打绣球"这好听的名字说出来,怕陈伯伯不舍得——陈伯伯一边把小猫放回母猫筐里,一边说:"好吧。你一定也常去玩了?可你不能折磨它。"明子满脸是笑,说:"哪能呢!我们准备好就来抱。"一回头就跑。

明子帮着奶奶找出一只大的深沿的塑料盘子,铺上炉灰,给咪咪做厕所;两只红花的搪瓷碟子,大的做咪咪的饭碗,小的做咪咪的水杯;还有一只大竹篮子,铺上一层棉絮,做咪咪的卧床。奶奶说:"咪咪可以睡在我的屋里,但是'吃'和'拉'只能在厨房桌子底下,夏天还得放到凉台上去,不然,臊死了。"这一切,明子都慨然地同意了。

咪子抱来了,真是活跃得了不得! 就像妈妈说的那样,整天到处跑,到处跳,一会儿上桌,一会儿上床,什么也要拨拨弄弄。于是奶奶就常给它洗澡,洗完了用大毛巾裹起来,还用吹风机把湿毛吹干了。早饭后在洗牛奶锅的时候,还用一勺稀粥先在锅里涮一遍,又把自己不吃的蛋黄,拌在牛奶粥里给咪子吃。奶奶把咪子调理得又"白"又"胖",就像一大团绒球似的!咪子平常很闹,挣扎着不让明子抱它,但是吃饱之后就又贪睡。奶奶常在晚饭前喂它,什么鱼头啦、鸡爪啦,剁碎了给它拌饭。咪子一直在旁边叫着,等奶奶一放下它的饭碗,它就翘着尾巴过去;吃完了,用前爪不住地"洗脸",洗完脸就懒洋洋弓起身来,打着呵欠。这时明子就过去把它抱在怀里,咪子一动不动地闭上眼,蜷成一团。明子轻轻抚摸着它,它还会轻轻地打着"呼噜"。每天晚饭后,奶奶和爸爸一边看着电视,一边闲谈。明子只坐在一旁,静静地抱着睡着的咪子,轻轻地顺着它的雪白的长毛摸着,不时地低下头去用脸偎着它,电视荧幕上花花绿绿地人来人往,他一点也没看进去。等到"新闻联播"节目映完,爸爸就会站起来说:"徐明,咱们走吧。你的作业还没做完呢!和奶奶说再见。"这时明子只好把柔软温暖的咪子放在奶奶的膝上,恋恋不舍地走了。

　　这个星期天中午,奶奶答应明子的请求,让爸爸带陈伯伯来吃午饭,说是请他来看咪咪长得好不好,并谢谢他。陈伯伯来了,和奶奶寒暄几句。明子把咪子举到他面前,他也只看了一眼。他一边吃饭,一边和爸爸大讲起什么电子计算机,怎样用编成的语言,把资料储存进去啦,用的时候一按那键子,那资料就出来了什么的。明子悄悄地问奶奶:"电子计算机是什么样子?对养猫有没有用处?"奶奶笑着说:"我也说不清。我想要把咪子的资料装进去,要用的时候,一按键子也会出来吧。"

小说 — 明子和咪子

吃过饭，陈伯伯谢过奶奶，说："下午还要去摆弄计算机，先走了。"爸爸也说："徐明还是跟我回去午睡吧，起来还要给妈妈写信呢。"明子只好把咪子抱起，在脸上偎了一下，跟着他们走了。

明子回到家一上床就睡着了。他忽然做了个梦，梦里听见咪子一声一声叫得很急，仿佛有人在折磨它。四周一看，只见眼前放着一个大黑箱子，似乎就是那个电子计算机了，咪子在里面关着呢。它睁着两只大圆眼，从箱子缝里望着明子不住地叫。明子急得嗒嗒地拍着那大黑箱子，要找那键子，就是找不着！

他急得满头大汗，耳边还听见嗒嗒的声音，睁眼看时，原来还睡在床上，爸爸正用打字机打着给妈妈的信呢。明子翻身下床，摘下挂在墙上的奶奶家大门的钥匙就走，爸爸在后面叫他"别去吵奶奶了……"他也顾不上答应。

奶奶家的大门轻轻地开了，奶奶的房间也让他推开一条缝。奶奶脸向里睡着呢，咪子趴在奶奶的枕头边，听见推门的声音，立刻警觉地睁着大眼，一看见是明子来了，它又趴了下去，头伏在前爪上，后腿蜷了起来，这是它兴奋前扑的预备姿势。

明子侧身挤进门来，只一伸手，这一团毛茸茸的大白绒球，就软软地扑到他的胸前。明子紧紧地抱住它，不知道为什么，双眼忽然模糊了起来……

1984年5月18日晨

（原载《人民日报》1984年5月30日）

小说第三辑

少年法三期

我最尊敬体贴她们

以一个男士而写关于女人的题目,似乎总觉有些不大"那个",人们会想"内容莫不是讥讽吧?""莫不是单恋吧?"仿佛女人的问题,只应该由女人来谈似的。其实,我以为女人的问题,应该是由男人来谈,因为男人在立场上,可以比较客观,男人的态度,可以比较客气。

在二万万零一个男人之中,我相信我是一个最尊敬体贴女性的男子。认得我的人,且多称誉我是很女性的,因为我有女性种种的优点,如温柔、忍耐、细心等等,这些我都觉得很荣幸。同时我是二万万零一个人之中,最不配谈女人的,因为除了母亲以外,我既无姊妹,又未娶妻。我所认得的只是一些女同学,几个女同事,以及朋友们的妻女姊妹,没有什么深切的了解与认识。但是因为既无姊妹又未娶妻的缘故,谈到女人的时候就特别多。比如说有许多朋友的太太,总是半带好意半开玩笑的说:"×先生,你是将近四十岁的人,做着很好的事,又颇有点名气,为什么还不娶个太太?"这时我总觉得很惶恐,只得讷讷的说:"还没有碰到合适的人……。"于是那些太太们说:"您的条件怎么样?请略说一二,我们好替您物色物色。"这时我最窘了,这条件真不容易说出,要归纳你平日的许多标准,许多理想,除非上帝特意为你创造这么一个十全十美的女人。我有一个朋友，年纪比我还轻，十年以前，就有二十六个择偶的条件。到了十年之末，他只剩了一个条件——"只要是一个女人就行"。结果是一个女人也没有得到。他死了，朋友替他写传记，中有很惨的四个字："尚未娶妻"。上帝祝福他的灵魂！

　　我以为男子要谈条件，第一件事就得问问自己是否也具有那些条件。比如我们要求对方"容貌美丽"，就得先去照照镜子，看看自己是不是一个漂亮的男子。我们要求对方"性情温柔"，就得反躬自省，自己是否一个绝不暴躁而又讲理的人。我们从办公室里回来，总希望家里美观清洁，饭菜甘香可口，孩子们安静听话，太太笑脸相迎，嘘寒问暖。万一上面的条件没有具备，我们就会气腾腾的把帽子一摔，棍子一扔，皱起眉头，一语不发。倘若孩子再围上来要糖要饼，太太再来和你谈米又涨价，菜不好买，佣人闹脾气等等……你简直就会头痛，就会发狂，就会破口大骂。骂完，自己跑到一旁，越想越伤心起来——想到今天在办公室里所受的种种的气，想到昨夜因为孩子哭闹，没有睡好，这一家穿的是谁，吃的是谁，你的太太竟不体恤你一点——可是你总根本没有想到孩子没有一个不淘气，佣人没有一个没有问题，米也没有一天不涨价的！你的温柔的太太，整天整夜的在这炼狱中间，怕你不得好睡，办事没有精神，脾气也会变坏，而她自己昨夜则于你朦胧之中，起来了七八次之多，既怕孩子挨骂，又怕你受委屈。孩子哭是因为肚子痛，肚子痛是因为刘妈给他生水喝。而刘妈则是没有受过近代训练的佣人，跟她怎样说都不会记得。这年头，连个帮工都不容易请，奉承她还来不及，哪还敢说一个"换"字……她也许思前想后，一夜无眠，今早起来，她还得依旧支撑。家长里短的事，女人不管，谁来管呀？她一忙就累，一累就也有气，满心只想望你中午或晚上回来，凡事有你商量，有你安慰。倘若你回来了，看见她的愁眉，看见她的黑眼圈，你说一两句安慰的话，她也许就把旧恨新愁，全付汪洋大海，否则她只有在你的面前或背后，掉下一两滴可怜无告的眼泪。你也许还觉得"女人，除了哭，还会什么！……"

男子的条件中，有时还要对方具有经济生产的能力，这个问题就更大了。我知道有许多职业妇女，在结婚之前，总要百转千回的考虑。倘若她或不幸而被恋爱征服，同时又对事业不忍放弃，那这两股绳索就会把她绞死！我有一对朋友，是夫妇同在一个机关里面办事的（妻的地位似乎比丈夫还高）。每次我到他们家里去拜访，或是他们请我吃饭，假如一切顺利，做丈夫和做妻子的就都兴高采烈。假如饭生菜不熟，或小孩子喧哗吵闹，做丈夫的就会以责备的眼光看太太，太太却以抱歉的眼光来看我们两个，我只好以悲悯的眼光看天。我心里真想同那做丈夫的说："天哪，她不是和你一样，一天坐八小时的办公室吗？"——我不是说一天坐了八小时的办公室，请客时就应当饭生菜不熟，不过至少他们应当以抱歉的眼光对看，或且同以抱歉的眼光看我。至于把这责任完全推给太太的办法，则连我这一个女性的男子，也看不过了。

谈到职业妇女，在西洋的机器文明世界，兼主妇还不感到十分困难。在中国则一切须靠佣人。人比机器难弄得多，尤其是在散离流亡的抗战时代。我看见过多少从前在沿海口岸，摩登城市，养尊处优的妇女们，现在内地，都是荆钗布裙栉风沐雨的工作，不论家里或办公室里，都能弄得井井有条。对于这种女人，我只有五体投地。假如抗战提高了中国的地位,提高了军人、司机、乃至一般工人的地位,则我以为提得最高的,还是我们那些忍得住痛耐得住苦的妇女。

话又说得远了,我所要说的关于女人的话,还未说到十分之一。有一个朋友看到了这一段,以为像我这样尊敬体贴女人的人,可以做个模范丈夫,必不难找个合式的太太。连我自己也纳闷,这是怎么说的呢?天晓得!

(原载《星期评论》重庆版1941年1月第8期)

我的择偶条件

新近搬了一次"家",居然能从五个人合住的一间屋子,搬到一间卧室,一间书房连客厅的房子里来,虽然仍有一个"屋伴",在重庆算是不容易的了。这两间屋子,略加布置,尚属雅洁。窗明几净,常有不少的朋友来陪我闲谈;大家总觉得既有这么雅洁的屋子,更应当有个太太了,于是谈锋又转到了择偶的条件。随谈随写,居然也有二十几条,如下:

一 因为我自己是在北方长大的南方人,所以我希望对方不是"北人南相"——此条可以商量。

二 因为我是学文学的,所以希望对方至少能够欣赏文艺。

三 因为我是将近四十岁的人,所以希望对方不在二十五岁以下。

四 因为我自己是个瘦子,所以希望对方不是一个胖子。

五 因为我自己不搽润面油、司丹康,所以希望对方也不浓施脂粉,厚抹口红。

六 因为我自己从未穿过西装,所以希望对方也不穿着洋服——东方女子穿西服,十个有九个半难看!

七 因为我有几个外国朋友,所以希望对方懂得几句外国语言。

八　因为我自己好客,所以希望对方不是一个见了生人说不出话的女子。

九　因为我很择客,所以希望对方也不招致许多无聊的男女朋友,哼哼洋歌,嚼嚼瓜子,把橘子皮扔得满地。

十　因为我颇有洁癖,所以希望对方也相当的整齐清洁——至少不会翻乱我的书籍,弄脏我的衣冠。

十一　因为我怕香花,所以希望对方不戴白玉兰,不在屋子里插些丁香、真珠梅之类。

十二　因为我喜欢雅淡,所以希望对方不穿浓艳及颜色不调和的衣服,我总忘不了黄莘田先生的两句诗:"颜色上伊身便好,带些黯淡大家风。"

十三　我自己曾经享受过很舒服的衣食住行,而在抗战期内,绝口不提从前的幸福! 我觉得流离痛苦是该受的。因此,我希望对方不是整天的叹气着说:"从前在北平的时候呀,""这仗打到什么时候才完呀,"一类的废话。

十四　因为我喜欢旅行,所以希望对方也不以旅行为苦。

十五　因为我喜欢海,所以我希望对方也爱泅水,不怕海风。

十六　因为我喜欢山居,所以希望对方不怕山居的寂寞。

十七　因为我喜听京戏——虽然并不常去,所以希望对方不把国剧看得一钱不值。

十八　我喜欢看美人,无论是真人或图画,希望对方能够谅解。我只是赞叹而已。倘若她也和我一样,也只爱"看"美男子,我决予以鼓励。

十九　因为我自觉是个"每逢大事有静气"的汉子（看见或摸着个把臭虫时除外，但此不是大事），所以希望对方遇有小惊小怕时，不作电影明星式的捧心高叫。

二十　我对于屋内的挂幅，选择颇严，希望对方不在案侧或床头，挂些低级趣味的裸体画，或明星照片。

二十一　我很喜欢炉中的微火和烛火，以为在柔软的光影中清谈，是最惬心的事，希望对方也能欣赏，至少不至喜欢强烈直射的灯光。

二十二　我喜欢微醺的情境；在微醉后谈话作文，都更觉有兴致。因此，我希望对方不反对人喝"一点"酒。但若甜酒——如杂果酒，喝到两杯以上，白酒五杯以上，黄酒十杯以上，亲爱的，请你阻止我！

二十三　因为我在北方长大，能吃大葱大蒜，所以希望对方虽不与我同嗜，至少也不厌恶这种气味。

二十四　因为我喜听音乐，所以希望对方不在音乐会场内，高声谈笑或睡觉。

二十五　因为我喜欢生物，所以希望对方不反对我养狗或养鸽。

二十六　……

一个朋友把我叫住了。说："你曾笑你那位死去的朋友，提出了二十六个择偶的条件，如今你竟快要打破他的纪录了。"我说我的条件实和他的不同，都是就我已有的本钱来讨代价，并不曾作过分的要求，纵不能抛玉引玉，也还是抛砖引砖，条件再多些谅也无妨。而且我注意的只是嗜好与习惯上的小节，至于她的容貌性情以及经济生产能力等等，我都可以随遇而安，不加苛求的。另一个朋友说，"嗜好习惯太相同了，反无互相吸引之力,生活在一起没有兴趣。而且像你这样的斤斤于小节,只有让你自己再变成为一个女人,来配你自己吧。"天哪,假如我真是个女人,恐怕早已结婚,而且是已有了两三个孩子了!

(原载《星期评论》重庆版1941年2月第12期)

我的母亲

谈到女人,第一个涌上我的心头的,就是我的母亲,因在我的生命中,她是第一个对我失望的女人。

在我以前,我有两个哥哥,都是生下几天就夭折的,算命的对她说:"太太,你的命里是要先开花后结果的,最好能先生下一个姑娘,庇护以后的少爷。"因此,在她怀我的时候,她总希望是一个女儿。她喜欢头生的是一个姑娘,会帮妈妈看顾弟妹,温柔、体贴、分担忧愁。不料生下我来,又是一个儿子。在合家欢腾之中,母亲只是默然的躺在床上。祖父同我的姑母说:"三嫂真怪,生个儿子还不高兴!"

母亲究竟是母亲,她仍然是不折不扣的爱我,只是常常念道:"你是儿子兼女儿的,你应当有女儿的好处才行。"我生后三天,祖父拿着我的八字去算命。算命的还一口咬定这是女孩的命,叹息着说:"可惜是个女孩子,否则准作翰林。"母亲也常常拿我取笑说:"如今你是一个男子,就应当真作个翰林了。"幸而我是生在科举久废的新时代,否则,以我的才具而论,哪有三元及第荣宗耀祖的把握呢?

在我底下,一连串的又来了三个弟弟,这使母亲更加失望。然而这三个弟弟倒是个个留住了。当她抱怨那个算命的不灵的时候,我们总笑着说，我们是"无花果"，不必开花而即累累结实的。

母亲对于我的第二个失望，就是我总不想娶亲。直至去世时为止，她总认为我的一切，都能使她满意，所差的就是我竟没有替她娶回一位，有德有才而又有貌的媳妇。其实，关于这点，我更比她着急，只是时运不济，没有法子。在此情形之下，我只有竭力鼓励我的弟弟们先我而娶，替他们介绍"朋友"，造就机会。结果，我的二弟，在二十一岁大学刚毕业时就结了婚。母亲跟前，居然有了一个温柔贤淑的媳妇，不久又看见了一个孙女的诞生，于是她才相当满足地离开了人世。

如今我的三个弟弟都已结过婚了，他们的小家庭生活，似乎都很快乐。我的三个弟妇，对于我这老兄，也都极其关切与恭敬。只有我的二弟妇常常笑着同我说："大哥，我们做了你的替死鬼，你看在这兵荒马乱米珠薪桂的年头，我们这五个女孩子怎么办？ 你要代替我们养一两个才行。"她怜惜的抚摩着那些黑如鸦羽的小头。她哪里舍得给我养呢！ 那五个女孩子围在我的膝头，一齐抬首的时候，明艳得如同一束朝露下的红玫瑰花。

母亲死去整整十年了。去年父亲又已逝世。我在各地飘泊，依然是个孤身汉子。弟弟们的家，就是我的家，那里有欢笑，有温情，有人照应我的起居饮食，有人给我缝衣服补袜子。我出去的时候，回来总在店里买些糖果，因为我知道在那阑干上，有几个小头伸着望我。去年我刚到重庆，就犯了那不可避免的伤风，头痛得七八天睁不开眼，把一切都忘了。一天早晨，航空公司给我送来一个包裹，是几个小孩子寄来的，其中的小包裹是从各地方送到，在香港集中的。上面有一个卡片，写着："大伯伯，好些日子不见信了，圣诞节你也许忘了我们，但是我们没有忘了你！"我的头痛立刻好了，漆黑的床前，似乎竖起了一棵烛光辉煌的圣诞树！

回来再说我的母亲吧。自然，天下的儿子，至少有百分之七十，认为他的母亲乃是世界上最好的母亲。我则以为我的母亲，乃是世界上最好的母亲中最好的一个。不但我如此想，我的许多朋友也如此说。她不但是我的母亲，而且是我的知友。我有许多话不敢同父亲说的，敢同她说；不能对朋友提的，能对她提。她有现代的头脑，稳静公平的接受现代的一切。她热烈的爱着"家"，以为一个美好的家庭，乃是一切幸福和力量的根源。她希望我早点娶亲，目的就在愿意看见我把自己的身心，早点安置在一个温暖快乐的家庭里面。然而，我的至爱的母亲，我现在除了"尚未娶妻"之外，并没有失却了"家"之一切！

我们的家，确是一个安静温暖而又快乐的家。父亲喜欢栽花养狗；母亲则整天除了治家之外，不是看书，就是做活，静悄悄的没有一点声息。学伴们到了我们家里，自然而然的就会低下声来说话。然而她最鼓励我们运动游戏，外院里总有秋千、杠子等等设备。我们学武术，学音乐（除了我以外，弟弟们都有很好的成就）。母亲总是高高兴兴的，接待父亲和我们的朋友。朋友们来了，玩得好，吃得好，总是欢喜满足的回去。却也有人带着眼泪回家，因为他想起了自己死去的母亲，或是他的母亲，同他不曾发生什么情感的关系。

我的父亲是大家庭中的第三个儿子。他的兄弟姊妹很多，多半是不成材的，于是他们的子女的教养，就都堆在父亲的肩上。对于这些，母亲充分的帮了父亲的忙，父亲付与了一份的财力，母亲贴上了全副的精神。我们家里总有七八个孩子同住，放假的时候孩子就更多。母亲以孱弱的身体，来应付支持这一切，无论多忙多乱，微笑没有离开过她的嘴角。我永远忘不了母亲逝世的那晚，她的床侧，昏倒了我的一个身为军人的堂哥哥！

母亲又有知人之明，看到了一个人，就能知道这人的性格。故对于父亲和我们的朋友的选择，她都有极大的帮助。她又有极高的鉴赏力，无论屋内的陈设，园亭的布置，或是衣饰的颜色和式样等，经她一调动，就显得新异不俗。我记得有一位表妹，在赴茶会之前，打扮得花枝招展的，到了我们的家里；母亲把她浑身上下看了一遍，笑说："元元，你打扮得太和别人一样了。人家抹红嘴唇，你也抹红嘴唇，人家涂红指甲，你也涂红指甲，这岂非反不引起他人的注意？你要懂得'万朵红莲礼白莲'的道理。"我们都笑了，赞同母亲的意见。表妹立刻在母亲妆台前洗净铅华，换了衣饰出去；后来听说她是那晚茶会中，被人称为最漂亮的一个。

母亲对于政治也极关心。三十年前，我的几个舅舅，都是同盟会的会员，平常传递消息，收发信件，都由母亲出名经手。我还记得在我八岁的时候，一个大雪夜里，帮着母亲把几十本《天讨》，一卷一卷的装在肉松筒里，又用红纸条将筒口封了起来，寄了出去。不久收到各地的来信说："肉松收到了，到底是家制的，美味无穷。"我说："那些不是书吗？……"母亲轻轻的捏了我一把，附在我的耳朵上说："你不要说出去。"

辛亥革命时，我们正在上海，住在租界旅馆里。我的职务，就是天天清早在门口等报，母亲看完了报就给我们讲。她还将她所仅有的一点首饰，换成洋钱，捐款劳军。我那时才十岁，也将我所仅有的十块压岁钱捐了出去，是我自己走到申报馆去交付的。那两纸收条，我曾珍重的藏着，抗战起来以后不知丢在哪里了。

"五四"以后，她对新文化运动又感了兴趣。她看书看报，不让时代把她丢下。她不反对自由恋爱，但也注重爱情的专一。我的一个女同学，同人"私奔"了，当她的母亲走到我们家里"垂涕而道"的时候，父亲还很气愤，母亲却不做声。客人去后，她说："私奔也不要紧，本来仪式算不了什么，只要他们始终如一就行。"

诸如此类，她的一言一动，成了她的儿子们的南针。她对我的弟弟们的择偶，从不直接说什么话，总说："只要你们喜爱的，妈妈也就喜爱。"但是我们的性格品味已经造成了，妈妈不喜爱的，我们也决不会喜爱。

她已死去十年了。抗战期间，母亲若还健在，我不知道她将做些什么事情，但我至少还能看见她那永远微笑的面容，她那沉静温柔的态度，她将以卷《天讨》的手，卷起她的每一个儿子的畏惧懦弱的心！

她是一个典型的贤妻良母，至少母亲对于我们解释贤妻良母的时候，她以为贤妻良母，应该是丈夫和子女的匡护者。

关于妇女运动的各种标语，我都同意，只有看到或听到"打倒贤妻良母"的口号时，我总觉得有点逆耳刺眼。当然，人们心目中"妻"与"母"是不同的，观念亦因之而异。我希望她们所要打倒的，是一些怯弱依赖的软体动物，而不是像我的母亲那样的女人。

（原载《星期评论》重庆版1941年3月第14期）

我的教师

第二个女人，我永远忘不掉的，是 T 女士，我的教师。

我从小住在偏僻的乡村里，没有机会进小学，所以只在家塾里读书，国文读得很多，历史地理也还将就得过，吟诗作文都学会了，且还能写一两千字的文章。只是算术很落后，翻来覆去，只做到加减乘除，因为塾师自己的算学程度，也只到此为止。

十二岁到了北平，我居然考上了一个中学，因为考试的时候，校长只出一个"学然后知不足"的论说题目。这题目是我在家塾里做过的，当时下笔千言，一挥而就，校长先生大为惊奇赞赏，一下子便让我和中学一年生同班上课。上课两星期以后，别的功课我都能应付裕如，作文还升了一班，只是算术把我难坏了。中学的算术是从代数做起的，我的算学底子太坏，脚跟站不牢，昏头眩脑，踏着云雾似的上课，T 女士便在这云雾之中，飘进了我的生命中来。

她是我们的代数和历史教员，那时也不过二十多岁吧。"蟾首蛾眉，齿如编贝"这八个字，就恰恰的可以形容她。她是北方人，皮肤很白嫩，身材很窈窕，又很容易红脸，难为情或是生气，就立刻连耳带颈都红了起来，我最怕的是她红脸的时候。

同学中敬爱她的,当然不止我一人,因为她是我们的女教师中间最美丽,最和平,最善诱的一位。她的态度,严肃而又和蔼,讲述时简单而又清晰。她善用譬喻;我们每每因着譬喻的有趣,而连带的牢记了原理。

第一个月考,我的历史得九十九分,而代数却只得了五十二分,不及格! 当我下堂自己躲在屋角流泪的时候,觉得有只温暖的手,抚着我的肩膀,抬头却见T女士挟着课本,站在我的身旁。我赶紧擦了眼泪,站了起来。她温和的问我道:"你为什么哭? 难道是我的分数打错了?"我说:"不是的,我是气我自己的数学底子太差。你出的十道题目,我只明白一半。"她就软款温柔的坐下,仔细问我的过去。知道了我的家塾教育以后,她就恳切的对我说:"这不能怪你。你中间跳过了一大段! 我看你还聪明,补习一定不难,以后你每天晚一点回家,我替你补习算术吧。"

这当然是她对我格外的爱护,因为算术不曾学过的,很有退班的可能;而且她很忙,每天匀出一个钟头给我,是额外的恩惠。我当时连忙答允,又再三的道谢。回家去同母亲一说,母亲尤其感激,又仔细的询问T女士的一切,她觉得T女士是一位很好的教师。

从此我每天下课后,就到她的办公室,补习一个钟头的算术,把高小三年的课本,在半年以内赶完了。T女士逢人便称道我的神速聪明。但她不知道我每天回家以后,用功直到半夜,因着习题的烦难,我曾流过许多焦急的眼泪,在泪眼模糊之中,灯影下往往涌现着T女士美丽慈和的脸,我就仿佛得了灵感似的,擦去眼泪,又赶紧往下做。那时我住在母亲的套间里,冬天的夜里,烧热了砖炕,点起一盏煤油灯,盘着两腿坐在炕桌边上,读书习算。到了夜深,母亲往往叫人送冰糖葫芦,或是赛梨的萝卜,来给我消夜。直到现在,每逢看见孩子做算术,我就会看见T女士的笑脸,脚下觉得热烘烘的,嘴里也充满了萝卜的清甜气味!

算术补习完毕,一切难题,迎刃而解,代数同几何,我全是不费功夫的做着;我成了同学们崇拜的中心,有什么难题,他们都来请教我。因着T女士的关系,我对于算学真是心神贯注,竟有几个困难的习题,是在夜中苦想,梦里做出来的。我补完算术以后,母亲觉得对于T女士应有一点表示,她自己跑到福隆公司,买了一件很贵重的衣料,叫我送去。T女士却把礼物退了回来,她对我母亲说:"我不是常替学生补习的,我不能要报酬。我因为觉得令郎别样功课都很好,只有算学差些,退一班未免太委屈他。他这样的赶,没有赶出毛病来,我已经是很高兴的了。"母亲不敢勉强她,只得作罢。有一天我在东安市场,碰见T女士也在那里买东西。看见摊上挂着的挖空的红萝卜里面种着新麦秧,她不住地夸赞那东西的巧雅,颜色的鲜明,可是因为手里东西太多,不能再拿,割爱了。等她走后,我不曾还价,赶紧买了一只萝卜,挑在手里回家。第二天一早又挑着那只红萝卜,按着狂跳的心,到她办公室去叩门。她正预备上课,开门看见了我和我的礼物,不觉嫣然的笑了,立刻接了过去,挂在灯上,一面说:"谢谢你,你真是细心。"我红着脸出来,三步两跳跑到课室里,嘴里不自觉的唱着歌,那一整天我颇觉得有些飘飘然之感。

因着补习算术,我和她对面坐的时候很多,我做着算题,她也低头改卷子。在我抬头凝思的时候,往往注意到她的如云的头发,雪白的脖子，很长的低垂的睫毛，和穿在她身上稳称大方的灰布衫，青裙子，心里渐渐生了说不出的敬慕和爱恋。在我偷看她的时候，有时她的眼光正和我的相值，出神的露着润白的牙齿向我一笑，我就要红起脸，低下头，心里乱半天，又喜欢，又难过，自己莫名其妙。

从校长到同学，没有一个愿意听到有人向 T 女士求婚的消息。校长固不愿意失去一位好同事，我们也不愿意失去一位好教师，同时我们还有一种私意，以为世界上根本就没有一个男子，配作 T 女士的丈夫，然而向 T 女士求婚的男子，那时总在十个以上，有的是我们的男教师，有的是校外的人士。我们对于 T 女士的追求者，一律的取一种讥笑鄙夷的态度。对于男教师们，我们不敢怎么样，只在背地里替他们起上种种的绰号，如"癞蛤蟆"、"双料癞蛤蟆"之类。对于校外的人士，我们的胆子就大一些，看见他们坐在会议室里或是在校门口徘徊，我们总是大声咳嗽，或是从他们背后投些很小的石子，他们回头看时，我们就三五成群的哄哄笑着，昂然走过。

T 女士自己对于追求者的态度，总是很庄重很大方。对于讨厌一点的人，就在他们的情书上，打红叉子退了回去。对于不大讨厌的，她也不取积极的态度，仿佛对于婚姻问题不感着兴趣。她很孝，因为没有弟兄，她便和她的父亲守在一起，下课后常常看见她扶着老人，出来散步，白发红颜，相映如画。

在这里，我要供招一件很可笑的事实，虽然在当时并不可笑。那时我们在圣经班里，正读着"所罗门雅歌"，我便模仿雅歌的格调，写了些赞美 T 女士的句子，在英文练习簿的后面，一页一页的写下叠起。积了有十几篇，既不敢给人看，又不忍毁去。那时我们都用很厚的牛皮纸包书面，我便把这十几篇尊贵的作品，折存在两层书皮之间。有一天被一位同学翻了出来，当众诵读，大家都以为我是对于隔壁女校的女生，发生了恋爱，大家哄笑。我又不便说出实话，只好涨红着脸，赶过去抢来撕掉。从此连雅歌也不敢写了，那年我是十五岁。

我从中学毕业的那一年，T女士也离开了那学校，到别地方作事去了，但我们仍常有见面的机会。每次看见我，她总有勉励安慰的话，也常有些事要我帮忙，如翻译些短篇文字之类，我总是谨慎将事，宁可将大学里功课挪后，不肯耽误她的事情。

她做着很好的事业，很大的事业，至死未结婚。六年以前，以牙疾死于上海，追悼哀殓她的，有几万人。我是在从波士顿到纽约的火车上，得到了这个消息，车窗外飞掠过去的一大片的枫林秋叶，尽消失了艳红的颜色，我忽然流下泪来，这是母亲死后第一次的流泪。

（原载《星期评论》重庆版1941年4月第21期）

叫我老头子的弟妇

第三个女人,我要写的,本是我的奶娘。刚要下笔,编辑先生忽然来了一封信,特烦我写"我的弟妇"。这当然可以,只是我有三个弟妇,个个都好,叫我写哪一个呢?把每个人都写一点吧,省得她们说我偏心!

我常对我的父亲说:"别人家走的都是儿子的运,我们家走的却是儿媳妇的运,您看您这三位少奶奶,看着叫人心里多么痛快!"父亲一面笑眯眯的看着她们,一面说:"你为什么不也替我找一位痛快的少奶奶来呢?"于是我的弟弟和弟妇们都笑着看我。我说:"我也看不出我是哪点儿不如他们,然而我混了这些年,竟混不着一位太太。"弟弟们就都得意的笑着说:"没有梧桐树,招不了凤凰来。只因你不是一棵梧桐树,所以你得不着一只凤凰!"这也许是事实,我只好忍气吞声地接受了他们的讥诮。那是廿六年六月,正值三弟新婚后到北平省亲,人口齐全,他提议照一张合家欢的相片,却被我严词拒绝了。我不能看他们得意忘形的样子,更不甘看相片上我自己旁边没有一个女人,这提议就此作罢。时至今日,我颇悔恨,因为不到一个月,芦沟桥事变起,我们都星散了。父亲死去,弟弟们天南地北,"海内风尘诸弟隔,天涯涕泪一身遥"是我常诵的句子,而他们的集合相片,我竟没有一张!

　　我的二弟妇,原是我的表妹,我的舅舅的女儿,大排行第六,只比我的二弟小一个月。我看着他们长大,真是青梅竹马,两小无猜。在他们的回忆里,有许多甜蜜天真的故事,倘若他们肯把一切事情都告诉我,一定可以写一本很好的小说。我曾向他们提议,他们笑说:"偏不告诉你,什么话到你嘴里,都改了样,我们不能让你编排!"

　　他们在七八岁上,便由父母之命定了婚;定婚以后,舅母以为未婚男女应当避嫌,他们的踪迹便疏远了。然而我们同舅家隔院而居,早晚出入,总看得见,岁时节序,家宴席上,也不能避免。他们那种忍笑相视的神情,我都看在眼里,我只背地里同二弟取笑,从来不在大人面前提过一句,恐怕舅母又来干涉,太煞风景。

　　有一年,正是二弟在唐山读书,六妹在天津上学,一个春天的早晨,我忽然接到"男士先生亲启"的一封信,是二弟发的,赶紧拆来一看,里面说:"大哥,我想和六妹通信,……已经去了三封信,但她未曾复我,请你帮忙疏通一下,感谢不尽。"我笑了,这两个十五岁的孩子,春天来到他们的心里了! 我拿着这封信,先去给母亲看,母亲只笑了一笑,没说什么。我知道最重要的关键还是舅母,于是我又去看舅母。寒暄以后,轻闲的提起,说二弟在校有时感到寂寞,难为他小小的年纪,孤身在外,我们都常给他写信,希望舅母和六妹也常和他通信,给他一点安慰和鼓励。舅母迟疑了一下,正要说话,我连忙说:"母亲已经同意了。这个年头,不比从前,您若是愿意他们小夫妻将来和好,现在应当让他们多多交换意见,联络感情。他俩都是很懂事有分寸的孩子,一切有我来写包票。"舅母思索了一会,笑着叹口气说:"这是哪儿来的事! 也罢,横竖一切有你做哥哥的负责。"我也不知道我负的是什么责任,但这交涉总算办得成功,我便一面报告了母亲,一面分函他们两个,说:"通信吧,一切障碍都扫除了,没事别再来麻烦我!"

他们廿一岁的那年,我从国外回来,二弟已从大学里毕业,做着很好的事,拉得一手的好提琴,身材比我还高,翩翩年少,相形之下,我觉得自己真是老气横秋了。六妹也长大了许多,俨然是一个大姑娘了。在接风的家宴席上,她也和二弟同席,谈笑自如。夜阑人散,父母和我亲热的谈着,说到二弟和六妹的感情,日有进步,虽不像西洋情人之形影相随,在相当的矜持之下,他们是互相体贴,互相勉励;母亲有病的时候,六妹是常在我们家里,和弟弟们一同侍奉汤药,也能替母亲料理一点家事。谈到这时,母亲就说:"真的,你自己的终身大事怎样了?今年腊月是你父亲的六十大寿,我总希望你能带一个媳妇回来,替我做做主人。如今你一点动静都没有,二弟明夏又要出国,三弟四弟还小,我几时才做得上婆婆?"我默然一会,笑着说:"这种事情着急不来。您要做个婆婆却容易;二弟尽可于结婚之后再出国。刚才我看见六妹在这里的情形,俨然是个很能干的小主妇,照说廿一岁也不算小了,这事还得我同舅母去说。"母亲仿佛没有想到似的,回头笑对父亲说:"这倒也是一个办法。"

第二天同二弟提起,他笑着没有异议。过几天同舅母提起,舅母说:"我倒是无所谓,不过六妹还有一年才能毕业大学,你问她自己愿意不愿意。"我笑着去找六妹。她正在廊下织活,看见我走来,便拉一张凳子,让我坐下。我说:"六妹,有一件事和你商量,请你务必帮一下忙。"她睁着大眼看看我。我说:"今年父亲大寿的日子,母亲要一个人帮她作主人,她要我结婚,你说我应当不应当听话?"她高兴得站了起来,"你?结婚? 这事当然应当听话。几时结婚? 对方是谁? 要我帮什么忙?"我笑说:"大前提已经定了,你自己说的,这事当然应当听话。我不知道我在什么时候才可以结婚,因为我还没有对象,我已把这责任推在二弟身上了,我请你帮他的忙。"她猛然明白了过来,红着脸回头就走,嘴里说:"你总是爱开玩笑!"我拦住了她,正色说:"我不是同你开玩笑,这事母亲舅母和二弟都同意了,只等候你的意见。"她站住了,也严肃了起来,说:"二哥明年不是要出国吗?"我说:"这事我们也讨论过,正因为他要出国,我又不能常在家,而母亲身边又必须有一个得力的人,所以只好委屈你一下。"她低头思索了一会,脸上渐有笑容。我知道这个交涉又办成功了,便说:"好了,一切由我去备办,你只预备作新娘子吧!"她啐了一口,跑进屋去。舅母却走了出来,笑说:"你这大伯子老没正经——不过只有三四个月的工夫了,我们这些人老了,没有用,一切都拜托你了。"

父亲生日的那天,早晨下了一场大雪,我从西郊赶进城来。当天,他们在欧美同学会举行婚礼,新娘明艳得如同中秋的月! 吃完喜酒,闹哄哄的回到家里来,摆上寿筵。拜完寿,前辈客人散了大半,只有二弟一班朋友,一定要闹新房,父母亲不好拦阻,三弟四弟乐得看热闹,大家一哄而进。我有点乏了,自己回东屋去吸烟休息。我那三间屋子是周末养静之所,收拾得相当整齐,一色的藤床竹椅,花架上供养着两盆腊梅,书案上还有水仙,掀起帘来,暖香扑面。我坐了一会,翻起书本来看,正神往于万里外旧游之地,猛抬头看钟,已到十二时半,南屋新房里还是人声鼎沸。我走进去一看,原来新房正闹到最热烈的阶段,他们请新娘做的事情，新娘都一一遵从了，而他们还不满意，最后还要求新娘向大家一笑，表示逐客的意思，大家才肯散去。新娘大概是乏了，也许是生气了，只是绷着脸不肯笑，两下里僵着，二弟也不好说什么，只是没主意的笑着四顾。我赶紧找支铅笔，写了个纸条，叫伴娘偷偷的送了过去，上面是："六妹，请你笑一笑，让这群小土匪下了台，我把他们赶到我屋里去！"忙乱中新娘看了纸条，在人丛中向我点头一笑，大家哄笑了起来，认为满意。我就趁势把他们都让到我的书室里。那夜，我的书室是空前的凌乱，这群"小土匪"在那里喝酒、唱歌、吃东西、打纸牌，直到天明。

不到几天，新娘子就喧宾夺主，事无巨细，都接收了过去，母亲高高在上，无为而治，脸上常充满着"做婆婆"的笑容。我每周末从西郊回来，做客似的，受尽了小主妇的招待。她生活在我们中间，仿佛是从开天辟地就在我们家里似的，那种自然，那种合适。第二年夏天，二弟出国，我和三四弟教书的教书，读书的读书，都不能常在左右，只有她是父母亲朝夕的慰安。

十几年过去了，她如今已是五个孩子的母亲，不过对于"大哥"，她还喜欢开点玩笑，例如：她近来不叫我"大哥"，而叫我"老头子"了！

（原载《星期评论》重庆版1941年6月第29期）

请我自己想法子的弟妇

　　三弟和我很有点相像，长的相像，性情也相像，我们最谈得来。我在北平西郊某大学教书的时候，他正在那里读书，课余，我们常常同到野外去散步谈心。他对于女人的兴趣，也像我似的，适可而止，很少作进一步的打算。所以直到他大学毕业，出了国，又回来在工厂里做事，还没有一个情人。

　　六年以前，我第二次出国，道经南京，小驻一星期，三弟天天从隔江工厂里过来陪我游玩。有一个星期日，一位外国朋友自驾汽车，带我们去看大石碑，并在那里野餐。原定是下午四点回来，汽车中途抛了锚，直到六点才进得城门。三弟在车上就非常烦躁不安，到了我的住处，他匆匆的洗了澡，换了一身很漂亮的西装，匆匆的又出去。我那时正忙，也不曾追问。直到第二年的春天，我在巴黎，忽然得他一封信，说："大哥，告诉你一件事，我已经订了婚。不久要结婚了。……记得我们去年逛大石碑的一天吧，就在那夜，我和她初次会面。……我们准备六月中旬结婚，婚后就北上。你若是在六月底从西伯利亚回来，我们可在北平车站接你。……巴黎如何？有好消息否？好了，北平见！"我仔细的看了他信中附来的两人合照的相片，匆匆的写了一张卡片，说："我妒羡你，居然也有了心灵的归宿！巴黎寂寞得很，和北平一样，还是你替我想想法子吧。"我又匆匆的披上大衣，直走到一家大百货商店，买了一套银器，将卡片放在匣里，寄回南京去。

在北平车站上，家人丛中，看见了我的三弟妇，极其亲热的和我握手，仿佛是很熟的朋友，她和我并肩走着。回头看见大家的笑容，三弟尤其高兴，我紧紧的捏着他的手，低声说："有你的！"

他们先在城里请过了客，便到西郊来休息。我们那座楼上，住的都是单身的男教授，"女宾止步"；我便介绍他们到我的朋友×家里去住。×夫妇到牯岭避暑去了，那房子空着，和我们相隔只一箭之遥。他们天天走过来吃饭，饭后我便送他们到西山去玩。三弟妇常说："大哥，你和我们一起去吧。"我摇头说："这些都是我玩腻了的地方，怪热的，我不想去。而且我也不是一个傻子！"三弟就笑说："别理他，他越老越怪。我们自己走吧！"

逛够了西山，三弟就常常说他肚子不好，拒绝一切的应酬，天晓得他是真病假病——我只好以病人待他，每日三餐，叫厨子烤点面包，煮点稀饭，送了过去。他总是躺在客厅沙发上，听三弟妇弹琴。我没事时也过去坐坐，冷眼看他们两个，倒是合适得很，都很稳静，很纯洁，喜欢谈理想，谈宗教，以为世界上确有绝对的真、善、美。虽然也有新婚时代之爱娇与偎倚，而言谈举止之间，总是庄肃的时候居多，我觉得很喜欢他们。

有一次，三弟妇谈起他们的新家庭，一切的设备，都尽量的用国货，因而谈到北平仁立公司的国货地毯，她认为材料很好，花样也颇精致，那时我有的是钱，便说要去买一两张送给他们。我们定好了日子，一同去挑选。他们先进城去陪父亲，我过一两天再去。我还记得，那是芦沟桥事变之前一天,我一早进城去,到了家里,看见一切乱哄哄的,二弟和二弟妇正帮忙这一对新夫妇收拾行李,小孩子们拉着新娘子的衣服,父亲捧着水烟袋,愁眉不展的。原来正阳门车站站长——是我们的亲戚——早上打电话来,说外面风声不稳,平浦路随时有切断的可能,劝他们两个赶紧走,并且已代定了房间。我愣了一会,便说:"有机会走还是先走好,你的事情在南京,不便长在北方逗留,明年再来玩吧。"我立刻叫了一部汽车,送他们到车站,我把预备买地毯的一卷钞票,塞在三弟妇的皮包里,看着他们挤上了火车,火车又蠕蠕的离开了车站,心里如同做了一场乱梦。

他们到了南京,在工厂的防空洞里,过了新婚后的几个月。此后又随军撤退,溯江而上,两个人只带一只小皮箱。我送给他们的一套银器,也随首都沦陷了,地毯幸亏未买!而每封他们给我的信,总是很稳定,很满足,很乐观,种种的辛苦和流离,都以诙谐的笔意出之。友人来信,提到三弟和他的太太在内地的生活,都说看不出三弟妇那么一个娇女儿,竟会那样的劳作。他们在工厂旁边租到一间草房,这一间草房包括了一切的居室。炎暑的天气中,三弟妇在斗室里煮饭洗衣服,汗流如雨,嘴里还能唱歌。大家劝她省点力气,不必唱了,她笑说:"多出一点气,可以少出一点汗。"这才是伟大的中华儿女的精神,我向她脱帽!

他们新近得了一个儿子,我写信去道贺,并且说:"你们这个孩子应当过继给我,我是长兄!"他们回信说:"别妄想了,你要儿子,自己去想法子吧!"他们以为我自己就没有法子了。"好,走着瞧吧!"

(原载《星期评论》重庆版1941年6月第30期)

使我心疼头痛的弟妇

提到四弟和四弟妇，真使我又心疼，又头痛。这一对孩子给我不少的麻烦，也给我最大的快乐。四弟是我们四个兄弟中最神经质的一个，善怀、多感、急躁、好动。因为他最小，便养得很任性，很娇惯。虽然如此，他对于父母和哥哥的话总是听从的，对我更是无话不说。我教书的时候，他还是在中学。他喜欢养生物，如金鱼、鸽子、蟋蟀之类，每种必要养满一百零八只，给它们取上梁山泊好汉的绰号。例如他的两只最好勇斗狠的蟋蟀，养在最讲究的瓦罐里的，便是"豹子头林冲"和"行者武松"。他料到父亲不肯多给他钱买生物的时候，便来跟我要钱；定要磨到我答允了为止。

他的恋爱的对象是H，我们远亲家里的一个小姑娘。他们是同日生的，她只小四弟一岁。那几年我们住在上海，我和三弟四弟，每逢年暑假必回家省亲。H的家也在上海，她的父亲认为北平的中学比上海的好，就托我送她入北平的女子中学，年暑假必结伴同行。我们都喜欢海行，又都不晕船，在船上早晚都在舱面散步、游戏。四弟就在那时同她熟识了起来。我只觉得他们很和气，决不想到别的。

过了半年，四弟忽然沉默起来，说话总带一点忧悒，功课上也不用心。他的教师多半是我的同学，有的便来告诉我说："你们老四近来糊涂得很，莫不是有病吧？"我得到这消息，便特地跑进城去，到他校里，发现他没有去上课，躺在宿舍床上，哼哼唧唧的念《花间集》。问他怎么了，他说是头痛。看他的确是瘦了，又说不出病源。我以为是营养不足，便给他买一点鱼肝油，和罐头牛奶之类，叫他按时服用，自己又很忧虑的回来。

不久就是春假了，我约三四弟和 H 同游玉泉山。我发现四弟和 H 中间仿佛有点"什么"，笑得那么羞涩，谈话也不自然。例如上台阶的时候，若是我或三弟搀 H，她就很客气的道谢；四弟搀她的时候，她必定脸红，有时竟摔开手。坐在泉边吃茶闲谈的时候，我和三弟问起四弟的身体，四弟叹息着说些悲观的话，而且常常偷眼看 H。H 却红着脸，望着别处，仿佛没有听见似的。这与她平常活泼客气的态度大不相同，我心里就明白了一大半。从玉泉山回来，送 H 走后，我便细细的盘问四弟，他始而吞吐支吾，继而坦白的承认他在热爱着 H，求我帮忙。我正色的对他说："恋爱不是一件游戏，你年纪太小，还不懂得什么叫做恋爱。再说，H 是个极高尚极要强的姑娘，你因着爱她，而致荒废学业，不图上进，这真是缘木求鱼，毫无用处！"四弟默然，晚风中我送他回校，路上我们都不大说话。

四弟功课略有进步，而身体却更坏了。我忽然想起叫他停学一年，一来叫他离 H 远点，可有时间思索；二来他在母亲身旁，可以休息得好。因此便写一封长信报告父母，只说老四身体不大好，送他回去休息一年，一面匆匆的把他送走。

暑假回家去，看他果然壮健了一些。有一天，母亲背地和我说："老四和H仿佛很好,这些日子常常通信。"这却有点出我意外,我总以为他是在单恋着!于是我便把过去一切都对母亲说了,母亲很高兴,说:"H是我们亲戚中最好的姑娘,她能看上老四,是老四的福气。"我说:"老四也得自己争气才行,否则岂不辱没了人家的姑娘!"母亲怫然说:"我们老四也没有什么太不好处!"我也只好笑了一笑。

那时英国利物浦一个海上学校,正招航海学生,父亲可以保送一名,回家来在饭桌上偶然谈起,四弟非常兴奋,便想要去。父亲说:"航海课程难得很,工作也极辛苦,去年送去三个学生,有两个跑了回来,我不是舍不得你去,是怕你吃不了苦,中途辍学,丢我的脸。"母亲也没有言语。饭后四弟拉着三弟到我屋里来,要我替他向父亲请求,准他到英国去。我说:"父亲说的很明白,不是舍不得你。我担保替你去说,你也得担保不中途辍学。"四弟很难过地说:"只要你们大家都信任我,同时H也不当我作一个颓废的人,我就有这一股勇气。我和你们本是同父一母生的,我相信我若努力,也决不会太落后!"我看他说得坚决可怜,便和三弟商量,一面在父亲面前替他说项,一面找个机会和H谈话,说:"四弟要出国去了,他年纪小,工作烦难,据说他憋下这一股横劲,为的是你。假如你能爱他,就请予以鼓励,假如你没有爱他的可能,请你明白告诉他,好让他死心离去。"H红着脸没有回答,我也不便追问,只好算了。然而四弟是很高兴,很有勇气地走的,我相信他已得了鼓励了。

爱情真是一件奇怪的东西,四弟到了船上,竟变了一个人,刻苦、耐劳、活泼、勇敢。他的学伴,除了英国人之外,还有北欧的挪威、丹麦等国的孩子,个个都是魁梧慓悍,粗鲁爽直,他在这群玩童中间混了五年,走遍了世界上的海口,历尽了海上的风波。五年之末,他带着满面的风尘,满身的筋骨,满心的喜乐,和一张荣誉毕业证书回来。

这几年中,H也入了大学,做了我的学生,见面的机会很多。我常常暗地夸奖四弟的眼光不错,他挑恋爱的对手,也和他平时挑衣食住行的对象一样,那么高贵精致。H是我眼中所看到的最好的小姑娘,稳静大方,温柔活泼,在校里家中,都做了她周围人们爱慕的对象,这一点是母亲认为万分满意的。五年分别之中,她和四弟也有过几次吵架,几次误会,每次出了事故,四弟必立刻飞函给我,托我解围。我也不便十分劝说,常常只取中立严正的态度。情人的吵架是不会长久的,撒过了娇,流过了眼泪,旁人还在着急的时候,他们自己却早已是没事人了。经过了几次风波,我也学了乖,无论情势如何紧张,我总不放在心上。只有一次,H有大半年不回四弟的信,我问他也问不出理由,同时每星期得到四弟的万言书,贴着种种不同的邮票,走遍天涯给我写些人生无味的话,似乎有投海的趋势,那时我倒有点恐慌!

四弟回国来,到北平家里不到一个钟头,就到西郊来找我,在我那里又不到一个钟头,就到女生宿舍去找H,从此这一对小情人,常常在我客厅里谈话。在四弟到上海去就事的前一天,我们三个人从城里坐小汽车回来,刚到城外,汽车抛了锚,在司机下车修理机件之顷,他们忽然一个人拉着我的一只手,告诉我,他们已经订婚了。这似乎是必然的事,然而我当时也有无限的欢悦。

第二年暑假,H毕业于研究院,四弟北上道贺,就在北平结婚。三弟刚从美国回来,正赶上做了伴郎。他们在父亲那里住了几天,就又回到上海去。我同三弟到车站送行,看火车开出多远,他们还在车窗里挥手。出了车站,我们信步行来,进入中原公司小吃部,脱帽坐下,茶房过来,笑问:"两位先生要冰淇淋吧?"我似乎觉得很凉快,就说:"来两碗热汤面吧。"吃完了面,我们又到欧美同学会,赴表妹元元订婚的跳舞茶会。在三弟同许多漂亮女郎跳舞的时候,我却走到图书室,拿起一张信纸来,给这一对新夫妇写了一封信,我说:"阿H同四弟,你们走后,老三和我感到无限的寂寞,心里一凉,天气也不热了。我们是地道中国人,在中原小吃部没吃冰淇淋,却吃了两碗热汤面!"

五六年来,他们小巧精致的家,做了我的行宫,南下北上,或是夏天避暑,总在他们那里小驻。白天各人做各人的事,晚上常是点起蜡烛来听无线电音乐。有时他们也在烛影中撒娇打架,向大哥诉苦,更有时在餐馆屋顶花园,介绍些年轻女友,来同大哥认识。这些事也很有趣,在我冷静严肃的生活之中,是个很温柔的变换。

上星期又得他们一封信说:"我们的船全被英国政府征用了,从此不能开着小炮,追击日本的走私船只,如何可惜!但是,老头子,我们也许要调到重庆来,你头痛不头痛?"

我真的头痛了,但这头痛不是急出来的!

(原载《星期评论》重庆版1941年7月第31期)

我的奶娘

　　我的奶娘也是我常常怀念的一个女人，一想到她，我童年时代最亲切的琐事，都活跃到眼前来了。

　　奶娘是我们故乡的乡下人，大脚，圆脸，一对笑眼（一笑眼睛便闭成两道缝），皮肤微黑，鼻子很扁。记得我小的时候很胖，人家说我长的像奶娘，我已觉得那不是句恭维的话。母亲生我之后，病了一场，没有乳水，祖父很着急的四处寻找奶妈，试了几个，都不合式，最后她来了，据说是和她的婆婆怄气出来的，她新死了一个三个月的女儿，乳汁很好。祖父说我一到她的怀里就笑，吃了奶便安稳睡着。祖父很欢喜说："胡嫂，你住下吧，荣官和你有缘。"她也就很高兴的住下了。

　　世上叫我"荣官"的只有两个人，一个是我的祖父，一个便是我的奶娘。我总记得她说："荣官呀，你要好好读书，大了中举人、中进士，作大官，挣大钱，娶个好媳妇，儿孙满堂，那时你别忘了你是吃了谁的奶长大的！"她说这话的时候，我总是在玩着，觉得她粗糙的手，摸在我脖子上，怪解痒的，她一双笑眼看着我，我便满口答允了。如今回想，除了我还没有忘记"是吃了谁的奶长大的"之外，既未作大官，又未挣大钱；至于"娶个好媳妇"这一段，更恐怕是下辈子的事了！

我们一家人，除了佣人之外，都欢喜她，祖父因为宠我，更是宠她。奶娘一定要吃好的，为的是使乳水充足；要穿新的，为的是要干净。父亲不常回来，回来时看见我肥胖有趣，也觉得这奶妈不错。母亲对谁都好，对她更是格外的宽厚。奶娘常和我说："你妈妈是个菩萨，做好人没有错处，修了个好丈夫，好儿子。就是一样，这班下人都让她惯坏了，个个作恶营私，这些没良心的人，老天爷总有一天睁开眼！"

那时我母亲主持一个大家庭，上下有三十多口，奶娘既以半主自居，又非常的爱护我母亲，便成了一般婢仆所憎畏的人。她常常拿着秤，到厨房里去称厨师父买的菜和肉，夜里拍我睡了以后，就出去巡视灯火，察看门户。母亲常常婉告她说："你只看管荣官好了，这些事用不着你操心，何苦来叫人家讨厌你。"她起先也只笑笑，说多了就发急。记得有一次，她哭了，说："这些还不是都为你！你是一位菩萨，连高声说话都没说过，眼看这一场家私都让人搬空了，我看不过，才来帮你一点忙，你还怪我。"她一边数落，一边擦眼泪。母亲反而笑了，不说什么。父亲忍着笑，正色说："我们知道你是好心，不过你和太太说话，不必这样发急，'你'呀'我'的，没了规矩！"我只以为她是同我母亲拌嘴，便在后面使劲的捶她的腿，她回头看看，一把拉起我来，背着就走。

说也奇怪，我的抗日思想，还是我的奶娘给培养起来的。大约是在八九岁的时候，有一位堂哥哥带我出去逛街，看见一家日本的御料理，他说要请我吃"鸡素烧"，我欣然答应。脱鞋进门，地板光滑，我们两人拉着手溜走，我已是很高兴。等到吃饭的时候，我和堂哥对跪在矮几的两边，上下首跪着两个日本侍女，搽着满脸满脖子的怪粉，梳着高高的髻，油香逼人。她们手忙脚乱，烧鸡调味，殷勤劝进，还不住的和我们说笑。吃完饭回来,我觉得印象很深,一进门便一五一十的告诉了我的奶娘。她素来是爱听我的游玩报告的,这次却睁大了眼睛,沉着脸,说:"你哥哥就不是好人,单拉你往那些地方跑!下次再去,我就告诉你的父亲打你!"我吓得不敢再说。过了许多日子,偶然同母亲提起,母亲倒不觉得这是一件坏事,还向奶娘解释,说:"侄少爷不是一个荒唐人,他带荣官去的地方是日本饭馆子;日本的规矩,是侍女和客人坐在一起的。"奶娘扭过头去说:"这班不要脸的东西!太太,您大门不出,二门不迈的,哪里知道这些事呀!告诉您听吧,东洋人就没有一个好的:开馆子的、开洋行的、卖仁丹的,没有一个安着好心,连他们的领事都是他们一伙,而且就是贼头。他们的饭馆侍女,就是窑姐,客人去吃一次,下次还要去。洋行里卖胃药,一吃就上瘾。卖仁丹的,就是眼线,往常到我们村里,一次、两次、三次,头一次画下了图,第二次再来察看,第三次就竖起了仁丹的大板牌子。他们画图的时候,有人在后面偷偷看过,哪地方有树,哪地方有井……都记得清清楚楚。您记着我的话,将来我们这里,要没有东洋人造反,您怎样罚我都行!"父亲在旁边听着,连连点头,说:"她这话有道理,我们将来一定还要吃日本人的亏。"奶娘因为父亲赞成她,更加高兴了,说:"是不是?老爷也知道,我们那几亩地,那一间杂货铺,还不是让日本人强占去的?到东洋领事那里打了一场官司,我们孩子的爸爸回来就气死了,临死还叫了一夜:'打死日本人,打死东洋鬼。'您看,若不是……我还不至于……"她兴奋得脸也红了,嘴唇哆嗦着,眼里也充满了泪光。母亲眼眶也红了。父亲站了起来,说:"荣官,你带奶娘回屋歇一歇吧。"我那时只觉得又愤激又抱愧,听见父亲的话,连忙拉她回到屋里。这一段话,从来没听见她说过,等她安静下来,我又问她一番。她叹口气抚摩着我说:"你看我的命多苦,只生了一个女儿,还长不大。只因我没有儿子,我的婆婆整天哭她的儿子,还诅咒我,说她儿子的仇,一辈子没人报了。我一赌气,便出来当奶娘。我想奶一个大人家的少爷,将来像薛仁贵似的跨海征东,堵了我婆婆的嘴,出了我那死鬼男人的气。你大了……"我赶紧搂着她的脖子说:"你放心,我大了一定去跨海征东,打死日本人,打死东洋鬼!"眼泪滚下了她的笑脸,她也紧紧的搂着我,轻轻的摇晃着,说:"这才是我的好宝贝!"

从此我恨了日本人,每次奶娘带我到街上去,遇见日本人,或经过日本人的铺子,我们互搀着的手,都不由的捏紧了起来。我从来不肯买日本玩具,也不肯接受日货的礼物。朋友们送给我的日俄战争图画,我把上面的日本旗帜,都用小刀刺穿。稍大以后,我很用心的读日本地理,看东洋地图,因为我知道奶娘所厚望于我的,除了"作大官,挣大钱,娶个好媳妇"以外,还有"跨海征东"这一件事。

我的奶娘,有气喘的病,不服北方的水土,所以我们搬到北平的时候,她没有跟去。不过从祖父的信里,常常听到她的消息,她常来看祖父,也有时在祖父那里做些短工。她自己也常常请人写信来,每信都问荣官功课如何,定婚了没有。也问北方的佣人勤谨否。又劝我母亲驭下要恩威并济,不要太容纵了他们。母亲常常对我笑说:"你奶娘到如今还管着我,比你祖父还仔细。"

母亲按月寄钱给她零用,到了我经济独立以后,便由我来供给她。我们在家里,常常要想到她,提到她,尤其是在国难期间,她的恨声和眼泪,总悬在我的眼前。在日本提出"二十一条"和"五四"那年,学生游行示威的时候，同学们在高呼"打倒日本帝国主义"，我却心里在喊"打死东洋鬼"。仿佛我的奶娘在牵着我的手，和我一同走，和我一同喊似的。

抗战的前两年，我有一个学生到故乡去做调查工作，我托他带一笔款子送给我的奶娘，并托他去访问，替她照一张相片。学生回来时，带来一封书信，一张相片，和一只九成金的戒指。相片上的奶娘是老得多了，那一双老眼却还是笑成两道缝。信上是些不满意于我的话，她觉得弟弟们都结婚了，而我将近四十岁还是单身，不是一个孝顺的长子。因此她寄来一只戒指，是预备送给我将来的太太的。这只戒指和一只母亲送给我的手表，是我仅有的贵重物品，我有时也戴上它，希望可以做一个"娶媳妇"的灵感！

抗战后，死生流转，奶娘的消息便隔绝了。也许是已死去了吧，我辗转都得不到一点信息。我的故乡在两月以前沦陷了，听说焚杀得很惨，不知那许多牺牲者之中，有没有我那良善的奶娘？我倒希望她在故乡沦陷以前死去。否则她没有看得见她的荣官"跨海征东"，却赶上了"东洋人造反"，我不能想象我的亲爱的奶娘那种深悲狂怒的神情……

安息吧，这良善的灵魂。抗战已进入了胜利阶段，能执干戈的中华民族的青年，都是你的儿子，跨海征东之期，不在远了！

（原载《星期评论》重庆版1941年9月第34期）

我的同班

L女士是我们全班男女同学所最敬爱的一个人。大家都称呼她"L大姐"。我们男同学不大好意思打听女同学的岁数,惟据推测,她不会比我们大到多少。但她从不打扮,梳着高高的头,穿着黯淡不入时的衣服,称呼我们的时候,总是连名带姓,以不客气的,亲热的,大姐姐的态度处之。我们也就不约而同,心诚悦服的叫她大姐了。

L女士是闽南人,皮肤很黑,眼睛很大,说话作事,敏捷了当。在同学中间,疏通调停,排难解纷,无论是什么集会,什么娱乐,只要是L大姐登高一呼,大家都是拥护响应的。她的好处是态度坦白,判断公允,没有一般女同学的羞怯和隐藏。你可和她辩论,甚至吵架,只要你的理长,她是没有不认输的。同时她对女同学也并不偏袒,她认为偏袒女生,就是重男轻女;女子也是人,为什么要人家特别容让呢?我们的校长有一次说她"有和男人一样的思路",我们都以为这是对她最高的奖辞。她一连做了三年的班长,在我们中间,没有男女之分,党派之别,大家都在"拥护领袖"的旗帜之下,过了三年医预科的忙碌而快乐的生活。

在医预科的末一年,有一天,我们的班导师忽然叫我去见他。在办公室里，他很客气的叫我坐下，婉转的对我说，校医发现我的肺部有些毛病，学医于我不宜，劝我转系。这真是一个晴天霹雳！我要学医，是十岁以前就决定的。因我的母亲多病，服中医的药不大见效，西医诊病的时候，总要听听心部肺部，母亲又不愿意，因此，我就立下志愿要学医，学成了好替我的母亲医病。在医预科三年，成绩还不算坏，眼看将要升入本科了，如今竟然功亏一篑！从班导师的办公室里走出来的时候，我几乎是连路都走不动了。

午后这一堂是生理学实验。我只呆坐在桌边，看着对面的L大姐卷着袖子，低着头，按着一只死猫，在解剖神经，那刀子下得又利又快！其余的同学也都忙着，没有人注意到我。我轻轻的叫了一声，L大姐便抬起头来，我说："L大姐，我不能同你们在一起了，导师不让我继续学医，因为校医说我肺有毛病……"L大姐愕然，刀也放下了，说："不是肺痨吧？"我摇头说："不是，据说是肺气枝涨大……无论如何，我要转系了，你看！"L大姐沉默了一会，便走过来安慰我说："可惜的很，像你这么一个温和细心的人，将来一定可以做个很好的医生，不过假如你自己身体不好，学医不但要耽误自己，也要耽误别人。同时我相信你若改学别科，也会有成就的。人生的路线，曲折得很，塞翁失马，安知非福？"

下了课，这消息便传遍了，同班们都来向我表示惋惜，也加以劝慰，L大姐却很实际的替我决定要转哪一个系。她说："你转大学本科，只剩一年了，学分都不大够，恐怕还是文学系容易些。"她赶紧又加上一句，"你素来对文学就极感兴趣，我常常觉得你学医是太可惜了。"

我听了大姐的话，转入了文学系。从前拿来消遣的东西，现在却当功课读了。正是"歪打正着",我对于文学,起了更大的兴趣,不但读,而且写。读写之余,在傍晚的时候,我仍常常跑到他们的实验室里去闲谈,听 L 大姐发号施令,商量他们毕业的事情。

大姐常常殷勤的查问我的功课,又索读我的作品。她对我的作品,总是十分叹赏,鼓励我要多读多写。在她的指导鼓励之下,我渐渐的消灭了被逼改行的伤心,而增加了写作的勇气。至今回想,当时若没有大姐的勉励和劝导,恐怕在那转变的关键之中,我要做了一个颓废而不振作的人吧!

在我教书的时候,L 大姐已是一个很有名的产科医生了。在医院里,和在学校里一样,她仍是保持着领袖的地位,作一班大夫和护士们敬爱的中心。在那个大医院里,我的同学很多,我每次进城去,必到那里走走,看他们个个穿着白衣,挂着听诊器,在那整洁的甬道里,忙忙的走来走去。闻着一股清爽的药香,我心中常有一种说不出来的感觉,如同一个受伤退伍的兵士,裹着绷带,坐在山头,看他的伙伴们在广场上操练一样,也许是羡慕,也许是伤心,虽然我对于我的职业,仍是抱着与时俱增的兴趣。

同学们常常留我在医院里吃饭,在他们的休息室里吸烟闲谈,也告诉我许多疑难的病症。一个研究精神病的同学,还告诉我许多关于精神病的故事。L 大姐常常笑说:"×××,这都是你写作的材料,快好好的记下吧!"

抗战前一个多月,我从欧洲回来,正赶上校友返校日。那天晚上,我们的同级有个联欢大会,真是济济多士!十余年中,我们一百多个同级,差不多个个名成业就,儿女成行(当然我是一个例外!),大家携眷莅临,很大的一个厅堂都坐满了。觥筹交错,童稚欢呼,大姐坐在主席的右边,很高兴的左顾右盼,说这几十个孩子之中,有百分之九十五是她接引降生的。酒酣耳热,大家谈起做学生时代的笑话,情况愈加热烈了。主席忽然起立,敲着桌子提议:"现在请求大家轮流述说,假如下一辈子再托生,还能做一个人的时候,你愿意做一个什么样的人?"大家哄然大笑。于是有人说他愿意做一个大元帅,有人说愿做个百万富翁……轮到我的时候,大姐忽然大笑起来,说:"×××教授,我知道你下一辈子一定愿意做一个女人。"大家听了都笑得前仰后合;当着许多太太们,我觉得有点不好意思,我也笑着反攻说:"L大夫,我知道你下一辈子,一定愿意做一个男人。"L大姐说:"不,我仍愿意做一个女人,不过要做一个漂亮的女人,我做交际明星,做一切男人们恋慕的对象……"她一边说一边笑,那些太太们听了纷纷起立,哄笑着说:"L大姐,您这话就不对,您看您这一班同学,哪一个不恋慕您?来,来,我们要罚您一杯酒。"我们大家立刻鼓掌助兴。L大姐倚老卖老的话,害了她自己了!于是小孩们捧杯,太太们斟酒,L大姐固辞不获,大家笑成一团。结果是滴酒不入的L大医生,那晚上也有些醉意了。

盛会不常,佳时难再,那次欢乐的集会,同班们三三两两的天涯重聚,提起来都有些怅惘。事变后,我还在北平,心里烦闷得很,到医院里去的时候,L大姐常常深思的皱着眉对我们说:"我呆不下去了。在这里不是'生'着,只是'活'着!我们都走吧,走到自由中国去,大家各尽所能,你用你的一支笔,我们用我们的一双手,我相信大后方还用得着我们这样的人!"大家都点点头。我说:"你们医生是当今第一等人材,我这拿笔杆的人,做得了什么事?假若当初……"大姐正色拦住我说:

"×××,我不许你再说这些无益的话。你自己知道你能做些什么事,学文学的人还要我们来替你打气,真是!"

一年内,我们都悄然的离开了沦陷的故都,我从那时起,便没有看见过我们的L大姐,不过这个可敬的名字,常常在人们口里传说着,说L大姐在西南的一个城市里,换上军装,灰白的头发也已经剪短了。她正在和她的环境,快乐的,不断的奋斗,在蛮烟瘴雨里,她的敏捷矫健的双手,又接下了成千累百的中华民族的孩童。她不但接引他们出世,还指导他们的父母,在有限的食物里,找出无限的滋养料。她正在造就无数的将来的民族斗士!

我希望在不久的将来,我们回到故都重开级会的时候,我能对她说:"L大姐,下一辈子我情愿做一个女人,不过我一定要做像你这样的女人!"

(原载《星期评论》重庆版1941年12月第40期)

我的同学

不知女人在一起的时间，是常谈到男人不是？我们一班朋友在一起的时候，的确常谈着女人，而且常常评论到女人的美丑。

我们所引以自恕的，是我们不是提起某个女人，来品头论足；我们是抽象的谈到女人美丑的标准。比如说，我们认为女人的美可分为三种：第一种是乍看是美，越看越不美；第二种是乍看不美，越看越觉出美来；第三种是一看就美，越看越美！

第一种多半是身段窈窕，皮肤洁白的女人，瞥见时似乎很动人，但寒暄过后，坐下一谈，就觉得她眉画得太细，唇涂得太红，声音太粗糙，态度太轻浮，见过几次之后，你简直觉得她言语无味，面目可憎。

第二种往往是装束素朴，面目平凡的女人，乍见时不给人以特别的印象。但在谈过几次话，同办过几次事以后，你会渐渐的觉得她态度大方，办事稳健，雅淡的衣饰，显出她高洁的品味；不施铅华的脸上，常常含着柔静的微笑，这种女人，认识了之后，很不易使人忘掉。

第三种女人，是鸡群中的仙鹤，万绿丛里的一点红光！在万人如海之中，你会毫不迟疑的把她拣拔了出来。事实上，是在不容你迟疑之顷，她自己从人丛中浮跃了出来，打击在你的眼帘上。这种女人，往往是在

"修短合度，秾纤适中……芳泽无加，铅华弗御"的躯壳里，投进了一个玲珑高洁的灵魂。她的一言一笑，一举一动，都流露着一种神情，一种风韵，既流丽，又端庄，好像白莲出水，玉立亭亭。

假如有机会多认识她，你也许会发现她态度从容，辩才无碍，言谈之际，意暖神寒。这种女人，你一生至多遇见一两次，也许一次都遇不见！

我也就遇见过一次！

C女士是我在大学时的同学，她比我高两班。我入大学的第一天，在举行开学典礼之前一小时，在大礼堂前的长廊上，瞥见了她。

那时的女同学，都还穿着制服，一色的月白布衫，黑绸裙儿，长蛇般的队伍，总有一二百个。在人群中，那竹布衫子，黑绸裙子，似乎特别的衬托出C女士那夭矫的游龙般的身段。她并没有大声说话，也不曾笑，偶然看见她和近旁的女伴耳语，一低头，一侧面，只觉得她眼睛很大，极黑，横波入鬓，转盼流光。

及至进入礼堂坐下——我们是按着班次坐的，每人有一定的座位——她正坐在我右方前三排的位子上，从从容容略向右倚。我正看一个极其美丽潇洒的侧影：浓黑的鬓发，一个润厚的耳廓，洁白的颈子，美丽的眼角和眉梢。台上讲话的人，偶然有引人发笑之处，总看见她微微的低下头，轻轻的举起左手，那润白的手指，托在腮边，似乎在微笑，又似乎在忍着笑。这印象我极其清楚，也很深。以后的两年中，直到她毕业时为止，在集会的时候，我总在同一座位上，看到这美丽的侧影。

我们虽不同班，而见面的时候很多，如同歌咏队，校刊编辑部，以及什么学会等等。她是大班的学生，人望又好，在每一团体，总是负着重要的责任。任何集会，只要有C女士在内，人数到的总是齐全，空气也十分融和静穆，男同学们对她固然敬慕，女同学们对她也是极其爱戴，我没有听见一个同学，对她有过不满的批评。

C女士是广东人，却在北方生长，一口清脆的北平官话。在集会中，我总是下级干部，在末座静静的领略她稳静的风度，听取她简洁的谈话。她对女同学固然亲密和气，对男同学也很谦逊大方，她的温和的笑，解除了我们莫名其妙的局促和羞涩，我觉得我并不是常常红脸的人，对别的女同学，我从不觉得踟蹰。但我看不只我一个人如此，许多口能舌辩的男同学，在C女士面前，也往往说不出话来，她是一轮明丽的太阳，没有人敢向她正视。

我知道有许多大班的男同学，给她写过情书，她不曾答复，也不存芥蒂，我们也不曾听说她在校外有什么爱人。我呢？年少班低，连写情书的思念也不敢有过，但那几年里，心目中总是供养着她。直至现在，梦中若重过学生生活，梦境中还常常有着C女士，她或在打球，或在讲演，一朵火花似的，在我迷离的梦雾中燃烧跳跃。这也许就是老舍先生小说中所谓之"诗意"吧！我算对得起自己的理想，我一辈子只有这么一次"诗意"！

在C女士将要毕业的一年，我同她演过一次戏，在某一幕中，我们两人是主角，这一幕剧我永远忘不了！那是梅德林克的《青鸟》中之一幕。那年是华北旱灾，学校里筹款赈济，其中有一项是演剧募捐，我被选为戏剧股主任。剧本是我选的，我译的，演员也是我请的。我自己担任了小主角，请了C女士担任"光明之神"。上演之夕，到了进入"光明殿"之一幕，我从黑暗里走到她的脚前，抬头一望，在强烈的灯光照射之下，C女士散披着洒满银花的轻纱之衣，扶着银杖。经过一番化装，她那对秀眼，更显得光耀深大，双颊绯红，樱唇欲滴。及至我们开始对话，她那银铃似的声音，虽然起始有点颤动，以后却愈来愈清爽，愈嘹亮，我也如同得了灵感似的，精神焕发，直到终剧。我想，那夜如果我是个音乐家，一定会写出一部交响曲，我如果是一个诗人，一定会作出一首长诗。可怜我什么都不是，我只作了半夜光明的乱梦！

等到我自己毕业以后，在美国还遇见她几次，等到我回国在母校教书，听说她已和一位姓L的医生结婚，住在天津。同学们聚在一起，常常互相报告消息，说她的丈夫是个很好的医生，她的儿女也像她那样聪明美丽。

我最后听到她的消息，是在抗战前十天，我刚从欧洲归来，在一位美国老教授家里吃晚饭。他提起一星期以前，他到天津演讲，演讲后的茶会中，有位极漂亮的太太，过来和他握手，他搔着头说："你猜是谁？就是我们美丽的C！我们有八九年没有见面了，真是使人难以相信，她还是和从前一样的好看，一样的年轻，……你记得C吧？"我说："我哪能不记得？我游遍了东京、纽约、伦敦、巴黎、罗马、柏林、莫斯科……我还没有遇见过比她还美丽的女人！"

又六年没有消息了，我相信以她的人格和容貌的美丽，她的周围随处都可以变成光明的天国。愿她享受她自己光明中之一切，愿她的丈夫永远是个好丈夫，她的儿女永远是些好的儿女。因为她的丈夫是有福的，她的儿女也是有福的！

（原载《关于女人》，天地出版社1943年9月初版）

我的朋友的太太

在单身教授的楼上，住着三个人，L，T，和我。他们二位都是理学院教授，在实验室的时候多，又都是订过婚的人，下课回来，吃过晚饭，就在灯下写起情书，只要是他们掩着屋门，我总不去打搅。沉浸在爱的幸福中的人们，是不会意识到旁人的寂寞的，我只好自己在客厅里，开起沙发旁的电灯，从十八世纪的十四行诗中，来寻找我自己"神光离合"的爱人。

L和我又比较熟识一些，常常邀我到他屋里去坐。在他的书桌上，看到了他的未婚夫人的照片，长圆的脸，戴着眼镜，一副温柔的笑容。L告诉我，他们是在国外认识而订婚的，这浪漫史的背景，是美国东部一个大学生物学的实验室里，他们因着同学，同行而同志，同情，最后认为终身同工，是友情的最美满的归宿，于是就……L说到这里，脸上一红，他是一个木讷腼腆的人，以下就不知说什么好。我赶紧接着说："将来，你们又是一对居里夫妇，恭喜恭喜，何时请我们吃喜酒呢？"

于是在一年的夏天，L回到上海去，回来的时候，就带着他的新妇，住在一所新盖好的教授住宅里。

我们被邀去吃晚饭的那一晚，不过是他们搬入的一星期之后，那小小的四间屋子,已经布置得十分美观妥帖了。卧室是浅红色的,浅红色的窗帘、台布、床单、地毯,配起简单的白色家具,显得柔静温暖。书房是两张大书桌子相对,中间一盏明亮的桌灯,墙上一排的书架,放着许多的书,以及更多的瓶子,里面是青蛙苍蝇,还有各色各种不知名的昆虫。这屋子里,家具是浅灰色的,窗帘等等是绿色的,外面是客厅和饭厅打通的一大间,一切都是蓝色的,色调虽然有深浅,而调和起来,觉得十分悦目。

客人参观完毕,在客厅坐下之后,新娘子才从厨房后面走出来,穿着一件浅红色的衣服,装束雅淡,也未戴任何首饰,面庞和相片上差不多,只是没有戴眼镜,说不上美丽,但自有一种凝重和蔼的风度。她和我们一一握手寒暄,态度自然,口齿流利,把我们一班单身汉,预先排练好的一套闹新房的话,都吓到爪哇国里去了。

席上新娘子和每一个人谈话,大家都不觉得空闲。L本来话少,只看着我们笑。我们都说:"L太太,您应当给L一点家庭教育,教他多说一点话。"她笑说:"恐怕是我说的话太多,他就没有机会出头了。"——席散大家有的下围棋,有的玩纸牌,L太太很快的就把客人组织起来,我是不大会玩的,就和这一对新夫妇,在廊上看月闲谈。我说:"L太太,不怕你恼,我看你的家庭布置,简直像个学文学的人,有过审美训练的。"她谦逊了几句,又笑说:"我有几个学美术、文学的女友,在本行上造诣都很好,但一进入她们的家门屋门,×先生,真是如你所说的,像个学科学的人的家庭……"我觉得不好意思,才要说话,她赶紧笑说:"我知道你的意思,我是说,审美观念,有时近乎天生,这当然也不是说我真有审美的观念,我只是说所学的与所用的,有时也不一致。"从此又谈到文学,这是我的本行,但 L 太太所知道的真是不少,欣赏力也很高,我们直谈到牌局棋局散后,又吃了点冰淇淋才走。

L 太太每天下午,同 L 先生到实验室,下课后,他们二位常常路过我们的宿舍,就邀我去晚饭。大厨房里的菜,自然不及家庭里的烹调,我也就不推却,只有时送去点肉松、醉蟹、糖果饼干之类,他们还说我客气。

冬夜,他们常常生起壁炉,饭后就在炉边闲谈。我教给他们喝一点好酒,抽一点好烟,他们虽不拒绝,却都不发生兴趣。L 太太甚至于说我的吃酒抽烟,都是因为没有娶亲的缘故,因而就追问我为什么不娶亲,我说:"L 太太,你真是太清教徒了,你真没有见过抽烟喝酒的人,像我这样饭前一杯酒,饭后一支烟,在男人里面,就算是不充分享受我们的权利的了。至于娶亲,我还是那一句老话,文章既比人坏,老婆就得比人家好,而我的朋友的老婆,一个赛似一个的好,叫我哪里去找更好的?一来二去,就耽误了下来,这不能怪我……"L 太太笑得喘不过气来,L 就说:"别理他,他是个怪人!只要他态度稍微严肃一些,还怕娶不到老婆?恐怕真正的理由,还是因为他文章太好的缘故。"

L 太太真是个清教徒,不但对于烟酒,对于其他一切,也都有着太高而有时不近人情的理想,虽然她是我所见到的,最人性最女性的女人。比如说,她常常赞美那些太太死后绝不再娶的男人,认为那是爱情最贞坚的表现,我听她举例不止一次。有一次是除夕,大家都回去过年——我的家那时还在上海,也不想进城去玩——L 夫妇知道我独在,就打电话来请我吃火锅。饭后酒酣耳热,灯光柔软,在炉边她又感慨似的,提起某位老先生,在除夕不知多么寂寞,他鳏居了三十年,朝夕只和太太的照片相伴,是多么可爱可敬的一个老头子啊!

我站了起来,把烟尾扔在壁炉里,说:"对不起,L太太,这点我不和你同意!假如我是个女人,而且结婚生活美满,我死后,一定欢喜我的丈夫再娶。我在我的遗嘱上,一定加上几句,说:亲爱的,为着家庭的完整,为着儿女的教养,为着其他一切,我恳切的请你在最短期内,再娶一位既贤且能的夫人……"这时不但L太太睁着两只大眼看我,连L也把手里的书放下了。

我重新点起一支烟,一面坐下,说:"女人总觉得丈夫的再娶,是对自己不忠诚,不真挚的反映,我说一句不怕女人生气的话,这就是虚荣心充分的暴露;而且就事实上说,凡是对于结婚生活,觉得幸福美满的人,他的再婚,总比其他的人,来得早些。习惯于美满家庭的人,太太一死,就如同丧家之犬,出入伤心,天地异色,看着儿女啼哭,婢仆怠惰,家务荒弛,他就完全失了依据。夜深人静,看着儿女泪痕狼藉,苍白瘦弱的脸,他心里就针扎似的,恨不得一时能够追回那失去的乐园……"这时L太太不言语了,拿手绢擤了擤鼻子。

我说:"反过来,结婚生活不美满的人,太太死了,他就如同漏网之鱼,一溜千里,他就暂时不要再受结婚生活的束缚,先悠游自在的过几年自由光阴再说。所以,鳏夫的早日再婚,是对于结婚生活之信任,是对于温暖家庭的热恋,换句话说,也就是对于第一位夫人最高的颂赞。再一说,假如你真爱你的丈夫,在自己已成槁木死灰之时,还有什么虚荣,什么忌妒,你难道忍心使他受尽孤单悲苦,无人安慰的生活?而且,假如你的丈夫真爱你,也不会因为眼前有了一个新人,就把你完全忘掉。《红楼梦》里的藕官,就非常的透彻这道理,人家问她,为什么得了新的,就把旧的忘了。她说:'不是忘了,比如人家男人,死了女人,也有再娶的,不过不把死的丢过不提,就是有情分了。'所以她虽然一和蕊官碰在一起,就谈得'热剌剌的丢不下',而一面还肯冒大观园之不韪,'满面泪痕'的在杏子荫中,给死了的药官烧纸,这一段故事,实在表现了最正常的人情物理! 听不听由你,我只能说,假如我是个女人,我对于一个男人的品评,决不因为他妻死再娶,就压低了他的人格。假如我是个女人,我决不在我生前,强调再婚男人之不足取……"

大概是有了点酒意,我滔滔不绝的说下去,这是我和L太太不客气的辩论之第一次。她虽然不再提起,但我知道她并不和我完全同意。

一年以后,有件事实,却把她说服了。

从前和我们同住的T,也是和L同年结婚的,他们两家住的极近。T太太也是一位极其温柔和蔼的女人,和L太太很合得来。T夫妇的情好自不必说。一年以后,T太太因着难产,死在医院里,T是哭得死去活来。L太太一边哭,一边帮他收拾,帮他装殓,帮他料理丧事,还帮他管家。那时L太太的儿子宝弟诞生不久,她也很忙,再兼管T的家事,弄得劳瘁不堪。最后她到底把T太太的妹妹介绍给T先生,促他订婚,促他成礼,我在旁边看着,觉得十分有趣,因此在T二次结婚的婚筵后,我同L夫妇缓步归来,我笑着同L太太说:"假如你觉得男人人格的最高标准,是妻死不娶,你就不应当陷T于不义。"她却眼圈红了,说:"×先生,请你不要再说了吧!"她的下泪,很出我意外,我从此就不再提。

但对于我之不娶,她仍是坚决的反对,这也许是她的报复,因为我不能反驳她。他们的儿子宝弟刚会说话,她就教他叫我"老丈人"。直至抗战那年,我离开北平,九岁的宝弟,和我握别的时候,还说:"老丈人,我回来的时候,千万要把你的女儿,我的太太带了回来!"

他问我要女儿,别说一个,要两个也容易,但我的太太还没有影子呢。

(原载《关于女人》,天地出版社1943年9月初版)

我的学生

S 是在澳洲长大的 —— 她的父亲是驻澳的外交官 —— 十七岁那年才回到祖国来。她的祖父和我的父亲同学,在她考上大学的第二天,她祖父就带她来看我,托我照应。她考的很好,只国文一科是援海外学生之例,要入学以后另行补习的。

那时正是一个初秋的下午,我留她的祖父和她,在我们家里吃茶点。我陪着她的祖父谈天,她也一点不拘束的,和我们随便谈笑。我觉得她除了黑发黑睛之外,她的衣着,表情,完全像一个欧洲的少女。她用极其流利的英语,和我谈到国文,她说:"我曾经读过国文,但是一位广东教师教的,口音不正确……"说到这里,她极其淘气的挤着眼睛笑了,"比如说,他说:'系的,系的,萨天常常萨雨。'你猜是什么意思? 她是说:'是的,是的,夏天常常下雨。'你看!"她说着大笑起来,她的祖父也笑了。

我说:"大学里的国文又不比国语,学国语容易,只要你不怕说话就行。至于国文,要能直接听讲,最好你的国文教授,能用英语替你解说国文,你在班里再一用心,就行了。"她的祖父就说:"在国文系里,恐怕只有你能用英语解说国文,就把她分在你的组里吧,一切拜托了!"

我只得答应了。

上了一星期的课,她来看我,说别的功课都非常容易,同学们也都和她好,只是国文仍是听不懂。我说:"当然我不能为你的缘故,特别的慢说慢讲,但你下课以后,不妨到我的办公室里,我再替你细讲一遍。"她也答应了。从此她每星期来四次,要我替她讲解。真没看见过这样聪明的孩子,进步像风一样的快。一个月以后,她每星期只消来两次,而且每次都是用纯粹的流利的官话,和我交谈。等到第二学期,她竟能以中文写文章,她在我班里写的"自传"长至九千字,不但字句通顺,而且描写得非常生动。这时她已成了全校师生嘴里所常提到的人物了。

她学的是理科,第二年就没有我的功课,但因为世交的关系,她还常常来看我。现在她已完全换了中服,一句英语不说,但还是同欧美的小女孩儿一样的活泼淘气。她常常对我学她们化学教授的湖南腔,物理教授的山东话,常常使全客厅的人们,笑得喘不过气来。她有时忽然说:"×叔叔,我祖父说你在美国一定有位女朋友,否则为什么在北平总不看见你同女友出去?"或说:"众位教授听着! 我的×叔叔昨天黄昏在校园里,同某女教授散步,你们猜那位女教授是谁?"她的笑话,起初还有人肯信,后来大家都知道她的淘气,也就不理她。同时,她的朋友越来越多,课余忙于开会,赛球,骑车,散步,溜冰,演讲,排戏,也没有工夫来吃茶点了。

以后的三年里,她如同狮子滚绣球一般,无一时不活动,无一时不是使出浑身解数的在活动。在她,工作就是游戏,游戏就是工作。早晨看见她穿着蓝布衫,平底皮鞋,夹着书去上课;忽然又在球场上,看见她用红丝巾包起头,穿着白衬衣,黑短裤,同三个男同学打网球;一转眼,又看见她骑着车,飞也似的掠过去,身上已换了短袖的浅蓝绒衣和蓝布长裤;下午她又穿着实验白衣服,在化学楼前出现;到了晚上,更摸不定了,只要大礼堂灯火辉煌,进去一看,台上总有她,不是唱歌,就是演戏;在周末的晚上,会遇见她在城里北京饭店或六国饭店,穿起曳地的长衣,踏着高跟鞋,戴着长耳坠,画眉,涂指甲,和外交界或使馆界的人们,吃饭,跳舞。

她的一切活动,似乎没有影响到她的功课,她以很高的荣誉毕了业。她的祖父非常高兴,并邀了我的父亲来赴毕业会,会后就在我们楼里午餐。他们祖孙走后,我的父亲笑着说:"你看S像不像一只小猫,没有一刻消停安静!她也像猫一样的机警聪明,虽然跳荡,却一点不讨厌。我想她将来一定会嫁给外交人员,你知道她在校里有爱人吧?"我说:"她的男朋友很多,却没听说过有哪一个特别好的,您说的对,她不会在同学中选对象,她一定会嫁给外交人员。但无论如何,不会嫁给一个书虫子!"

出乎意外的,在暑期中,她和一位P先生宣布订婚,P就是她的同班,学地质土壤的。我根本没听说过这个人!问起P的业师们,他们都称他是个绝好的学生,很用功,性情也沉静,除读书外很少活动。但如何会同S恋爱订婚,大家都没看出,也绝对想不到。

一年以后,他们结了婚,住在S祖父的隔壁,我的父亲有时带我们几个弟兄,去拜访他们。他们家里简直是"全盘西化",家人仆妇都会听英语,饮食服用,更不必说。S是地道的欧美主妇,忙里偷闲,花枝招展。我的父亲常常笑对S说:"到了你家,就如同到澳洲中国公使馆一般！"

但是住在"澳洲中国公使馆"的 P 先生，却如同古寺里的老僧似的，外面狂舞酣歌，他却是不闻不问，下了班就躲在他自己的书室里，到了吃饭时候才出来，同客人略一招呼，就低头举箸。倒是 S 常来招他说话，欢笑承迎。饭后我常常同他进入书室，在那里，他的话就比较的多。虽然我是外行，他也不惮烦的告诉许多关于地质土壤的最近发现，给我看了许多图画、照片和标本。父亲也有时捧了烟袋，踱了进来，参加我们的谈话。他对 P 的印象非常之好，常常对我说："P 就是地质本身，他是一块最坚固的磐石。S 和一般爱玩漂亮的人玩腻了，她知道终身之托，只有这块磐石最好，她究竟是一个聪明人！"

我离开北平的时候，到她祖父那里辞行，顺便也到 P 家走走。那时 S 已是三个孩子的母亲，院子里又添上了沙土池子，秋千架之类。家里人口添了不少，有保姆，浆洗缝做的女仆，厨子，园丁，司机，以及打杂的工人等等。所以当 S 笑着说"后方见"的时候，我也只笑着说："我这单身汉是拿起脚来就走，你这一个'公使馆'如何搬法？"P 也只笑了笑，说："×先生，你到那边若见有地质方面新奇的材料，在可能的范围内，寄一点来我看看。"

从此又是三年——

忽然有一天，我在云南一个偏僻的县治旅行，骑马迷路。那时已近黄昏，左右皆山，顺着一道溪水行来，逢人便问，一个牧童指给我说："水边山后有一个人家，也是你们下江人，你到那边问问看，也许可以找个住处。"我牵着马走了过去，斜阳里一个女人低着头，在溪边洗着衣裳，我叫了一声，她猛然抬起头来，我几乎不能相信我的眼睛，那用圆润的手腕，遮着太阳，一对黑大的眼睛，向我注视的，不是S是谁？

我赶了过去，她喜欢的跳了起来，把洗的衣服也扔在水里，嘴里说："你不嫌我手湿，就同我拉手！你一直走上去，山边茅屋，就是我们的家。P在家里，他会给你一杯水喝，我把衣裳洗好就来。"

三个孩子在门口草地上玩，P在一边挤着羊奶，看见我，呆了一会，才欢呼了起来。四个人把我围拥到屋里，推我坐下，递烟献茶，问长问短。那最大的九岁的孩子，却溜了出去，替我喂马。

S提着一桶湿衣服回来，有一个小脚的女工，从厨房里出来，接过，晾在绳子上。S一边擦着手笑着走了进来，我们就开始了兴奋而杂乱的谈话，彼此互说着近况，从谈话里知道他们是两年前来的，我问起她的祖父，她也问起我的父亲。S是一刻不停的做这个那个，她走到哪里，我们就跟到哪里谈着。直到吃过晚饭，孩子们都睡下了，才大家安静的，在一盏菜油灯周围坐了下来。S补着袜子，P同我抽着柳州烟，喝着胜利红茶谈话。

S笑着说："这是'公使馆'的'山站'，我们做什么就是得像什么！×叔叔！这座茅屋，就是P指点着工人盖的，门都向外开，窗户一扇都关不上！拆了又安，安了又拆，折腾了几十回。这书桌，书架，'沙发'椅子都是P同我自己钉的，我们用了七十八个装煤油桶的木箱。还有我们的床，那是杰作，床下还有放鞋的矮柜子。好玩的很，就同我们小时玩'过家家'似的，盖房子，造家具，抱娃娃，做饭，洗衣服，养鸡，种菜，一天忙个不停，但是，真好玩，孩子们都长了能耐，连P也会做些家务事。我们一家子过着露营的生活，笑话甚多，但是，我们也时常赞谈自己的聪明，凡事都能应付得开。明天再带你去看我们的鸡棚，羊圈，蜂房,还有厕所,……总而言之,真好玩!"

我凝视着她,"真好玩"三字就是她的人生观,她的处世态度,别的女人觉得痛苦冤抑的工作,她以"真好玩"的精神,"举重若轻"的应付了过去。她忙忙的自己工作,自己试验,自己赞叹,真好玩!她不觉得她是在做着大后方抗战的工作,她就是萧伯纳所说的:"在抗战时代,除了抗战工作之外,什么都可以做"的大艺术家!

当夜他们支了一张行军床——也是他们自己用牛皮钉的——把我安放在P的书室里,这是三间屋子里最大的一间,兼做了客室,储藏室等等。墙上仍是满钉着照片图画,书架上磊着满满的书,墙角还立着许多锄头,铁铲,锯子,扁担之类。灭灯后月色满窗,我许久睡不着,我想起北平的"澳洲中国公使馆",想起我的父亲,不知父亲若看了这个山站,要如何想法!

阳光射在我的脸上,一阵煎茶香味,侵入鼻管。我一睁眼,窗外是典型的云南的海蓝的天,门外悄无声息。我轻轻的穿起衣服,走了出来,看见S蹑手蹑脚的在摆着早饭,抬头看见我,便笑说:"睡得好吧?你骑了一天马,一定累了,我们没有叫你。P上班去了,孩子们也都上学了,我等着你一块儿吃粥。"说着忙忙的又到厨房里去了。

我在外间屋里,一面漱洗,一面在充满阳光的屋子里,四周审视。"公使馆"的物质方面,都已降低,而"公使馆"的整洁美观的精神,尽还存在,还添上一些野趣。饭桌上蒙着一块白底红花土布,一只大肚的陶罐里,乱插着红白的野花。桌上是一盘黄果,——四川人叫做广柑——对面摆着两只白盘子,旁边是两把红柄的刀子,两双红筷子,两个红的电木的洗手碗,两块白底红花的饭巾……正看着,S端了一盘鸡蛋炸馒头片进来，让我坐下，她自己坐在对面。我们一面剥黄果，一面谈话。

白天看Ｓ，觉得她比三年前瘦了许多，但精神仍旧是很好，身上穿着蓝底印白花的土布衫子，短袜子，布鞋；脸上薄施脂粉，指甲也染得很红。我笑说："你的化妆品都带来了吧？"她也笑说："都带来了，可是我现在用的是鹅蛋粉，和胭脂棉。凤仙花瓣和白矾捣了也可以染指甲。"

我们吃着Ｓ自制的咸鸭蛋和泡菜，吃过稀饭，又喝了煎茶。坐了一会，Ｓ就邀我去参观她的环境。出到门外，菜园里红的是辣椒，西红柿，绿的是豆子，黄的是黄瓜，紫的是茄子，周围是一片一片的花畦，阳光下光艳夺目，蜂喧蝶闹。菜园的后面，简直像个动物园！十几只意大利的大白鸡，在沙地上吃食，三只黑羊，两只狼犬——我的那匹马也拴在旁边——还有小孩子养的松鼠和白兔。一只极胖的蓝睛的暹罗猫，在篱隙出入跳跃。

转到山后，便看见许多人家，Ｓ说这便是市中心，有菜场，有邮政代办所，有中心小学校。Ｐ的"地质调查所"是全市最漂亮高大的房子，砖墙瓦顶，警察岗亭就设在门边。我们穿过这条"大街"的时候，男女老幼，村的俏的，都向Ｓ招呼，说长道短。有个妇人还把一个病孩子，从门洞里抱出来给Ｓ看。当我们离开这人家的时候，我笑说："Ｓ，如今你不是公使夫人，而是牧师太太了！"她笑了一笑。

大街尽头，便是五六幢和Ｓ的相似的房子，那是地质调查所同人的住宅。Ｓ也带我进去访问。那些太太们大都是外省人，看见我去都很亲热，让坐让茶。她们的房间和Ｓ的一样，而陈设就很乱很俗，自己是乱头粗服，孩子们也啼哭喧闹。这些太太们不住的向我道歉，说是房间又小,佣人又笨,什么都不趁手,哪能像北平,上海那样的可以待客呢?我无聊的坐了一会,也就告辞了出来。

回来的路上,S请我先走,说她还要到小学里去教一堂课。我也便不回来,却走到"地质调查所"去找P,参观了他们的工作。等到P下班,我们一同走出来,三个孩子十分高兴的在门口等着,说是"妈妈炖了鸡,烤了肉,蒸了蛋羹,请客人回去吃大馒头去!"

午后我睡了一大觉,醒起便要走路,S和P一定不肯,说今晚要约几个朋友来和我谈谈。S笑说还有几位漂亮的太太。我说:"假如你们可怜我,就免了这一套吧,我实在怕见生人;还有,你也扮演不出'公使馆'那一出!"P说:"也好,你再住一天,我们不请客人好了。"S想了一会,笑了,说:"晚饭以前,我还有事,你们带这几个孩子到对山去玩去,六时左右,带些红杜鹃花回来。"我们答应了,孩子们欢呼着都跑在前面去了。

我和P对躺在山头草地上,晒着太阳。我说:"你们这一对儿真好,你从前是那样稳静,现在也是那样稳静。S从前是那样活泼,现在也是那样活泼,不过比从前更老练能干了,真是难得。"P沉默了一会,说:"×先生,你只知道S活泼的一方面,还没有看见她严肃的一方面。她处处求全,事事好胜,这一二年来,身体也大不如从前了!她一个人做着六七个人的事,却从不肯承认自己的软弱。你知道她欢喜引用中文成语——英文究竟是她的方言,她睡梦中常说英语——有时文不对题的使人发笑。有一天,我下班回来,发现她躺在床上,看见我就要起来。我按住她,问她怎么了,她说没有什么。只觉得有一点头晕。我在床边坐了一会,她忽然说:'P,我这个人真是"心比天高,命比纸薄"。'

我心里忽然一阵难过，勉强笑说：'别胡说了，你知道"薄命"这两个字，是什么意思。'她却流下泪来，转身向里躺着去了。×先生，你觉得……"

P说不下去了，我也不觉愣住，便说："我自然看出S严肃的一方面，她如果不严肃，她不会认得你，她如果不严肃，她不会到内地来。她的身体是不如从前了，你要时时防护着她！至于她所说的那两句话你倒不必存在心里，她对于汉文是半懂不懂的。"P不言语，眼圈却红了。

这时候孩子们已抱着满怀的红杜鹃花，跑了上来，说："我们该回去了，晚饭以前，我们还要换衣服呢！"

一进家门，那"帮工"的李嫂，穿着一身黑绸的衣裤，系着雪白的围裙，迎了出来，嘴里笑着说："客人们请客厅坐。"我们进到中间屋里，看见餐桌上铺着雪白的桌布，点着辉煌的四支红烛，中间一大盘的红杜鹃花，桌上一色的银盘银箸，雪白的饭巾。我们正在诧愕，李嫂笑着打起卧房的布帘子，说："太太！客人来了。"S从屋里笑盈盈的走了出来，身上穿着红丝绒的长衣，大红宝石的耳坠子，脚上是丝袜，金色高跟鞋，画着长长的眉，涂上红红的嘴唇，眼圈边也抹上淡淡的黄粉，更显得那一双水汪汪的俊眼——这一双俊眼里充满着得意的淘气的笑——她伸出手来，和我把握，笑说："×先生晚安！到敝地多久了？对于敝处一切还看得惯吧？"我们都大笑了起来。孩子们却跑过去抱着S的腿，欢呼着说："妈妈，真好看！"回头又拍手笑说："看！李嫂也打扮起来了！"李嫂忍着笑，走到厨房里去了。

我们连忙洗手就座。因为没有别的客人，孩子们便也上席，大家都兴高采烈。饭后，孩子们吃过果点，陆续的都去睡了。S又煮起咖啡，我们就在廊上看月闲谈。看着S的高跟鞋在月下闪闪发光，我就说："你现在没有机会跳舞玩牌了吧？"S笑说："才怪！P的跳舞和玩牌都是到了这里以后才学会的。晚饭后没事，我就教给P打'蜜月'纸牌，也拉他跳舞。他一天工作怪累的，应当换一换脑筋。"P笑说："我倒不在乎这些个，我在北平的时候，就不换脑筋。我宁可你在一天忙累之后，早点休息睡觉，我自己再看一点轻松的书。"我说："S，你会开汽车吧？"S说："会的，但到这里以后，没有机会开了。"我笑说："你既会开车，就知道无论多好多结实的车子，也不能一天开到二十四小时，尤其在这个崎岖的山路上。物力还应当爱惜，何况人力？你如今不是过着'电气冰箱，抽水马桶'的生活了，一切以保存元气为主，不能一天到晚的把自己当做一架机器，不停的开着……"S连忙说："正是这话！人家以为我只会过'电气冰箱，抽水马桶'的生活……"我拦住她，"你又来，总是好胜要强的脾气！你如果把我当做叔叔，就应当听我的话。"S笑了一笑，抬头向月，再不言语。

第二天一早，我就骑着马离开这小小的镇市。P和S，和三个小孩子都送我到大路上，我回望这一群可爱的影子，心中忽然感激，难过。

回到我住处的第三天，忽然决定到重庆来。在上飞机之前，匆匆的给他们写一封短信，谢谢他们的招待，报告了我的行踪。并说等我到了重庆以后，安定下来，再给他们写信——谁知我一到陪都，就患了一个月的重伤风，此后东迁西移，没有一定的住址。直到两月以后，才给他们写了一封很长的信，许久没有得到回音。又在两月以后，我在一个大学里，单身教授的宿舍窗前，拆开了 P 的一封信：

×先生：

　　我何等的不幸，S 已于昨天早晨弃我而逝！原因是一位同事出差去了，他的太太忽然得了急性盲肠炎。S 发现了，立刻借了一部车子，自己开着，送她到省城。等到我下班，看见了她的字条，立刻也骑马赶了去……那位太太已入了医院，患处已经溃烂，幸而开刀经过良好，只是失血太多，需要输血。那时买血很贵，那位太太因经济关系，坚持不肯。S 又发现她们的血是同一类型，她就输给那太太二百 CC 的血。……我要她同我回来，她说那太太需要人照料，而又请不起特别护士，她必须留在那里，等到她的先生来了再走。我拗她不过，所中公务又忙，只得自己先走……三星期之后，S 回来了，瘦得不成样子！原来在三星期之内，她输给那太太四百 CC 的血。从此便躺了下去，有时还挣扎着起来，以后就走不动了。医生发现她是得了黍形结核症，那是周身血管，都有了结核细菌，是结核症中最猛烈最无可救药的一种！病原是失血太多，操劳过度，营养不足，……这三个月中，急坏了 S，苦坏了孩子，累坏了我，然而这一切苦痛，都不曾挽回我们悲惨的命运！……她生在上海，长在澳洲，嫁在北平，死在云南，享年三十二岁……

如同雷轰电掣一般，我呆住了，眼前涌现了 S 的冷静而含着悲哀的，抬头望月的脸！想到她那美丽整洁的家，她的安详静默的丈夫，她的聪明活泼的孩子……

忽然广场上一声降旗的号角,我不由自主的,扔了手里的信,笔直的站了起来。我垂着两臂,凝望着那一幅光彩飘扬的国旗,从高杆上慢慢的降落了下来。在号角的余音里,我无力的坐了下去,我的眼泪,不知从哪里来的,流满了我的脸上了!

(原载《关于女人》,天地出版社1943年9月初版)

我的房东

一九三七年二月八日近午，我从日内瓦到了巴黎。我的朋友中国驻法大使馆的 L 先生，到车站来接我。他笑嘻嘻的接过了我的一只小皮箱，我们一同向站外走着。他说："你从罗马来的信，早收到了。你吩咐我的事，我为你奔走了两星期，前天才有了眉目，真是意外之缘！吃饭时再细细的告诉你吧。"

L 也是一个单身汉，我们走出站来，无"家"可归，叫了一辆汽车，直奔拉丁区的北京饭店。我们挑了个座位，对面坐下，叫好了菜。L 一面擦着筷子，一面说："你的条件太苛，挑房子哪有这么挑法？地点要好，房东要好，房客要少，又要房东会英语！我知道你难伺候，谁叫我答应了你呢，只好努力吧。谁知我偶然和我们的大使谈起，他给我介绍了一位女士，她是贵族遗裔，住在最清静高贵的贵族区——第七区。我前天去见了她，也看了房子……"他摇着头，笑说："真是'有缘千里来相会'，这位小姐，绝等漂亮，绝等聪明，温柔雅澹，堪配你的为人，一会儿你自己一见就知道了。"我不觉笑了起来，说："我又没有托你做媒，何必说那些'有缘''相配'的话！倒是把房子情形说一说吧。"这时菜已来了，L 还叫了酒，他举起杯来，说："请！我告诉你，这房子是在第七层楼上，正临着拿破仑殡宫那条大街，美丽幽静，自不必说。只有一个房东，也只有你一个房客！这位小姐因为近来家道中落，才招个房客来帮贴用度，房租伙食是略贵一点，我知道你这个大爷，也不在乎这些。我们吃过饭就去看吧。"

我们又谈了些闲话，酒足饭饱，L会过了账，我提起箱子就要走。L拦住我，笑说："先别忙提箱子，现在不是你要不要住那房子的问题，是人家要不要你作房客的问题。如今七手八脚都搬了去，回头一语不合，叫人家撵了出来，够多没意思！还是先寄存在这里，等下说定了再来拿吧。"我也笑着依从了他。

一辆汽车，驰过宽阔光滑的街道，转弯抹角，停在一座大楼的前面。进了甬道，上了电梯，我们便站在最高层的门边。L脱了帽，按了铃，一个很年轻的女佣出来开门，L笑着问："R小姐在家吗？请你转报一声，中国大使馆的L先生，带一位客人来拜访她。"那女佣微笑着，接过片子，说："请先生们客厅里坐。"便把我们带了进去。

我正在欣赏这一间客厅连饭厅的陈设和色调，忽然看见L站了起来，我也连忙站起。从门外走进了一位白发盈颠的老妇人。L笑着替我介绍说："这位就是我同您提过的×先生。"转身又向我说："这位是R小姐。"

R小姐微笑着同我握手，我们都靠近壁炉坐下。R小姐一面同L谈着话，一面不住的打量我，我也打量她。她真是一个美人！一头柔亮的白发。身上穿着银灰色的衣裙，领边袖边绣着几朵深红色的小花。肩上披着白绒的围巾。长眉妙目，脸上薄施脂粉，也淡淡的抹着一点口红。岁数简直看不出来，她的举止顾盼，有许多地方十分的像我的母亲！

R小姐又和我攀谈，用的是极流利的英语。谈起伦敦，谈起罗马，谈起瑞士……当我们谈到罗马博物馆的雕刻，和佛劳伦斯博物馆的绘画时，她忽然停住了，笑说："×先生刚刚来到，一定乏了，横竖将来我们谈话的机会多得很，还是先带你看看你的屋子吧。"她说着便站起引路，L在后面笑着在我耳边低声说："成了。"

我的那间屋子，就在客厅的后面，紧连着浴室，窗户也是临街开的。陈设很简单，却很幽雅，临窗一张大书桌子，桌上一瓶茶色玫瑰花，还疏疏落落的摆着几件文具。对面一个书架子，下面空着，上层放着精装的英法德各大文豪的名著。床边一张小几，放着个小桌灯，也是茶红色的灯罩。此外就是一架大衣柜，一张摇椅，屋子显得很亮，很宽。

我们四围看了一看，我笑说："这屋子真好，正合我的用处……。"R小姐也笑说："我们就是这里太静一些，马利亚的手艺不坏，饭食也还可口。哪一天，你要出去用饭，请告诉她一声。或若你要请一两个客人，到家里来吃，也早和她说。衣服是每星期有人来洗……"一面说着，我们又已回到客厅里。L拿起帽子，笑说："这样我们就说定了，我相信你们宾主一定会很相得的。现在我们先走了。晚饭后×先生再回来——他还没去拜望我们的大使呢！"

我们很高兴的在大树下，人行道上并肩的走着。L把着我的臂儿笑说："我的话不假吧，除了她的岁数稍微大一点之外！大使说，推算起来，恐怕她已在六旬以外了。她是个颇有名的小说家，也常写诗。她挑房客也很苛，所以她那客房，常常空着，她喜欢租给'外路人'，我看她是在招徕可描写的小说中人物，说不定哪一天，你就会在她的小说中出现！"我笑说："这个本钱，我倒是捞得回来。只怕我这个人，既非儿女，又不英雄，没有福气到得她的笔下。"

午夜，我才回到我的新屋子里，洗漱后上床，衾枕雪白温软，我望着茶红色的窗帘，茶红色的灯罩，在一圈微晕的灯影下，忽然忘记了旅途的乏倦。我赤足起来，从书架上拿了一本歌德诗集来看，不知何时，矇眬睡去——直等第二天微雨的早晨，马利亚敲门，送进刮胡子的热水来，才又醒来。

从此我便在R家住下了，早饭很简单，只是面包牛油咖啡，多半是自己在屋里吃。早饭后就到客厅坐坐，让马利亚收拾我的屋子。初到巴黎，逛街访友，在家吃饭的时候不多，我总是早晨出去，午夜回来。好在我领了一把门钥，独往独来，什么人也不惊动。有时我在寒夜中轻轻推门，只觉得温香扑面，踏着厚软的地毯，悄悄地走回自己屋里，桌上总有信件鲜花，有时还有热咖啡或茶，和一盘小点心。我一面看着信，一面吃点心喝茶——这些事总使我想起我的母亲。

第二天午饭时，见着R女士，我正要谢谢她给我预备的"消夜"，她却先笑着说："×先生，这半月的饭钱，我应该退还你，你成天的不在家！"我笑着坐下，说："从今天起，我要少出去了，该看的人和该看的地方，都看过了。现在倒要写点信，看点书，养养静了。"R小姐笑说："别忘了还有你的法文，L先生告诉我，你是要练习法语的。"

真的，我的法文太糟了，书还可以猜着看，话却是无人能懂！R小姐提议，我们在吃饭的时候说法语。结果是我们谈话的范围太广，一用法文说，我就词不达意，笑着想着，停了半天。次数多了，我们都觉得不方便，不约而同的笑了出来，说："算了吧，别扭死人！"从此我只顾谈话，把法语丢在脑后了！

巴黎的春天，相当阴冷，我们又都喜欢炉火，晚饭后常在R小姐的书房里，向火抽烟，闲谈。这书房是全房子里最大的一间，满墙都是书架，书架上满是文学书。壁炉架上，摆着几件东方古董。从她的谈话里，知道她的父亲做过驻英大使——她在英国住过十五年——也做过法国远东殖民地长官——她在远东住过八年。她有三个哥哥，都不在了。两个侄子，也都在上次欧战时阵亡。一个侄女，嫁了，有两个孩子，住在乡下。她的母亲，是她所常提到的，是一位身体单薄，多才有德的夫人，从相片上看去，眉目间尤其像我的母亲。

我虽没有学到法语，却把法国的文学艺术，懂了一半。我们常常一块儿参观博物院，逛古迹，听歌剧，看跳舞，买书画……她是巴黎一代的名闺，我和她朝夕相从，没看过Ｒ小姐的，便传布着一种谣言，说是×××在巴黎，整天陪着一位极漂亮的法国小姐，听戏，跳舞。这风声甚至传到国内我父亲的耳朵里，他还从北平写信来问。我回信说："是的，一点不假，可惜我无福，晚生了三十年，她已是一位六旬以上的老姑娘了！父亲，假如您看见她，您也会动心呢，她长得真像母亲！"

我早可以到柏林去，但是我还不想去，我在巴黎过着极明媚的春天——

在一个春寒的早晨，我得到国内三弟报告订婚的信。下午吃茶的时候，我便将他们的相片和信，带到Ｒ小姐的书房里。我告诉了她这好消息，因此我又把皮夹里我父亲，母亲，以及二弟，四弟两对夫妇的相片，都给她看了。她一面看着，很客气的称赞了几句，忽然笑说："×先生，让我问你一句话，你们东方人不是主张'男大当婚，女大当嫁'的吗？为何你竟然没有结婚，而且你还是个长子？"我笑了起来，一面把相片收起，挪过一个锦墩，坐在炉前，拿起铜条来，拨着炉火，一面说："问我这话的人多得很,你不是第一个。原因是,我的父母很摩登,从小,他们没有强迫我订婚或结婚。到自己大了,挑来挑去的,高不成,低不就,也就算了……"R女士凝视着我,说:"你不觉得生命里缺少什么?"

我说:"这个,倒也难说,根本我就没有去找。我认为婚姻若没有恋爱,不但无意义,而且不道德。但一提起恋爱来,问题就大了,你不能提着灯笼去找! 我们东方人信'夙缘',有缘千里来相会,若无缘呢? 就是遇见了,也到不了一处……"这时我忽然忆起L君的话,不觉抬头看她,她正很自然的靠坐在一张大软椅里,身上穿着一件浅紫色的衣服,胸前戴几朵紫罗兰。闪闪的炉火光中,窗外阴暗,更显得这炉边一角,温静,甜柔……

她举着咖啡杯儿,仍在望着我。我接下去说:"说实话,我还没有感觉到空虚,有的时候,单身人更安逸,更宁静,更自由……我看你就不缺少什么,是不是?"她轻轻的放下杯子,微微的笑说:"我嘛,我是一个女人,就另是一种说法了……"说着,她用雪白的手指,挑着鬓发,轻轻的向耳后一掠,从椅旁小几上,拿起绒线活来,一面织着,一面看着我。

我说:"我又不懂了,我总觉得女人天生的是家庭建造者。男人倒不怎样,而女人却是爱小孩子,喜欢家庭生活的,为何女人倒不一定要结婚呢?"R小姐看着我,极温柔软款的说:"我是'人性'中最'人性','女性'中最'女性'的一个女人。我愿意有一个能爱护我的,温柔体贴的丈夫,我喜爱小孩子,我喜欢有个完美的家庭。我知道我若有了这一切,我就会很快乐的消失在里面去——但正因为,我知道自己太清楚了,我就不愿结婚,而至今没有结婚!"

我抱膝看着她。她笑说:"你觉得奇怪吧,待我慢慢的告诉你——我还有一个毛病,我喜欢写作!"我连忙说:"我知道,我的法文太浅了,但我们的大使常常提起你的作品,我已试看看过,因为你从来没提起,我也就不敢……"R小姐拦住我,说:"你又离了题了,我的意思是一个女作家,家庭生活于她不利。"我说:"假如她能够——"她立刻笑说:"假如她身体不好……告诉你,一个男人结了婚,他并不牺牲什么。一个不健康的女人结了婚,事业——假如她有事业,健康,家务,必须牺牲其一!我若是结了婚,第一牺牲的是事业,第二是健康,第三是家务……"

——写到这里,我忽然忆起去年我一个女学生,写的一篇小说,叫做《三败俱伤》——她低头织着活计,说:"我是一个要强,顾面子,好静,有洁癖的人;在情感上我又非常的细腻,体贴;这些都是我的致命伤!为了这性格,别人用了十分心思,我就得用上百分心思,别人用了十分精力,我就得用上百分精力。一个家庭,在现代,真是谈何容易,当初我的母亲,她做一个外交官夫人,安南总督太太,真是仆婢成群,然而她……她的绘画,她的健康,她一点没有想到顾到。她一天所想的是丈夫的事业,丈夫的健康,儿女的教养,儿女的……她忙忙碌碌的活了五十年!至今我拿起她的画稿来,我就难过。嗳,我的母亲……"她停住了,似乎很激动,轻轻的咳嗽了两声,勉强的微笑说:"我的母亲的事情,真够写一本小说的。你看见过英国女作家,V. Sackville-West写的 *All Passion Spent*(七情俱净)吧?"

我仿佛记得看过这本书,就点头说:"看过了,写的真不错……不过,R小姐,一个结婚的女人,她至少有了爱情。"她忽然大声的笑了起来，说："爱情？这就是一件我所最拿不稳的东西，男人和女人心里所了解的爱情，根本就不一样。告诉你，男人活着是为事业——天晓得他说的是事业还是职业！女人活着才为着爱情；女人为爱情而牺牲了自己的一切，而男人却说：'亲爱的，为了不敢辜负你的爱，我才更要努力我的事业'！这真是名利双收！"她说着又笑了起来，笑声中含着无限的凉意。

我不敢言语，我从来没有看见R小姐这样激动过，我虽然想替男人辩护，而且我想我也许不是那样的男人。

她似乎看出了我的心绪，她笑着说："每一个男人在结婚以前，都说自己是个例外，我相信他们也不说假话。但是夫妻关系，是种最娇嫩最伤脑筋的关系，而时光又是一件最无情最实际的东西。等到你一做了他的同衾共枕之人，天长地久……呵！天长地久！任是最坚硬晶莹的钻石也磨成了光彩模糊的沙颗，何况是血淋淋的人心？你不要以为我是生活在浪漫的幻想里的人，我一切都透彻，都清楚。男人的'事业'当然要紧，讲爱情当然是不应该抛弃了事业，爱情的浓度当然不能终身一致。但是更实际的是，女人终究是女人，她也不能一辈子以结婚的理想，人生的大义，来支持她困乏的心身。在她最悲哀，最柔弱，最需要同情与温存的一刹那顷，假如她所得到的只是漠然的言语，心不在焉的眼光，甚至于尖刻的讥讽和责备，你想，一个女人要如何想法？我看的太多了，听的也太多了。这都是婚姻生活里解不开的死结！只为我太知道，太明白了，在决定牺牲的时候，我就要估量轻重了！"

她俯下身去，拣起一根柴，放在炉火里，又说："我母亲常常用忧愁的眼光看着我说：'德利莎！你看你的身体！你不结婚，将来有谁来

235

看护你？'我没有说话，我只注视着她，我的心里向她叫着说：'你看你的身体吧，你一个人的病，抵不住我们五个人的病。父亲的肠炎，回归热……以及我们兄妹的种种希奇古怪的病……三十年来，还不够你受的？'但我终究没有言语。"

她微微的笑了，注视着炉火："总之我年轻时还不算难看，地位也好，也有点才名，因此我所受的试探，我相信也比别的女孩子多一点。我也曾有过几次的心软……但我都终于逃过了。我是太自私了，我扔不下这支笔，因着这支笔，我也要保持我的健康，因此——

"你说我缺少恋爱吗？也许，但，现在还有两三个男人爱慕着我，他们都说我是他们唯一终身的恋爱。这话我也不否认，但这还不是因为我们没有到得一处的缘故？他们当然都已结过了婚，我也认得他们温柔能干的夫人。我有时到他们家里去吃饭喝茶，但是我并不羡慕他们的家庭生活！他们的太太也成了我的好朋友，有时还向我抱怨她们的丈夫。我一面轻描淡写的劝慰着她们，我一面心里也在想，假如是我自己受到这些委屈，我也许还不会有向人诉说的勇气！有时在茶余酒后，我也看见这些先生们，向着太太皱起眉头，我就会感觉到一阵颤栗，假如我做了他的太太，他也对我皱眉，对我厌倦，那我就太……"

我笑了，极恳挚的轻轻拍着她的膝头，说："假如你做了他的太太，他就不会皱眉了。我不相信世界上有任何男子，有福气做了你的丈夫，还会对你皱眉，对你厌倦。"她笑着摇了摇头，微微的叹一口气，说："好孩子，谢谢你，你说得好！但是你太年轻了，不懂得——这二三十年来，我自己住着，略为寂寞一点，却也舒服。这些年里，我写了十几本小说，七八本诗，旅行了许多地方，认识了许多朋友。我的侄女，承袭了我的名字,也叫德利莎,上帝祝福她! 小德莉莎是个活泼健康的孩子,廿几岁便结了婚。她以恋爱为事业,以结婚为职业。整天高高兴兴的,心灵里,永远没有矛盾,没有冲突。她的两个孩子,也很像她。在夏天,我常常到她家里去住。她进城时,也常带着孩子来看我。我身后,这些书籍古董,就都归她们了。我的遗体,送到国家医院去解剖,以后再行火化,余灰撒在赛纳河里,我的一生大事也就完了……"

我站了起来,正要说话,马利亚已经轻轻的进来,站在门边,垂手说:"小姐,晚饭开齐了。"R 小姐吃惊似的,笑着站了起来,说:"真是,说话便忘了时候,×先生,请吧。"

饭时,她取出上好的香槟酒来,我也去拿了大使馆朋友送的名贵的英国纸烟,我们很高兴的谈天说地,把刚才的话一句不提。那晚 R 小姐的谈锋特别隽妙,双颊飞红,我觉得这是一种兴奋,疲乏的表示。饭后不多一会,我便催她去休息。我在客厅门口望着她迟缓秀削的背影,呆立了一会。她真是美丽,真是聪明! 可惜她是太美丽,太聪明了!

十天后我离开了巴黎,L 送我到了车站。在车上,我临窗站到近午,才进来打开了 R 小姐替我预备的筐子,里面是一顿很精美的午餐,此外还有一瓶好酒,一本平装的英文小说,是 *All Rassion Spent*。

我回国不到一月,北平便沦陷了。我还得到北平法国使馆转来的 R 小姐的一封信,短短的几行字:

×先生:

听说北平受了轰炸,我无时不在关心着你和你一家人的安全! 振奋起来吧,一个高贵的民族,终久是要抬头的。有机会请让我知道你平安的消息。

你的朋友　德利莎

我写了回信，仍托法国使馆转去，但从此便不相通问了。

三年以后，轮到了我为她关心的时节，德军进占了巴黎，当我听到巴黎冬天缺乏燃料，要家里住有德国军官才能领到煤炭的时候，我希望她已经逃出了这美丽的城市。我不能想象这静妙的老姑娘，带着一脸愁容，同着德国军官，沉默向火！

"振奋起来吧，一个高贵的民族，终久是要抬头的！"

（原载《关于女人》，天地出版社1943年9月初版）

我的邻居

M太太是我的同事的女儿，也做过我的学生，现在又是我的邻居。

我头一次看见她，是在她父亲的家里——那年我初到某大学任教，照例拜访了几位本系里的前辈同事——她父亲很骄傲的将她介绍给我，说："×先生，这是我的大女儿，今年十五岁了。资质还好，也肯看书，她最喜欢外国文学，请你指教指教她。"

那时M太太还是个小姑娘，身材瘦小，面色苍白，两条很粗的短发辫，垂在脑后。说起话来很腼腆，笑的时候却很"甜"，不时的用手指去托她的眼镜。

我同她略谈了几句，提起她所已看过的英国文学，使我大大的吃惊！例如：哈代的全部小说集，她已看了大半；她还会背诵好几首英国十九世纪的长诗……她父亲又很高兴的去取了一个小纸本来，递给我看，上面题着"露珠"，是她写的仿冰心《繁星》体的短篇诗集，大约有二百多首。我略翻了翻，念了一两首，觉得词句很清新，很莹洁，很像一颗颗春晨的露珠。

我称赞了几句，她父亲笑说："她还写小说呢——你去把那本小说拿来给×先生看！"她脸红了说："爸爸总是这样！我还没写完呢。"一面掀开帘子，跑了出去，再不进来。她父亲笑对我说："你看她惯的一点规矩都没有了！我的这几个孩子，也就是她还聪明一点，可惜的是她身体不大好。"

一年以后，她又做了我的学生。大学一年级的班很大，我同她接触的机会不多，但从她做的文课里，看出她对于文学创作，极有前途；她思想缜密，描写细腻，比其他的同学，高出许多。

此后因为我做了学生会出版组的顾问，她是出版组的重要负责人员，倒是常有机会谈话。几年来她的一切进步都很快，她的文章也常常在校外的文学刊物上出现，技术和思想又都比较成熟，在文学界上渐渐的露了头角。

大学毕业后，她便同一位M先生结了婚。M先生也是一位作家——他们婚后就到南京去，有七八年我没有得到直接的消息。

抗战后一年，我到了昆明。朋友们替我找房子，说是有一位M教授的楼上，有一间房子可以分租，地点也好，离学校很近。我们同去一看，那位M太太原来就是那位我的同事的女儿；相见之下，十分欢喜。那房子很小，光线也不大好，只是从高高的窗口，可以望见青翠的西山。M家还有一位老太太，四个孩子，一个挨一个的，最小的不过有两岁左右。M太太比从前更苍白了，一瘦就显得老，她仿佛是三十以外的人了。

说定了以后，我拿了简单的行李，一小箱书，便住到M家的楼上。那天晚上，便见着M先生，他也比从前瘦了，性情更显得急躁，仿佛对于一切都觉得不顺眼。他带着三个大点的孩子，在一盏阴暗的煤油灯下，吃着晚饭。老太太在厨房里不知忙些什么。M太太抱着最小的孩子，出出进进，替他们端菜盛饭，大家都不大说话。我在饭桌旁边，勉强坐了一会,就上楼去了。

　　住了不到半个月,我便想搬家,这家庭实在太不安静了,而且阴沉得可怕!这几个孩子,不知道是因为营养不足,还是其他的缘故,常常哭闹。老太太总是叨叨唠唠的,常对我抱怨 M 太太什么都不会。M 先生晚上回来,才把那些哭声怨声压低了下去,但顿时楼下又震荡着他的骂孩子,怪太太,以及愤时忧世的怨怒的声音。他们的卧室,正在我的底下,地板坏了,逗不上笋来。我一个人,总是静悄悄的,而楼下的声音,却是隐约上腾,半夜总听见喳喳喊喊的,"如哭如诉",有时忽然听见 M 先生使劲的摔了一件东西,生气的嚷着,小孩子忽然都哭了起来,我就半天睡不着觉!

　　正在我想搬家的那一天早晨,走到楼下,发现屋里静悄悄的,没有一个人。我叫了一声,看见 M 太太扎煞着手,从厨房里出来。她一面用手背掠开了垂拂在脸上的乱发,一面问:"×先生有事吗?他们都出去了。"我知道这"他们"就是老太太同 M 先生了,我就问:"孩子们呢?"她说:"也出去了,早饭没弄得好,小菜又没有了,他们说是出去吃点东西。"她嘴唇颤动着惨笑了一下,说:"我这个人真不中用,从小就没学过这些事情。母亲总是说:'几毛钱一件的衣工,一两块钱一双皮鞋,这年头女孩子真不必学做活了,还是念书要紧,念出书来好挣钱,我那时候想念书,还没有学校呢。'父亲更是由着我,我在家里简直没有进过厨房……您看我生火总是生不着,反弄了一厨房的烟!"说着又用乌黑的手背去擦眼睛。我来了这么几天,她也没有跟我说过这么多的话。我看她的眼睛又红又肿,声音也哑着,我知道她一定又哭过,便说:"他们既然出去吃了,你就别生火吧。你赶紧洗了手,我楼上有些点心,还有罐头牛奶,用暖壶里的水冲了就可吃,等我去取了来。"我不等她回答便向楼上走,她含着泪站在楼梯边呆望着我。

M太太一声不言语的,呆呆的低头调着牛奶,吃着点心。过了半天,我就说:"昆明就是这样好,天空总是海一样的青! 你记得卜朗宁夫人的诗吧……"正说着,忽然一声悠长的汽笛,惨厉的叫了起来,接着四方八面似乎都有汽笛在叫,门外便听见人跑。M太太倏的站了起来,颤声说:"这是警报! 孩子们不知都在哪里?"我也连忙站起来,说:"你不要怕,他们一定就在附近,等我去找。"我们正往门外走,老太太已经带着四个孩子,连爬带跌的到了门前,原来M先生说是学校办公室里还有文稿,他去抢救稿子去了,却把老的小的打发回家来!

我帮着M太太把小的两个抱起,M太太看着我,惊慌地说:"×先生,我们要躲一躲吧?"我说:"也好,省得小孩子们害怕。"我们胡乱收拾点东西,拉起孩子,向外就走。忽然老太太从屋里抱着一个大蓝布包袱,气急败坏的一步一跌的出来,嘴里说:"别走,等等我!"这时头上已来了一阵极沉重的隆隆飞机声音。我抬头一看,蔚蓝的天空里,白光闪烁,九架银灰色的飞机,排列着极整齐的队伍,稳稳的飞过。一阵机关枪响之后,紧接着就是天塌地陷似的几阵大声,门窗震动。小孩子哇的一声,哭了起来,老太太已瘫倒在门边。这时我们都挤在门洞里,M太太面色惨白,紧紧的抱着几个孩子,低声说:"莫怕莫怕。×先生在这里!"我一面扶起老太太,说:"不要紧了,飞机已经过去了。"正说着街上已有了人声,家家门口有人涌了出来,纷纷的惊惶的说话。M太太站起拍拍衣服,拉着孩子也出到门口。我们站着听了一会,天上已经没有一点声息。我说:"我们进去歇歇吧,敌机已经去了。"M太太点了点头,我又帮她把孩子抱回屋去,自己上得楼来;刚刚坐定,便听见M先生回来;他一进门就大声嚷着:"好,没有一片干净土了,还会追到昆明来!我刚抱出书包来,那边就炸了,这班鬼东西!"

从那天起,差不多就天天有警报。M先生却总是警报前出去,解除后才回来,还抱怨家里没有早预备饭。M太太一声儿不言语,肿着眼泡,低头出入。有时早晨她在厨房里,看见我下楼打脸水,就怯怯的苦笑问:"×先生今天不出去吧?"我总说:"不到上课的时候,我是不会走的,你有事叫我好了。"

老太太不肯到野外去,怕露天不安全,她总躲在城墙边一个防空洞里。我同M太太就带着孩子跑到城外去。我们选定了一片大树下,壕沟式的一块地方,三面还有破土墙挡着。孩子们逃警报也逃惯了,他们就在那壕沟里盖起小泥瓦房子,插起树枝,天天继续着工作。最小的一个,往往就睡在母亲的手臂上。我有时也带着书去看。午时警报若未解除,我们就在野地里吃些干点充饥。

坐在壕沟里无聊,就闲谈。从M太太零碎的谈话里,我猜出她的许多委屈。她从来不曾抱怨过任何人,连对那几个不甚讨人喜欢的孩子,她也不曾表示过不满。她很少提起家里的事,可是从她们的衣服饮食上,我知道她们是很穷困的。眼看着她一天一天的憔悴下去,我就想帮她一点忙。有一次我就问她愿不愿去教书,或是写几篇文章,拿点稿费。家务事有老太太照管,再雇个佣人,也就可以做得开了,她本来不喜欢做那些杂务,何必不就"用其所长"?

M太太盘着腿坐在地上,抱着孩子,轻轻的摇动,静静的听着,过了半天才抬起头来,说:"×先生,谢谢你的关怀,这些事我都早已想过了,我刚来的时候,也教过书,学校里对于我,比对我的先生还满意。"说到这里,她微笑了,这是我近来第一次见到的笑容! 她停了一会说:"后来不知如何,他就反对我出去教书……老太太也说那几个孩子,她弄不了,我就又回到家里来。以后就有几个朋友同事,来叫我写稿子。×先生,你知道我从小喜欢写文章,尤其是现在,我一拿起笔,一肚子的……一肚子的事,就奔涌了出来。眼前一切就都模糊恍惚,在写作里真可以逃避了许多现实……"她低头玩弄着孩子襟上的纽扣,微微的叹了一口气,说:"但是现实还是现实,一声孩子哭,一个客人来,老太太说东说西,老妈子问长问短,把我的文思常常忽然惊断,许久许久不能再拿起笔来。而且——写文章实在要心境平静,虽然不一定要快乐,而我现在呢? 不用说快乐,要平静也就很难很难的了!

"写了两篇文章,我的先生最先发现写文章卖钱,是得不偿失! 稿费增加和工资增加的速度,几乎是一与百之比,衣工,鞋价,更不必说。靠稿费来添置孩子衣服,固然是梦想,写五千字的小说,来换一双小鞋子,也是不可能。没有了鼓励,没有了希望,而写文章只引起自己伤心,家人责难的时候,我便把女工辞退了。其实她早就要走——我们家钱少,孩子多,上人脾气又不大好,没有什么事使她留恋的,不像我……我是走不脱的!

"我生着火,拣着米,洗着菜,缝着鞋子,补着袜子,心里就像枯树一般的空洞、麻木。本来,抗战时代,有谁安逸? 能安逸的就不是人;我不求安逸,我相信我虽没有学过家务,我也能将就的做,而且我也不怕做,劳作有劳作的快乐,只要心里能得到一点慰安,温暖……

"我没有对任何人说过任何言语,自己苦够了,这万方多难的年头,何必又增加别人的痛苦？对我的父母，我是更不说的。父亲从北方来信，总是说：'南国浓郁明艳的风光，不知又添了你多少诗料，为何不寄点短诗给爸爸看？'最近不知是谁，向他们报告了这里的实况，母亲很忧苦的写了信来，说：'我不知道你们那里竟是这个样子！老太太总该可以帮帮忙吧？早知如此，我当初不该由着你读书写字，把身体弄坏了，家事也一点不会。'她把自己抱怨了一顿，我看了信，真是心如刀割。我自己痛苦不要紧，还害得父亲为我失望，母亲为我伤心，×先生，这真是《琵琶记》里蔡中郎所说的'文章误我，我误爹娘'了！"她说着忍不住把孩子推在一边，用衣襟掩着脸大哭了起来。孩子们也许看惯了妈妈的啼哭，呆立了一会，便慢慢走开，仍去玩耍。我呢，不知道怎样劝她，也想她在家里整天的凄凉掩抑，在这朗阔的野外，让她恣情的一恸，倒也是一种发泄，我也便悄悄的走向一边……

我真不想再住下去了，那时学校里已放了暑假。城墙边的防空洞曾震塌了一次，压伤了许多人，M老太太幸而无恙。我便撺掇他们疏散到乡下去。我自己也远远的搬到另一乡村里的祠堂里住下——在那里，我又遇到了一个女人！

（原载《关于女人》，天地出版社1943年9月初版）

张　嫂

可怜，在"张嫂"上面，我竟不能冠以"我的"两个字，因为她不是我的任何人！她既不是我的邻居，也不算我的佣人，她更不承认她是我的朋友，她只是看祠堂的老张的媳妇儿。

我住在这祠堂的楼上，楼下住着李老先生夫妇，老张他们就住在大门边的一间小屋里。

祠堂的小主人，是我的学生，他很殷勤的带着我周视祠堂前后，说："这里很静，×先生正好多写文章。山上不大方便，好在有老张他们在，重活叫他做。"老张听见说到他，便从门槛上站了起来，露着一口黄牙向我笑。他大约四十上下年纪，个子很矮，很老实的样子。我的学生问："张嫂呢？"他说："挑水去了。"那学生又陪我上了楼，一边说："张嫂是个能干人，比她老板伶俐得多，力气也大，有话宁可同她讲。"

为着方便，我就把伙食包在李老太太那里，风雨时节，省得下山，而且村店里苍蝇太多，夏天尤其难受。李老夫妇是山西人，为人极其慈祥和蔼。老太太自己烹调，饭菜十分可口。我早晨起来，自己下厨房打水洗脸，收拾房间，不到饭时，也少和他们见面。这一对老人，早起早睡，白天也没有一点声音，院子里总是静悄悄的，同城内 M 家比起来，真有天渊之别,我觉得十分舒适。

住到第三天,我便去找张嫂,请她替我洗衣服。张嫂从黑暗的小屋里,钻了出来,阳光下我看得清楚:稀疏焦黄的头发,高高的在脑后挽一个小髻,面色很黑,眉目间布满了风吹日晒的裂纹;嘴唇又大又薄,眼光很锐利;个子不高,身材也瘦,却有一种短小精悍之气。她迎着我,笑嘻嘻的问:"你家有事吗?"我说:"烦你洗几件衣服,这是白的,请你仔细一点。"她说:"是了,你们的衣服是讲究的——给我一块洋碱!"

李老太太倚在门边看,招手叫我进去,悄悄的说:"有衣服宁可到山下找人洗,这个女人厉害得很,每洗一次衣服,必要一块胰皂,使剩的她都收起来卖——我们衣服都是自己洗。"我想了一想,笑说:"这次算了,下次再说吧。"

第二天清早,张嫂已把洗好的衣服被单,送了上来——洗的很洁白,叠的也很平整——一摞的都放在我的床上,说:"×先生,衣服在这里,还有剩下的洋碱。"我谢了她,很觉得"喜出望外",因此我对她的印象很好。

熟了以后,她常常上楼来扫地,送信,取衣服,倒纸篓。我的东西本来简单,什么东西放在哪里她都知道。我出去从不锁门,却不曾丢失过任何物件,如银钱,衣服,书籍等等。至于火柴,点心,毛巾,胰皂,我素来不知数目,虽然李老太太说过几次,叫我小心,我想谁耐烦看守那些东西呢?拿去也不值什么,张嫂收拾屋子,干净得使我喜欢,别的也无所谓了。

张嫂对我很好,对李家两老,就不大客气。比方说挑水,过了三天两天就要涨价,她并不明说,只以怠工方式处之。有一两天忽然看不见张嫂,水缸里空了,老太太就着急,问老张:"你家里呢?"他笑说:"田里帮工去了。"叫老张,"帮忙挑一下水吧。"他答应着总不动身。我从楼上下来,催促了几遍,他才慢腾腾的挑起桶儿出去。在楼栏边,我望见张嫂从田里上来,和老张在山脚下站着说了一会话。老张挑了两桶水,便躺了下去,说是肚子痛。第二天他就不出来。老先生气了,说:"他们真会拿捏人,他以为这里就没有人挑水了! 我自己下山去找!"老先生在茶馆里坐了半天,同乡下人一说起来,听说是在山上,都摇头笑说:"山上呢,好大的坡儿,你家多出几个钱吧!"等他们一说出价钱,老先生又气得摇着头,走上山来,原来比张嫂的价目还大。

我悄悄的走下山去,在田里找到了张嫂,我说:"你回去挑桶水吧,喝的水都没有了。"她笑说:"我没有空。"我也笑说:"你别胡说! 我懂得你的意思,以后挑水工钱跟我要好了,反正我也要喝要用的。"她笑着背起筐子,就跟我上山——从此,就是她真农忙,我们也没有缺过水,——除了她生产那几天,是老张挑的。

我从不觉得张嫂有什么异样,她穿的衣服本来宽大,更显不出什么。只有一天,李老太太说:"张嫂的身子重了,关于挑水的事,您倒是早和老张说一声,省得他临时不干。"我也不知应当如何开口,刚才还看见张嫂背着一大筐的豆子上山,我想一时不见得会分娩,也就没提。

第二天早起,张嫂没有上来扫地。我们吃早饭的时候,看见老张提着一小篮鸡蛋进门。我问张嫂如何不见? 他笑嘻嘻的说:"昨晚上养了一个娃儿!"我们连忙给他道贺,又问他是男是女。李老太太就说:"他们这些人真本事,自己会拾孩子。这还是头一胎呢,不声不响的就生下来了,比下个蛋还容易!"我连忙上楼去,用红纸包了五十块钱的票子,交给老张,说:"给张嫂买点红糖吃。"李老太太也从屋里拿了一个红纸包出去,老张笑嘻嘻的都接了,嘴里说:"谢谢你家了——老太太去看看娃儿吗?"李老太太很高兴的就进到那间黑屋里去。

我同李老先生坐在堂屋里闲谈。老太太一边摇着头,一边笑着,进门就说:"好大的一个男孩子,傻大黑粗的!你们猜张嫂在那里做什么?她坐在床板上织渔网呢,今早五更天生的,这么一会儿的工夫,她又做起活来了。她也不乏不累,你说这女人是铁打的不是!"因此就提到张嫂从十二岁,就到张家来做童养媳,十五岁圆的房。她婆婆在的时候,常常把她打的躲在山洞里去哭。去年婆婆死了,才同她良懦的丈夫,过了一年安静的日子,算起来,她今年才廿五岁。

这又是一件出乎我意外的事,我以为她已是三四十岁的人,"劳作"竟把她的青春,洗刷得不留一丝痕迹!但她永远不发问,不怀疑,不怨望。日出而作,日入而息——挑水,砍柴,洗衣,种地,一天里风车儿似的,山上山下的跑——只要有光明照在她的身上,总是看见她在光影里做点什么。有月亮的夜里,她还打了一夜的豆子!

从那天起,一连下了五六天的雨。第七天,天晴了,我们又看见张嫂背着筐子,拿着镰刀出去。从此我们常常看见老张抱着孩子,哼哼唧唧的坐在门洞里。有时张嫂回来晚了,孩子饿得不住的哭,老张就急得在门口转磨。我们都笑说:"不如你下地去,叫她抱着孩子,多省事。她回来又得现做饭,奶孩子,不要累死人。"老张摇着头笑说:"她做得好,人家要她,我不中用!"老张倒很坦然的,我却常常觉得惭愧。每逢我拿着一本闲书,悠然的坐在楼前,看见张嫂匆匆的进来,忙忙的出去,背上,肩上,手里,腰里,总不空着,她不知道她正在做着最实在,最

249

艰巨的后方生产的工作。我呢，每逢给朋友写信，字里行间，总要流露出劳乏，流露出困穷，流露出萎靡，而实际的我，却悠然的坐在山光松影之间，无病而呻！看着张嫂高兴勤恳的，鞠躬尽瘁的样儿，我常常猛然的扔下书站了起来。

那一天，我的学生和他一班宣传队的同学，来到祠堂门口贴些标语，上面有"前方努力杀敌，后方努力生产"等字样。张嫂站在人群后面，也在呆呆望着。回头看见我，便笑嘻嘻的问："这上面说的是谁？"我说："上半段说的是你们在前线打仗的老乡，下半段说的是你。"她惊讶的问："×先生，你呢？"我不觉低下头去，惭愧的说："我吗？这上面没有我的地位！"

（原载《关于女人》，天地出版社1943年9月初版）

我的朋友的母亲

今年春天，正在我犯着流行性感冒的时候，K 的母亲——K 老太太来看我。

那是下午三时左右，我的高热度还未退清，朦朦胧胧的觉得有人站在我床前，我挣扎着睁开眼睛，K 老太太含着满脸的微笑，摇手叫我别动，她自己拉过一张凳子，就坐在床边，一面打开一个手绢包儿，一面微笑说："我听见 K 说你病了好几天了，他代了你好几堂课。我今天新蒸了一块丝糕，味儿还可口，特地送来给你尝尝。"她说着就把一碟子切成片儿嫩黄喷香上面嵌着红枣的丝糕，送到我枕畔。我连忙欠身起来道谢，说："难得伯母费心。"一面又喊工友倒茶。K 老太太站起来笑说："你别忙了，我刚才来的时候，甬道里静悄悄的没有一个人。这时候大家都上着课，你再一病倒睡着，他们可不就都偷懒出去了？我要茶自己会倒！"她走向桌边，拿起热水壶来，摇了摇，笑说："没有开水了，我在家里刚喝了茶来的，倒是你恐怕渴了，我出去找点水你喝。"我还没有来得及拦住她，她已经拿着热水壶出去了。

我赶紧坐起，把衾枕整理了一下，想披衣下床，一阵头昏，只得又躺下去。K 老太太又已经进来，倒了一杯热茶，放在我床前凳子上，我笑着谢说:"这真是太罪过了,叫老太太来服侍我——"K 老太太一面坐下,也笑着说:"哪里的话,这是我应该做的事。你们单身汉真太苦了,病了连一杯热水都喝不到!你还算好,看你这屋子弄得多么干净整齐,K 就不行,他一辈子需要人照应,母亲,姐姐,太太——"我说:"K 从小是个有福气的人——他太太近来有信么?"

老太太摇了摇头,忽然看着我说:"F 小姐从军去了,今早我去送她的……"

我不觉抬头看着 K 老太太。

K 老太太微笑着叹了一口气,把那块手绢平铺在膝上,不住的摩抚着,又抬头看着我说:"你和 K 这样要好,这件事你一定也知道了。说起 F 小姐,真是一个温柔的女子,性格又好,模样儿也不错,琴棋书画,样样都来得,和 K 倒是天生一对!——不过我觉得假若由他们那样做了,我对不起我北平那个媳妇,和三个孙儿。"

我没有言语,只看着老太太。

老太太面容沉寂了下来,"我知道 K 什么事都不瞒你,我倒不妨同你细谈——假如你不太累。K 这两天也不大开心呢,你好了请你从旁安慰安慰他。"

我连忙点了点头,说:"那是一定。K 真是一个实心的人,什么事都不大看得开!"

老太太说:"可不是!他从前不是在法国同一个女孩子要好,没有成功,伤心的了不得,回国来口口声声说是不娶了,我就劝他,我说:'你父亲早撇下我走了,我辛苦半生,好容易把你和你姊姊抚养大了,你如今学成归国,我满心希望你成家立业,不但我看着高兴,就是你父亲在天之灵,也会安慰的。你为着一个异种外邦的女人,就连家庭也不顾了,亏得你平常还那样孝顺!本来结婚就不是一个人的事,你的妻子也就是你父母的儿媳,你孩子的母亲。你不要媳妇我还要孙子呢,而且你还是个独子!'他就说:'那么您就替我挑一个吧,只要您高兴就行。'这样他就结了婚,那天你不是还在座?"

我又点一点头,想起了许多K的事情。

"提起我的媳妇,虽不是什么大出色的人物,也还是个师范毕业生,稳稳静静的一个人,过日子,管孩子,也还过得去。我对她是满意的,何况她还替我生了三个白白胖胖的孙儿?"

老太太微笑了,满面的慈祥,凝望的眼光中似乎看见了K的那几个圆头圆脸,欢蹦乱跳的孩子。

"K也是真疼他那几个孩子,有了孩子以后,他对太太也常是有说有笑。你记得我们北平景山东街那所房子吧?真是'天棚鱼缸石榴树',K每天下课回来,浇浇花,看看鱼,画画,写字,看看书,抱抱孩子,真是很自得的,我在一旁看着,自然更高兴,这样过了十年——其实那时候,F小姐就已经是他的助教了,他们并没有怎么样⋯⋯

"后来呢,就打起仗来了,学校里同事们都纷纷南下,也有带着家眷走的。那时也怪我不好,我不想走,我抛不下北平那个家,我又不愿意他们走,我舍不得那几个孩子。我对K说:'我看这仗至多打到一两年,你是有职分的人,暂时走开也好,至于孩子们和他们的母亲,不妨留着陪我,反正是一门老幼,日本人不会把我们怎么样。'K本来也不想带家眷,听了我的话,就匆匆的自己走了,谁知道一离开就是八年。

"我们就关起门来,和外面不闻不问,整天只盼着K的来信,这样的过了三四年。起先还能接到 K 的信和钱，后来不但信稀了，连拨款也十分困难。我那媳妇倒是把持得住，仍旧是稳稳静静的服侍着我，看着孩子过日子，我手里还有些积蓄，家用也应付得开。三年前我在北平得到 K 的姐夫从香港打来的电报，说是我的女儿病重，叫我就去，我就匆匆的离开了北平，谁想到香港不到十天，我的女儿就去世了……"

老太太眼圈红了，折起那块手绢来，在眼边轻轻的按了一按，我默默的将那杯茶推到她的面前。

老太太勉强笑了笑，端起茶杯来，呷了一口就又放下。

"谁又知道我女儿死后不过十天，日本人又占领了香港，我的女婿便赶忙着要退到重庆来，他问我要不要回北平？若是要回去呢，他就托人带我到上海。我那时方寸已乱，女儿死了，儿子许久没有确实消息，只听过往的人说他在重庆生活很苦，也常生病，如今既有了见面的可能，我就压制不住了。我对我女婿说：'我还是跟你走吧，后方虽苦，可是能同 K 在一起。北平那方面，你弟妇还能干，丢下他们一两年也不妨。'这样，我又从韶关，桂林，贵阳，一路跋涉到了这里……

"看见了 K，我几乎哭了出来，谁晓得这几年的工夫，把我的儿子折磨得形容也憔悴了，衣履也褴褛了！他看见我，意外的欢喜，听到他姐姐死去的消息，也哭了一场。过后才问起他的孩子，对于他的太太却淡淡的不提，倒是我先说了几句。问起他这边的生活，他说和大家一样，衣食住都比从前苦得多，不过心理上倒还痛快。说到这里，他指着旁边的 F 小姐，说：'您应当谢谢 F 小姐，这几年来，多亏得她照应我。'我这时才发觉她一直站在我们旁边。

"F 小姐也比从前瘦了，而似乎出落得更俊俏一些，她略带羞涩的和我招呼，问起她在北平的父母。我说我在北平的时候，常和他们来往，他们都老了一点，生活上还过得去……说了一会，F小姐便对K说：'请老太太和我们一块儿用饭吧？'K点头说好，我们就一同到F小姐住处去。

"在我找到房子以前，就住在F小姐那里，她住着两间屋子，用着一个女工，K一向是在那里用饭的，衣服也在那边洗。我在那边的时候，K自然是整天同我们在一起，到晚上才回到宿舍去。我在一旁看着，觉得他们很亲密，很投机，一块儿读书说画，F小姐对于K的照应体贴，更是无微不至。他们常常同我说起，当初他们一路出来，怎样的辛苦，危险；他们怎样的一块逃警报，有好几次几乎炸死；K病了好几场，有一次患很重的猩红热，几乎送了命。这些都是K的家信中从来不提的，他们说起这些经历的时候，都显得很兴奋，很紧张，K也总以感激温存的眼光，望着F小姐。我自然也觉得紧张，感激，而同时又起一种说不上来的不安的情绪。

"等到我搬了出来，便有许多K的同事的太太，来访问我，吞吞吐吐的问我K的太太为何不跟我一同出来？我说本来是只到香港的，因此也没想到带着他们。这些太太们就说：'如今老太太来了就好了，否则K先生一个人在这里真怪可怜——这年头一个单身人在外面真不容易，生活太苦，而且……而且人们也爱说闲话！'她们又问F小姐和我们有没有亲戚关系？她的身世如何？我就知道话中有因，也就含含糊糊的应答，说F家同我们是世交，F小姐从一毕业就做着K的助教，她对人真好，真热心。她对于K的照应帮忙，我是十分感激的。

"不过我不安的情绪，始终没有离开我，我总惦记着北平那些孩子，

255

我总憋着想同 K 说开了,所以就趁着有一天,我们的女工走掉了,K 向我提议说:'妈妈不必自己辛苦了,我们还是和 F 小姐一块儿吃去吧,就是找到了女工,以后也不必为饭食麻烦,合起来吃饭,是最合理的事。'我就说:'我难道不怕麻烦,而且我岁数大了,又历来没有做过粗活,也觉得十分劳瘁,不过我宁可自己操劳些,省得在一起让人说你们的闲话!'K 睁着大眼看着我,我便委婉的将人们的批评告诉了他,又说:'我深知你们两个心里都没有什么,抗战把你们拉在一起,多同一次患难,多添一层情感。你是有家有孩子的人,散了就完了,人家 F 小姐一个多才多艺的女子,岂不就被你耽误了?'K 低着头没有说什么,从那时起,一直沉默了四五天。

"到了第六天的夜里,我已经睡下了,他摸着黑进来,坐在我的床沿上,拉着我的手,说:'妈妈,我考虑了四五天,我不能白白的耽误人家。我相信我们分开了,是永远不会快乐的,我想——我想同北平那个离了婚……'我没有言语,他也不往下说,过了半天,他俯下来摇我,急着说:'怎么,妈妈,您在哭?'我忍不住哭了出来,说:'我哭的是可怜你们这一班苦命的人,你命苦,F 小姐也命苦,最苦命的还是北平你那个媳妇和三个孩子。他们没有对不起任何人,他们辛辛苦苦的在北平守着,等待着团圆的一天。我走了,算不了什么,就是苦命,也过了一辈子了,你若是……还是我回去守着他们吧!'这时 K 也哭了,紧紧握了我的手一下,就转身出去。"

老太太咽住了,又从袖口里掏手绢,我赶紧笑说:"对不起,伯母,请您给我一杯水,这丝糕放在这里怪香的,我想吃一块。"老太太含着泪笑着站起,倒了两杯茶来,我们都拈起丝糕来吃着,暂时不言语。

老太太咳嗽了一声,用手绢擦一擦嘴,说:"我想了一夜,第二天一早,我就去看F小姐。她正要上课去,看见了我,脸上显出十分惊讶,我想我的神色一定很不好,我说:'对不住,我想耽误你半天工夫,来同你谈一件事。'她的面色倏然苍白了,连忙回身邀我进到内屋去,把门扣上,自己就坐在我的旁边,静静的等着。我停了半天,忍不住又哭了,我说:'F小姐,我不会绕弯儿说话,听说K想同你结婚?'F小姐把脸飞红了,正要说话,我按住她的手,说:'你别着急,这自然是K一方面的痴心妄想,不是我做母亲的夸自己的儿子,K和你倒是天生的一对,可惜的是他已经是有妻有子的人了……'F小姐没有说话,只看着我。我说:'自然现在有妻有子的人离婚的还多得很,不过,K你是晓得的,极其疼爱他的孩子,同时他太太也没有对不起他的地方。'F小姐低下头去,我又说:'F小姐,你从小我就疼你,佩服你,假如你是我的亲女儿,我决不愿你和一个离过婚的人结婚,在他是一个幸福,在你却太不值得了。'我抚摩着她的手,说:'你想想,从前在北平的时候,你还不是常常到我们家里来?你对他发生过感情没有?我准知道那时你的理想,也不是像他那样的人。只因打了仗,你们一同出来,患难相救护,疾病相扶持,这种同甘苦,相感激的情感的积聚,便发生了一种很坚固的友情——同时大家想家,大家寂寞,这孤寂的心,就容易拉到一起。战争延长到七八年,还家似乎是不可能的事,家里一切,一天一天的模糊,眼前一切,一天一天的实在。弄到后来,大家弄假成真的,在云雾中过着苟安昏乐的日子——等到有一天,雨过天晴,太阳冲散了云雾,日影下,大家才发现在糊里糊涂之中,丧失了清明正常的自己!

"'你看见过坐长途火车的没有?世界小,旅途长,素不相识的人也殷勤的互相自己介绍,亲热的叙谈,一同唱歌,一同玩牌,一同吃喝,似乎他们已经有过终身的友谊。等到目的地将到,大家纷纷站起,收拾箱笼,倚窗等望来接他们的亲友,车一开入站,他们就向月台上的人招手欢呼,还不等到车停,就赶忙跑了下去。能想起回头向你招呼的,就算是客气的人,差不多的都是头也不回的就走散了。战事虽长,也终有和平的一天,有一天,胜利来到,惊喜袭击了各个人的心,那时真是"飞鸟各投林",所剩下的只是一片白茫茫的大地——

"'假如你们成功了呢,你们是回去不回去?假如是回去了呢?你是个独女,不能不见你的父母。K也许可以不看他的太太,而那几个孩子,他是舍不得丢开的。你们仍旧生活在从前环境中间,我不相信你们能够心安理得,能够快乐,能够自然。人们结婚后不是两个人生活在孤岛上,就是在孤岛上,过了几天,几月,几年以后,也会厌倦腻烦,而渴望孤岛外的一切。你对K的认识,没有我清楚,他就像他的父亲,善感,易变,而且总倾向于忧郁,他永没有完全满足快乐的时候,总是追求着什么。在他不满足,忧郁的情境之中,他实在是最快乐的,你也许不懂得我的话,因为你没有同这样的一个人,共同生活过。

"'所以我替你想,为你的幸福起见,我劝你同K分开,"眼不见为净",你年纪轻轻的,人品又好,学问又好,前途实在光明得很——我离开北平之前,你母亲还来找我,说香港和重庆通讯容易,要我替她写信给你,说他们老了,这战事不知几时才完,他们不知道将来能不能见着你,他们别无所嘱,只希望你谨慎将事,把终身托付给一个能爱护你,有才德的人。我提到这些,就是提醒你,K一辈子是个大孩子,他永远需要别人的爱护,而永远不懂得爱护别人,换句话说,就是他有他自己爱护的方法！我把话都说尽了，你自己考虑考虑看。'这时F小姐已哭得泪人儿一般……

"我正在劝慰她，忽然听见K在外面叫我，我赶紧把门反掩上，出来便往家走，K一声不响的跟着我回来。

"此后我绝口不提这件事，K的情绪反而稳定了下来。我不知道他同F小姐又说过没有，我只静候着他们的决定。终于在前天夜里，K告诉我说F小姐决定从军去了，明天便走，她希望我能去送她。K说着并没有显出特别的悲伤，我反而觉得难过。这女孩子真是聪明，有决断！不是我心硬，我相信军队的环境和训练，是对她好的，至少她的积压的寂寞忧伤，有个健全高尚的发泄。今早我去送她，她没有掉下一滴泪，昂着头，挺着胸，就上了车……咳，都是这战争搅得人乱七八糟的……"

老太太停住了。这一篇话听得我凄然而又悚然，我便笑说："伯母也不必再难过了，这件事总算告一段落，我想他们将来都会感激您的。伯母！我真是佩服您，怪不得朋友们都夸您通今博古，您说起文哲名词来，都是一串一串的！"老太太笑了，说："别叫你们年轻人笑话，我小的时候，也进过几天的'洋学堂'，如今英文差不多都忘光了，不过K的中文杂志书籍，我还看得懂——我看我该走了，你也乏了，我也出来了半天。你想吃什么，只管打发人去告诉我，我就做了送来。"她说着一面站起要走。

我欠起身来，说："对不起，我不能送了。您来这一说，我倒觉得清醒了许多。您若不嫌单身汉屋里少茶没水的，就请常过来坐坐。"老太太站住了，笑说："真的，听说从前有人同你提过F小姐，你为什么不答应?你答应了多好,省去许多麻烦。"我笑说:"不是我不答应,我是不敢答应,她太多才多艺了,我不配!"老太太笑着摇头说:"哪里的话,你是太眼高了,不是我说你,'越挑越眼花'——"

老太太的脚声,渐渐的在甬道中消失了。我凝望着屋顶,反复咀嚼着"飞鸟各投林"这一句话!

这时窗外的暮色,已经压到屋里来了!

(原载《关于女人》,天地出版社1943年9月初版)

《关于女人》后记

写了十四个女人的事,连带着也呈露了我的一生,我这一生只是一片淡薄的云,烘托着这一天的晶莹的月!

我对于女人的看法,自己相信是很平淡,很稳静,很健全。她既不是诗人笔下的天仙,也不是失恋人心中的魔鬼,她只是和我们一样的,有感情有理性的动物。不过她感觉得更锐敏,反应得更迅速,表现得也更活跃。因此,她比男人多些颜色,也多些声音。在各种性格上,她也容易走向极端。她比我们更温柔,也更勇敢;更活泼,也更深沉;更细腻,也更尖刻……世界若没有女人,真不知这世界要变成怎么样子!我所能想象得到的是:世界上若没有女人,这世界至少要失去十分之五的"真"、十分之六的"善"、十分之七的"美"。

我并不敢说怜悯女人,但女人的确很可怜。四十年来,我冷眼旁观,发现了一条真理,其实也就是古人所早已说过的话,就是:"男人活着是为事业,女人活着是为爱情。"——这虽然也有千万分之一的例外——靠爱情来维持生活,真是一件可怜而且危险不过的事情!

女人似乎更重视亲子的爱,弟兄姊妹的爱,夫妻的爱,朋友的爱……她愿意为她所爱的对象牺牲了一切。实际上,还不是她愿意不愿意的问题,她是无条件的,"摩顶放踵"的牺牲了,爱了再说! 在这"摩顶放踵"的过程之中,她受尽人间的痛苦,假如牺牲而又得不到代价,那她的痛苦,更不可想象了。

你说,叫女人不"爱"了吧,那是不可能的! 上帝创造她,就是叫她来爱,来维持这个世界。她是上帝的化生工厂里,一架"爱"的机器。不必说人,就是任何生物,只要一带上个"女"字,她就这样"无我"的,无条件的爱着,鞠躬尽瘁,死而后已!

你看母鸡,母牛,甚至于母狮,在上帝所赋予的爱里,她们是一样的不自私,一样的忍耐,一样的温柔,也一样的奋不顾身的勇敢。

说到这里,还有一件很可爱很可笑的现象,我就遇到过好几次:平常三四岁的孩子,手里拿着糖果,无论怎样的诓哄,怎样的恐吓,是拿不过来的;但如她是个小女孩子,你可以一头滚到她怀里去,撒娇的说:"妈妈! 给你孩子一点吃吧!"这萌芽的母性,就会在她小小的心坎里作怪! 她十分惊讶的注视着你,过了一会,她就会欣然的,爱娇的撅着小嘴,搂过你的头来,说:"馋孩子,妈妈给你一点吃吧!"

真要命! 感谢天,我不是一个女人!

这本书里只写了十四个女人,其实我所认识的女性,往少里说,也有一千个以上:我的姑姨妗婶,姊妹甥侄,我的女同学,我的女朋友,我的女同事,我的女学生,我的邻居,我的旅伴;还有我的朋友的姑姨妗婶,姊妹甥侄……这其中还有不少的惊才绝艳,丰功伟烈,我真要写起来,一辈子也写不完。但是这些女人,一提起来,真是"大大的有名"! 人人知晓,个个熟认,我一生宝贵女人的友情,我怕她们骂我——以后再说吧——

许多朋友，希望我写来写去，会以"我的新妇"结束。感谢他们的祝福，这对于我，真是"他生未卜此生休"的事情了！这四十年里，我普遍的尊敬着一般女人，喜欢过许多女人，也爱过两三个女人，却没有恋过任何女人。这"爱而不恋"的心理——这是几个朋友，对于我用情的批评——就是我的致命伤！

我觉得我不配作任何女人的丈夫；唯其我是最尊敬体贴她们，我不能再由自己予她们以痛苦。我已经苦了一个我最敬爱的女人——我的母亲，但那是"身不由己"，我决不忍使另一个女人再为我痛苦。男子在共营生活上，天生是更自私，更偷懒，更不负责的——自然一半也因为他们不知从何下手——我恐怕也不能例外。我不能积极的防止男子以婚姻方式来摧残女人，至少我能消极的禁止我自己也这样做！

施耐庵云："人生三十而未娶，不应更娶；四十而未仕，不应更仕；五十不应在家，六十不应出游……"我以三十未娶，四十未仕之身，从今起只要经济条件允许，我倒要闲云野鹤似的，到处漫游。我的弟兄朋友，就为我"六十以后"的日子发愁，但我还觉得很有把握。我们大家庭里女权很盛；我的亲侄女，截至今日止，已有七个之多。堂的、表的，更是不计其数。只要这些小妇人，二十年后，仍是像今天这样的爱她们的"大伯伯"，则我在每家住上十天，一年三百六十天，也还容易度过。再不然，我去弄一个儿子，两个女儿，来接代传宗，分忧解愠，也是一件极可能的事——只愁我活不到六十岁！

以上把我"终身大事"，安排完毕，作者心安理得，读者也不必"替古人担忧"——如今再说我写这本小书的经过：廿九年冬，我初到重庆，《星期评论》向我索稿，我一时高兴，写了一篇《关于女人》来对付朋友，后来写滑了手,便连续写了下去,到了《星期评论》停刊,就没有再写。今年春天,"天地出版社"托我的一个女学生来说,要刊行《关于女人》,我便把在《星期评论》上已经印行的九段,交给他们。春夏之交,病了一场,本书的上半本,排好已经三月,不能出版,"天地社"催稿的函件,雪片般的飞来,我只好以新愈之身,继续工作。山上客人不少,这三个星期之中,我在鸿儒谈笑,白丁往来之间,断断续续的又写了三万字,勉强结束。

这里,我还要感谢一个小女人,我的侄女,萱。若没有她替去了我这单身汉的许多"家务",则后面的七段,我纵然"呕尽心血",也是写不出来的!

一九四三年八月三十午夜,四川大荒山

(原载《生活导报周刊》1943年9月19日第41期)

诗 歌

礼物

可 爱 的

除了宇宙，
最可爱的只有孩子。
和他说话不必思索，
态度不必矜持。
抬起头来说笑，
低下头去弄水。
任你深思也好，
微讴也好；
驴背上，
山门下，
偶一回头望时，
总是活泼泼地，
笑嘻嘻地。

一九二一年六月二十三日，在西山。

（原载北京《晨报》1921年6月28日）

繁　星

自　序

　　一九一九年的冬夜，和弟弟冰仲围炉读泰戈尔（R. Tagore）的《迷途之鸟》（*Stray Birds*），冰仲和我说："你不是常说有时思想太零碎了，不容易写成篇段么？其实也可以这样的收集起来。"从那时起，我有时就记下在一个小本子里。

　　一九二〇年的夏日，二弟冰叔从书堆里，又翻出这小本子来。他重新看了，又写了"繁星"两个字，在第一页上。

　　一九二一年的秋日，小弟弟冰季说，"姊姊！你这些小故事，也可以印在纸上么？"我就写下末一段，将它发表了。

　　是两年前零碎的思想，经过三个小孩子的鉴定。《繁星》的序言，就是这个。

冰　心

一九二一年九月一日。

一

繁星闪烁着——
　深蓝的太空,
　何曾听得见它们对语?
沉默中,
　微光里,
　　它们深深的互相颂赞了。

二

童年呵!
是梦中的真,
　是真中的梦,
　　是回忆时含泪的微笑。

三

万顷的颤动——
　深黑的岛边,
　　月儿上来了。
生之源,
　死之所!

四

小弟弟呵!
我灵魂中三颗光明喜乐的星。
温柔的,
　无可言说的,
　　灵魂深处的孩子呵!

五

黑暗,
　怎样的描画呢?
心灵的深深处,
　宇宙的深深处,
　　灿烂光中的休息处。

六

镜子——
　对面照着,
反而觉得不自然,
　不如翻转过去好。

七

醒着的，
　　只有孤愤的人罢！
听声声算命的锣儿，
　　敲破世人的命运。

八

残花缀在繁枝上；
鸟儿飞去了，
　　撒得落红满地 ——
　　　　生命也是这般的一瞥么？

九

梦儿是最瞒不过的呵，
　清清楚楚的，
　　诚诚实实的，
　　　告诉了
　你自己灵魂里的密意和隐忧。

一○

嫩绿的芽儿,
　　和青年说:
"发展你自己!"

淡白的花儿,
　　和青年说:
"贡献你自己!"

深红的果儿,
　　和青年说:
"牺牲你自己!"

一一

无限的神秘,
　　何处寻它?
微笑之后,
　　言语之前,
　　　便是无限的神秘了。

一二

人类呵!
相爱罢,
　　我们都是长行的旅客,
　　　　向着同一的归宿。

一三

一角的城墙,
　　蔚蓝的天,
　　　　极目的苍茫无际 ——
　　　　　　即此便是天上 —— 人间。

一四

我们都是自然的婴儿,
　　卧在宇宙的摇篮里。

一五

小孩子!
你可以进我的园,

你不要摘我的花——
看玫瑰的刺儿,
　刺伤了你的手。

一六

青年人呵!
为着后来的回忆,
　小心着意的描你现在的图画。

一七

我的朋友!
为什么说我"默默"呢?
世间原有些作为,
　超乎语言文字以外。

一八

文学家呵!
着意的撒下你的种子去,
　随时随地要发现你的果实。

一九

我的心,

　孤舟似的,

　　穿过了起伏不定的时间的海。

二〇

幸福的花枝,

　在命运的神的手里,

　　寻觅着要付与完全的人。

二一

窗外的琴弦拨动了,

　我的心呵!

怎只深深的绕在余音里?

是无限的树声,

　是无限的月明。

二二

生离——

　　　　是朦胧的月日,
死别——
　　　　是憔悴的落花。

二三

心灵的灯,
　　在寂静中光明,
　　　　在热闹中熄灭。

二四

向日葵对那些未见过白莲的人,
　　承认他们是最好的朋友。
白莲出水了,
　　向日葵低下头了:
她亭亭的傲骨,
　　分别了自己。

二五

死呵!
起来颂扬它;

是沉默的终归,
　　是永远的安息。

二六

高峻的山颠,
　　深阔的海上 ——
是冰冷的心,
　　是热烈的泪;
可怜微小的人呵!

二七

诗人,
　　是世界幻想上最大的快乐,
　　也是事实中最深的失望。

二八

故乡的海波呵!
你那飞溅的浪花,
从前怎样一滴一滴的敲我的磐石,
　　现在也怎样一滴一滴的敲我的心弦。

二九

我的朋友,
　对不住你;
我所能付与的慰安,
　　只是严冷的微笑。

三〇

光阴难道就这般的过去么?
除却缥缈的思想之外,
　　一事无成!

三一

文学家是最不情的——
　人们的泪珠,
　　便是他的收成。

三二

玫瑰花的刺,

是攀摘的人的嗔恨,

是她自己的慰乐。

三三

母亲呵!

撇开你的忧愁,

　　容我沉酣在你的怀里,

　　　　只有你是我灵魂的安顿。

三四

创造新陆地的,

　　不是那滚滚的波浪,

　　　　却是它底下细小的泥沙。

三五

万千的天使,

　　要起来歌颂小孩子;

小孩子!

他细小的身躯里,

　　含着伟大的灵魂。

三六

阳光穿进石隙里,
　和极小的刺果说:
"借我的力量伸出头来罢,
　解放了你幽囚的自己!"

树干儿穿出来了,
　坚固的磐石,
　裂成两半了。

三七

艺术家呵!
你和世人,
　难道终久的隔着一重光明之雾?

三八

井栏上,
　听潺潺山下的河流——
　　料峭的天风,

吹着头发；
天边——地上，
　一回头又添了几颗光明，
　　是星儿，
　　还是灯儿？

三九

梦初醒处，
　山下几叠的云衾里，
　　瞥见了光明的她。
朝阳呵！
临别的你，
　已是堪怜，
　　怎似如今重见！

四〇

我的朋友！
你不要轻信我，
　贻你以无限的烦恼，
　　我只是受思潮驱使的弱者呵！

四一

夜已深了，
　　我的心门要开着——
一个浮踪的旅客，
　　思想的神，
　　　　在不意中要临到了。

四二

云彩在天空中，
　　人在地面上——
思想被事实禁锢住，
　　便是一切苦痛的根源。

四三

真理，
　　在婴儿的沉默中，
　　　　不在聪明人的辩论里。

四四

自然呵!
请你容我只问一句话,
　一句郑重的话:
"我不曾错解了你么?"

四五

言论的花儿
　开得愈大,
行为的果子
　结得愈小。

四六

松枝上的蜡烛,
　依旧照着罢!
反复的调儿,
　再弹一阕罢!
等候着,
　远别的弟弟,
　　从夜色里要到门前了。

四七

儿时的朋友：
海波呵，
　　山影呵，
　　　灿烂的晚霞呵，
　　　　悲壮的喇叭呵；
我们如今是疏远了么？

四八

弱小的草呵！
骄傲些罢，
　　只有你普遍的装点了世界。

四九

零碎的诗句，
　　是学海中的一点浪花罢；
然而它们是光明闪烁的，
　　繁星般嵌在心灵的天空里。

五〇

不恒的情绪，
　　要迎接它么？
它能涌出意外的思潮，
　　要创造神奇的文字。

五一

常人的批评和断定，
　　好像一群瞎子，
　　　在云外推测着月明。

五二

轨道旁的花儿和石子！
只这一秒的时间里，
　　我和你
　　　　是无限之生中的偶遇，
　　　　　也是无限之生中的永别；
再来时，
　　万千同类中，
　　　何处更寻你？

五三

我的心呵!
警醒着,
　　不要卷在虚无的旋涡里!

五四

我的朋友!
起来罢,
　　晨光来了,
　　　　要洗你的隔夜的灵魂。

五五

成功的花。
　　人们只惊慕她现时的明艳!
　　　　然而当初她的芽儿,
　　　　　　浸透了奋斗的泪泉,
　　　　　　洒遍了牺牲的血雨。

五六

夜中的雨,
　　丝丝的织就了诗人的情绪。

五七

冷静的心,
　　在任何环境里,
　　　都能建立了更深微的世界。

五八

不要羡慕小孩子,
　　他们的知识都在后头呢,
　　　烦闷也已经隐隐的来了。

五九

谁信一个小"心"的呜咽,
　　颤动了世界?
然而它是灵魂海中的一滴。

六〇

轻云淡月的影里,

　风吹树梢——

　　你要在那时创造你的人格。

六一

风呵!

不要吹灭我手中的蜡烛,

　我的家还在这黑暗长途的尽处。

六二

最沉默的一刹那顷,

　是提笔之后,

　　下笔之前。

六三

指点我罢,

　我的朋友!

我是横海的燕子，
　　要寻觅隔水的窝巢。

六四

聪明人！
要提防的是：
　忧郁时的文字，
　　　愉快时的言语。

六五

造物者呵！
谁能追踪你的笔意呢？
百千万幅图画，
　每晚窗外的落日。

六六

深林里的黄昏，
　是第一次么？
又好似是几时经历过。

六七

渔娃!
可知道世人羡慕你?
终身的生涯,
　　是在万顷柔波之上。

六八

诗人呵!
缄默罢;
写不出来的,
　　是绝对的美。

六九

春天的早晨,
　　怎样的可爱呢!
融冶的风,
　　飘扬的衣袖,
　　　　静悄的心情。

七〇

空中的鸟！
何必和笼里的同伴争噪呢？
你自有你的天地。

七一

这些事 ——
　是永不漫灭的回忆；
月明的园中，
　藤萝的叶下，
　　母亲的膝上。

七二

西山呵！
别了！
我不忍离开你，
　但我苦忆我的母亲。

七三

无聊的文字,
　抛在炉里,
　　也化作无聊的火光。

七四

婴儿,
是伟大的诗人,
　在不完全的言语中,
　　吐出最完全的诗句。

七五

父亲呵!
出来坐在月明里,
　我要听你说你的海。

七六

月明之夜的梦呵!

远呢?

近呢?

但我们只这般不言语,

听 —— 听

这微击心弦的声!

眼前光雾万重,

　柔波如醉呵!

沉 —— 沉。

七七

小磐石呵,

坚固些罢,

　准备着前后相催的波浪!

七八

真正的同情,

　在忧愁的时候,

　不在快乐的期间。

七九

早晨的波浪,
　已经过去了;
晚来的潮水,
　又是一般的声音。

八〇

母亲呵!
我的头发,
　披在你的膝上,
　　这就是你付与我的万缕柔丝。

八一

深夜!
请你容疲乏的我,
　放下笔来,
　　和你有少时寂静的接触。

八二

这问题很难回答呵,
　　我的朋友!
什么可以点缀了你的生活?

八三

小弟弟!
你恼我么?
灯影下,
　　我只管以无稽的故事,
　　　　来骗取你,
绯红的笑颊,
　　凝注的双眸。

八四

寂寞呵!
多少心灵的舟,
　　在你软光中浮泛。

八五

父亲呵!
我愿意我的心,
　像你的佩刀,
　　这般的寒生秋水!

八六

月儿越近,
　影儿越浓,
　　生命也是这般的真实么?

八七

知识的海中,
　神秘的礁石上,
　　处处闪烁着怀疑的灯光呢。
感谢你指示我,
　生命的舟难行的路!

八八

冠冕？
　　是暂时的光辉，
　　　　是永久的束缚。

八九

花儿低低的对看花的人说：
"少顾念我罢，
　　我的朋友！
让我自己安静着，
　　开放着，
　　　你们的爱
是我的烦扰。"

九〇

坐久了，
　　推窗看海罢！
将无边感慨，
　　都付与天际微波。

九一

命运!
难道聪明也抵抗不了你?
生 —— 死
　都挟带着你的权威。

九二

朝露还串珠般呢!
去也 ——
　风冷衣单
　　何曾入到烦乱的心?
朦胧里数着晓星,
　怪驴儿太慢,
　　山道太长 ——
梦儿欺枉了我,
　母亲何曾病了?
归来也 ——
　辔儿缓了,
　　阳光正好,
　　　野花如笑;

看朦胧晓色,
　　隐着山门。

九三

我的心呵!
是你驱使我呢,
　　还是我驱使你?

九四

我知道了,
　　时间呵!
你正一分一分的,
　　消磨我青年的光阴!

九五

人从枝上折下花儿来,
　　供在瓶里——
　　　到结果的时候,
　　却对着空枝叹息。

九六

影儿落在水里,
　句儿落在心里,
　　都一般无痕迹。

九七

是真的么?
人的心只是一个琴匣,
　不住的唱着反复的音调!

九八

青年人!
信你自己罢!
只有你自己是真实的,
　也只有你能创造你自己。

九九

我们是生在海舟上的婴儿,

不知道
先从何处来，
　　要向何处去。

　　　　一〇〇

夜半——
　　宇宙的睡梦正浓呢！
独醒的我，
　　可是梦中的人物？

　　　　一〇一

弟弟呵！
似乎我不应勉强着憨嬉的你，
　　来平分我孤寂的时间。

　　　　一〇二

小小的花，
　　也想抬起头来，
　　　感谢春光的爱——
然而深厚的恩慈，

反使她终于沉默。

母亲呵！

你是那春光么？

一〇三

时间！

现在的我，

　　太对不住你么？

然而我所抛撇的是暂时的，

　　我所寻求的是永远的。

一〇四

窗外人说桂花开了，

　　总引起清绝的回忆；

一年一度，

　　中秋节的前三日。

一〇五

灯呵！

感谢你忽然灭了：

在不思索的挥写里,

替我匀出了思索的时间。

一〇六

老年人对小孩子说:

"流泪罢,

叹息罢,

世界多么无味呵!"

小孩子笑着说:

"饶恕我,

先生!

我不会设想我所未经过的事。"

小孩子对老年人说:

"笑罢,

跳罢,

世界多么有趣呵!"

老年人叹着说:

"原谅我,

孩子!

我不忍回忆我所已经过的事。"

一〇七

我的朋友!
珍重些罢,
　不要把心灵中的珠儿,
　　抛在难起波澜的大海里。

一〇八

心是冷的,
　泪是热的;
心 —— 凝固了世界,
　泪 —— 温柔了世界。

一〇九

漫天的思想,
　收合了来罢!
你的中心点,
　你的结晶,
　　要作我的南针。

一一〇

青年人呵！
你要和老年人比起来，
　　就知道你的烦闷，
　　　　是温柔的。

一一一

太单调了么？
琴儿，
　　我原谅你！
你的弦，
　　本弹不出笛儿的声音。

一一二

古人呵！
你已经欺哄了我，
　　不要引导我再欺哄后人。

一一三

父亲呵!
我怎样的爱你,
　　也怎样爱你的海。

一一四

"家"是什么,
　　我不知道;
但烦闷——忧愁,
　　都在此中融化消灭。

一一五

笔在手里,
　　句在心里,
　　　　只是百无安顿处——
　　　　远远地却引起钟声!

一一六

海波不住的问着岩石,
　　岩石永久沉默着不曾回答;
然而它这沉默,
　　已经过百千万回的思索。

一一七

小茅棚,
　　菊花的顶子——
　　　　在那里
　　　　要感出宇宙的独立!

一一八

故乡!
何堪遥望,
　　何时归去呢?
白发的祖父,
　　不在我们的园里了!

一一九

谢谢你,
　　我的琴儿!
月明人静中,
　　为我颂赞了自然。

一二〇

母亲呵!
这零碎的篇儿,
　　你能看一看么?
这些字,
　　在没有我以前,
　　　　已隐藏在你的心怀里。

一二一

露珠,
　宁可在深夜中,
　　　和寒花作伴——
　　却不容那灿烂的朝阳,

给她丝毫暖意。

一二二

我的朋友!
真理是什么,
　　感谢你指示我;
然而我的问题,
　　不容人来解答。

一二三

天上的玫瑰,
　　红到梦魂里;
天上的松枝,
　　青到梦魂里;
天上的文字,
　　却写不到梦魂里。

一二四

"缺憾"呵!
"完全"需要你,

在无数的你中,
　　衬托出它来。

一二五

蜜蜂,
　　是能溶化的作家;
从百花里吸出不同的香汁来,
　　酿成它独创的甜蜜。

一二六

荡漾的,是小舟么?
青翠的,是岛山么?
蔚蓝的,是大海么?
我的朋友!
重来的我,
　　何忍怀疑你,
　　　　只因我屡次受了梦儿的欺枉。

一二七

流星,

飞走天空,
　　可能有一秒时的凝望?
然而这一瞥的光明,
　　已长久遗留在人的心怀里。

一二八

澎湃的海涛,
　　沉黑的山影 ——
　　　夜已深了,
　　　　不出去罢。
看呵!
一星灯火里,
　　军人的父亲,
　　　独立在旗台上。

一二九

倘若世间没有风和雨,
　　这枝上繁花,
　　　又归何处?
只惹得人心生烦厌。

一三〇

希望那无希望的事实,
　　解答那难解答的问题,
　　　便是青年的自杀!

一三一

大海呵,
　　哪一颗星没有光?
　　哪一朵花没有香?
　　哪一次我的思潮里
　　　没有你波涛的清响?

一三二

我的心呵!
你昨天告诉我,
　　世界是欢乐的;
今天又告诉我,
　　世界是失望的;
明天的言语,

又是什么？
教我如何相信你！

一三三

我的朋友！
未免太忧愁了么？
"死"的泉水，
　　是笔尖下最后的一滴。

一三四

怎能忘却？
夏之夜，
　　明月下，
幽栏独倚。
粉红的莲花，
　　深绿的荷盖，
　　　　缟白的衣裳！

一三五

我的朋友！

你曾登过高山么?
你曾临过大海么?
在那里,
　　是否只有寂寥?
　　只有"自然"无语?
你的心中
　　是欢愉还是凄楚?

一三六

风雨后——
　　花儿的芬芳过去了,
　　　花儿的颜色过去了,
果儿沉默的在枝上悬着。
花的价值,
　　要因着果儿而定了!

一三七

聪明人,
抛弃你手里幻想的花罢!
她只是虚无缥缈的,
　　反分却你眼底春光。

一三八

夏之夜,
　　凉风起了!
　　　襟上兰花气息,
　　　绕到梦魂深处。

一三九

　　虽然为着影儿相印:
我的朋友!
　　你宁可对模糊的镜子,
　　　不要照澄澈的深潭,
　　　她是属于自然的!

一四○

小小的命运,
　　每日的转移青年;
命运是觉得有趣了,
　　然而青年多么可怜呵!

一四一

思想,
　　只容心中游漾。
刚拿起笔来,
　　神趣便飞去了。

一四二

一夜——
　　听窗外风声。
　　　　可知道寄身山巅?
烛影摇摇,
　　影儿怎的这般清冷?
似这般山河如墨,
　　只是无眠——

一四三

心潮向后涌着,
　　时间向前走着;
青年的烦闷,

便在这交流的旋涡里。

一四四

阶边，
　　花底，
　　　微风吹着发儿，
　　　　是冷也何曾冷！
这古院——
　　这黄昏——
　　　这<u>丝丝</u>诗意——
　　　　绕住了斜阳和我。

一四五

心弦呵！
弹起来罢——
　　让记忆的女神，
　　　和着你调儿跳舞。

一四六

文字，

开了矫情的水闸；
听同情的泉水，
　　深深地交流。

一四七

将来，
　明媚的湖光里，
　　　可有个蠢立的碑？
怎敢这般沉默着 —— 想。

一四八

只这一枝笔儿；
拿得起，
　放得下，
　　便是无限的自然！

一四九

无月的中秋夜，
　是怎样的耐人寻味呢！
隔着层云，

隐着清光。

一五〇

独坐——
　　山下湿云起了，
　　　　更隔院断续的清磬。
这样黄昏，
　　这般微雨，
　　　　只做就些儿惆怅！

一五一

智慧的女儿！
　　向前迎住罢，
"烦闷"来了，
　　要败坏你永久的工程。

一五二

我的朋友！
不要任凭文字困苦你；
文字是人做的，

人不是文字做的!

一五三

是怜爱,
　　是温柔,
　　　是忧愁 ——
这仰天的慈像,
　　融化了我冻结的心泉。

一五四

总怕听天外的翅声 ——
小小的鸟呵!
羽翼长成,
　　你要飞向何处?

一五五

白的花胜似绿的叶,
　　浓的酒不如淡的茶。

一五六

清晓的江头,
　白雾濛濛,
是江南天气,
　雨儿来了——
　　我只知道有蔚蓝的海,
　　却原来还有碧绿的江,
　　这是我父母之乡!

一五七

因着世人的临照,
　只可以拂拭镜上的尘埃,
　　却不能增加月儿的光亮。

一五八

我的朋友!
雪花飞了,
　我要写你心里的诗。

一五九

母亲呵!
天上的风雨来了,
　鸟儿躲到它的巢里;
心中的风雨来了,
　我只躲到你的怀里。

一六〇

聪明人!
文字是空洞的,
　言语是虚伪的;
你要引导你的朋友,
　只在你
　　自然流露的行为上!

一六一

大海的水,
　是不能温热的;
孤傲的心,
　是不能软化的。

一六二

青松枝,
　红灯彩,
　　和那柔曼的歌声 ——
小弟弟!
感谢你付与我,
　寂静里的光明。

一六三

片片的云影,
　也似零碎的思想么?
然而难将记忆的本儿,
　将它写起。

一六四

我的朋友!
别了,
　我把最后一页,
　　留与你们!

(原连载于北京《晨报副镌》1922年1月1日至26日)

迎 神 曲

灵台上——
燃起星星微火,
黯黯地低头膜拜。

问:"来从何处来?
去向何方去?
这无收束的尘寰,
可有众生归路?"

空华影落,
万籁无声,
隐隐地涌现了:
是宝盖珠幢,
是金身法相。

"只为问'来从何处来?

去向何方去?'

这轮转的尘寰,

便没了众生归路!"

"世界上,

来路便是归途,

归途也成来路。"

(原载北京《晨报》1921年9月20日)

送 神 曲

"世界上,
来路便是归途,
归途也成来路。

"这轮转的尘寰,
何用问
'来从何处来?
去向何方去?'

"更何处有宝盖珠幢?
又何处是金身法相?
即我——
也即是众生。

"来从去处来,
去向来处去。

向那来的地方,
寻将去路。"

灵台上——
燃着了常明灯火,
深深地低头膜拜。

一九二一年,无月的中秋夜。
(原载北京《晨报》1921年9月20日)

诗的女神

她在窗外悄悄的立着呢！
帘儿吹动了——
窗内，
窗外，
在这一刹那顷，
忽地都成了无边的静寂。

看呵，
是这般的：
　满蕴着温柔，
　微带着忧愁，
欲语又停留。

夜已深了，
人已静了，
屋里只有花和我，

请进来罢!

只这般的凝立着么?
量我怎配迎接你?
诗的女神呵!
还求你只这般的,
经过无数深思的人的窗外。

一九二一年十二月九日。

(原载北京《晨报副镌》1921年12月24日)

"将来"的女神

我抬头已瞥见了——
　你桂花的冠子,
　　雪白的羽衣。
你胸前的璎珞,
是心血般鲜红,
　　泪珠般洁白。
你翅儿只管遨翔,
　琴儿只管弹奏。
你怎的只是向前飞,
不肯一回顾?

你的光明的脸:
　也许是欢乐,
　　也许是黯淡;
　也许是微笑,
　　也许是含愁;

诗歌——"将来"的女神

只令我迷糊恍惚——
你怎的只是向前飞，
　　不肯一回顾？

将来——
　　是海角，
　　是天涯，
　　天上——人间，
都是你遥遥导引——
你怎的只管向前飞，
　　不肯一回顾？

看——
　　只有飘飘云发，
　　　　　琤琤琴韵，
　　　　　飒飒天风；
如何——如何？
你怎的只管向前飞，
　　不肯一回顾？

　　　　　　　一九二二年一月二十六日。
　　（原载北京《晨报副镌》1922年2月21日）

春 水

自 序

"母亲呵!
这零碎的篇儿,
　你能看一看么?
这些字,
　在没有我以前,
　　已隐藏在你的心怀里。"

　　　　　　　——录《繁星》一二〇
　　　　　　　　　　冰　心
　　　　　　一九二二年十一月二十一日。

一

春水！
　又是一年了，
　　还这般的微微吹动。
可以再照一个影儿么？

春水温静的答谢我说：
"我的朋友！
　　我从来未曾留下一个影子，
　　　不但对你是如此。"

二

四时缓缓的过去——
百花互相耳语说：
"我们都只是弱者！
　甜香的梦
　　轮流着做罢，
　憔悴的杯
　　也轮流着饮罢，
上帝原是这样安排的呵！

三

青年人!
你不能像风般飞扬,
　便应当像山般静止。
浮云似的
　无力的生涯,
只做了诗人的资料呵!

四

芦荻,
　只伴着这黄波浪么?
趁风儿吹到江南去罢!

五

一道小河
　平平荡荡的流将下去,
只经过平沙万里 ——
　自由的,

沉寂的,
它没有快乐的声音。

一道小河
　　曲曲折折的流将下去,
只经过高山深谷——
　　险阻的,
　　　挫折的,
它也没有快乐的声音。

我的朋友!
感谢你解答了
　　我久闷的问题,
平荡而曲折的水流里,
　　青年的快乐
　　　在其中荡漾着了!

六

诗人!
不要委屈了自然罢,
　　"美"的图画,
　　要淡淡的描呵!

七

　　一步一步的扶走——
　　　半隐的青紫的山峰
　　　怎的这般高远呢？

八

　　月呵！
　　　什么做成了你的尊严呢？
　　深远的天空里，
　　　只有你独往独来了。

九

　　倘若我能以达到，
　　　上帝呵！
　　何处是你心的尽头，
　　　可能容我知道？
　　远了！
　　　远了！
　　　我真是太微小了呵！

一○

忽然了解是一夜的正中,
白日的心情呵!
　　不要侵到这境界里来罢。

一一

南风吹了,
将春的微笑
　　从水国里带来了!

一二

弦声近了,
　　瞽目者来了;
弦声远了,
　　无知的人的命运
　　也跟了去么?

一三

　　白莲花！
　　　清洁拘束了你了——
　　　但也何妨让同在水里的红莲
　　　　来参礼呢？

一四

　　自然唤着说：
　　"将你的笔尖儿
　　　　浸在我的海里罢！
　　　人类的心怀太枯燥了。"

一五

　　沉默里，
　　　充满了胜利者的凯歌！

一六

　　心呵！

什么时候值得烦乱呢?
　　为着宇宙,
　　为着众生。

一七

红墙衰草上的夕阳呵!
快些落下去罢,
　　你使许多的青年人颓老了!

一八

冰雪里的梅花呵!
　　你占了春先了。
看遍地的小花
　　随着你零星开放。

一九

诗人!
　　笔下珍重罢!
众生的烦闷
　　要你来慰安呢。

二〇

山头独立,
　　宇宙只一人占有了么?

二一

只能提着壶儿
　　看她憔悴 ——
同情的水
　　从何灌溉呢?
　　她原是栏内的花呵!

二二

先驱者!
　　你要为众生开辟前途呵,
　　束紧了你的心带罢!

二三

平凡的池水 ——

临照了夕阳,
便成金海!

二四

小岛呵!
　何处显出你的挺拔呢?
无数的山峰
　沉沦在海底了。

二五

吹就雪花朵朵——
　朔风也是温柔的呵!

二六

我只是一个弱者!
光明的十字架
　容我背上罢,
　我要抛弃了性天里
　暗淡的星辰!

二七

大风起了!
　　秋虫的鸣声都息了!

二八

影儿欺哄了众生了,
　　天以外 ——
　　　　月儿何曾圆缺?

二九

一般的碧绿,
　　只多些温柔。
西湖呵,
　　你是海的小妹妹么?

三〇

天高了,
　　星辰落了。

晓风又与睡人为难了!

三一

诗人!
自然命令着你呢,
　静下心潮
　　　听它呼唤!

三二

渔舟归来了,
　看江上点点的红灯呵!

三三

墙角的花!
你孤芳自赏时,
　天地便小了。

三四

青年人!

从白茫茫的地上
找出同情来罢。

三五

嫩绿的叶儿
　也似诗情么?
颜色一番一番的浓了。

三六

老年人的"过去",
　青年人的"将来",
在沉思里
　都是一样呵!

三七

太空!
揭开你的星网,
容我瞻仰你光明的脸罢

三八

秋深了!
　树叶儿穿上红衣了!

三九

水向东流,
　月向西落——
诗人,
　你的心情
　　能将她们牵住了么?

四〇

黄昏——深夜
　槐花下的狂风,
　　藤萝上的密雨,
　可能容我暂止你?
病的弟弟
　刚刚睡浓了呵!

四一

小松树,
　　容我伴你罢,
　　山上白云深了!

四二

晚霞边的孤帆,
　　在不自觉里
　　完成了"自然"的图画。

四三

春何曾说话呢?
　　但她那伟大潜隐的力量,
　　　　已这般的
　　温柔了世界了!

四四

旗儿举正了,

聪明的先驱者呵!

四五

山有时倾了,
　海有时涌了。
一个庸人的心志
　　却终古竖立!

四六

不解放的行为,
　造就了自由的思想!

四七

人在廊上,
　书在膝上,
拂面的微风里
　　知道春来了。

四八

萤儿自由的飞走了,
　　无力的残荷呵!

四九

自然的微笑里,
　　融化了
　　人类的怨嗔。

五〇

何用写呢?
　　诗人自己
便是诗了!

五一

鸡声——
　　鼓舞了别人了!
　　它自己可曾得到慰安么?

五二

微倦的沉思里——
　　鸽儿的弦风
　　将诗情吹破了!

五三

春从微绿的小草里
　　对青年说:
"我的光照临着你了,
　　从枯冷的环境中
创造你有生命的人格罢!"

五四

白昼从哪里长了呢?
　　远远墙边的树影
　　都困慵得不移动了。

五五

野地里的百合花,
　　只有自然
　　　是你的朋友罢。

五六

狂风里——
　　远树都模糊了,
　　　造物者涂抹了他黄昏的图画了。

五七

小蜘蛛!
　　停止你的工作罢,
　　　只网住些儿尘土呵!

五八

冰似山般静寂,
　　山似水般流动,

诗人可以如此的支配它么?

五九

乘客呼唤着说:
　"舵工!
　　　小心雾里的暗礁罢。"
舵工宁静的微笑说:
　"我知道那当行的水路,
　　　这就毂了!"

六〇

流星——
　只在人类的天空里是光明的;
它从黑暗中飞来,
　又向黑暗中飞去,
　　生命也是这般的不分明么?

六一

弟弟!
　且喜又相见了,

我回忆中的你,

哪能像这般清晰?

六二

我要挽那"过去"的年光,

　但时间的经纬里

　已织上了"现在"的丝了!

六三

柳花飞时,

　燕子来了;

芦花飞时,

　燕子又去了;

但她们是一样的洁白呵!

六四

婴儿,

在他颤动的啼声中

　有无限神秘的言语,

从最初的灵魂里带来

要告诉世界。

六五

只是一颗孤星罢了!
　在无边的黑暗里
　已写尽了宇宙的寂寞。

六六

清绝——
是静寂还是清明?
　只有凝立的城墙,
　　　被雪的杨柳,
　冷又何妨?
白茫茫里走入画图中罢!

六七

信仰将青年人
　扶上"服从"的高塔以后,
　便把"思想"的梯儿撤去了。

六八

当我自己在黑暗幽远的道上
 当心的慢慢走着,
 我只倾听着自己的足音。

六九

沉寂的渊底,
 却照着
  永远红艳的春花。

七○

玫瑰花的浓红
 在我眼前照耀,
伸手摘将下来,
 她却萎谢在我的襟上。

我的心低低的安慰我说:
 "你隔绝了她和自然的连结,
  这浓红便归尘土;

青年人!
　留意你枯燥的灵魂。"

七一

当我浮云般
自来自去的时候,
真觉得宇宙太寂寞了!

七二

郁倦的春风
只送些"不宁"来了!
　城墙——
　　微绿的杨柳——
　　　都隐没在飞扬的尘土里。
　这也是人生断片的烦闷呵!

七三

我的朋友!
　倘若春花自由的开放时,
　　无意中愁苦了你,

你当原谅它是受自然的指挥的。

七四

在模糊的世界中 ——
　我忘记了最初的一句话,
　也不知道最后的一句话。

七五

昨日游湖,
今夜听雨,
　这雨点已落到我心中的湖上,
　　滴出无数的叠纹了!

七六

寂寞增加郁闷,
　忙碌铲除烦恼 ——
我的朋友!
　快乐在不停的工作里!

七七

只坐在阶边说笑——
山上的楼台
　斜阳照着,
何曾不想一登临呢?
　清福不要一日享尽了呵!

七八

可曾有过?
　钓矶独坐——
满湖柔波
　看人春泛。

七九

我愿意在离开世界以前
　能低低告诉它说:
　　"世界呵,
　我彻底的了解你了!"

八〇

当我看见绿叶又来的时候,
　　我的心欣喜又感伤了。
勇敢的绿叶呵!
　　记否去秋黯淡的离别呢?

八一

我独自
　　经过了青青的松柏,
　　　　上了层层的石阶。
祈年殿
　　庄严地立在黄尘里,
我——
　　我只能深深的低首了!

八二

我的朋友,
　　不要让春风欺哄了你,
　　花色原不如花香啊!

八三

微雨的山门下，
　　石阶湿着——
只有独立的我
　　和缕缕的游云，
这也是"同参密藏"么？

八四

灯下拔了剑儿出鞘，
　　细看——凝想
　　只有一腔豪气，
竟忘却
　　血珠鲜红
　　泪珠晶白。

八五

我的朋友！
　　倘若你忆起这一湖春水，
要记住

它原不是温柔，
　　　只是这般冰冷。

八六

　　谈笑着走下层阶，
　　斜阳里 ——
　　　偶然后顾红墙，
　　　　前瞻黄瓦，
　　霎时间我了解什么是"旧国"了，
　　　我的心灵从此凄动了！

八七

　　青年人！
　　　只是回顾么？
　　　这世界是不住的前进呵。

八八

　　春徘徊着来到
　　　这庄严的坛上 ——
　　在无边的清冷里，

只能把一丝春意,
　　交付与阶隙里
　　　微小的草儿了。

八九

桃花无主的开了,
　　小草无主的青了,
世人真痴呵!
　　为何求自然的爱来慰安呢!

九〇

聪明人!
　　在这漠漠的世界上,
只能提着"自信"的灯儿
　　进行在黑暗里。

九一

对着幽艳的花儿凝望,
　　为着将来的果子
　　　只得留它开在枝头了!

九二

星儿!
　世人凝注着你了,
导引他们的眼光
　超出太空以外罢!

九三

一阵风来——
　湖水向后流了,
　　石矶向前走了,
迷惘里……
　我——我胸中的海岳呵!

九四

什么是播种者的喜悦呢?
　倚锄望——
　到处有青青之痕了!

九五

月儿——
在天下的水镜里,
　　这边光明,
　　　　那边黯淡。
　　但在天上却只有一个。

九六

"什么时候来赏雪呢?"
　　"来日罢,"
"来日"过去了。

"什么时候来游湖呢?"
　　"来年罢,"
"来年"过去了。

"什么时候来工作呢?
　　来生么?"
我微笑而又惊悚了!

九七

寥廓的黄昏,
　　何处着一个彷徨的我?
母亲呵!
我只要归依你,
心外的湖山,
　　容我抛弃罢!

九八

我不会弹琴,
　　我只静默的听着;
我不会绘画,
　　我只沉寂的看着;
我不会表现万全的爱,
我只虔诚的祷告着。

九九

"幽兰!
　　未免太寂寞了,

不愿意要友伴么？"
"我正寻求着呢！
　　但没有别的花儿
　　肯开在空谷里。"

　　　　一〇〇

当青年人肩上的重担
　　忽然卸去时，
他勇敢的心
　　便要因着寂寞而悲哀了！

　　　　一〇一

我的朋友！
　　最后的悲哀
　　　还须禁受。
在地球粉碎的那一日，
　　幸福的女神，
　　　要对绝望众生
作末一次凄感的微笑。

一〇二

我的问题——
　我的心
　　在光明中沉默不答。
　我的梦
　　却在黑暗里替我解明了!

一〇三

智慧的女儿!
在不住的抵抗里,
你永远不能了解
　什么是人类的同情。

一〇四

鱼儿上来了,
水面上一个小虫儿飘浮着——
在这小小的生死关头,
我微弱的心
　忽然颤动了!

一○五

造物者——
　　倘若在永久的生命中
　　　　只容有一次极乐的应许。
我要至诚地求着:
"我在母亲的怀里,
　　母亲在小舟里,
　　　　小舟在月明的大海里。"

一○六

诗人从他的心中
　　滴出快乐和忧愁的血。
在不知不觉里
　　已成了世界上同情的花。

一○七

只是纸上纵横的字——
　　纵横的字,
　　　　哪有词句呢?

只重叠的墨迹里
 已留下当初凝想之痕了!

一〇八

母亲呵!
 乳娘不应诓弄脆弱的我,
 谁最初的开了
我心宫里悲哀之门呢?
 —— 你拭干我现在的
 微笑中的泪珠罢 ——

楼外丐妇求乞的悲声,
 将我的心从睡梦中
  重重的敲碎了!
她将我的母亲带去了,
 母亲不在摇篮边了。
这是我第一次感出
 世界的虚空呵!

一〇九

夜正长呢!

能下些雨儿也好。

窗外果然滴沥了 ——

　　数着雨声罢！

　　只依旧是烦郁么？

　　　　一一〇

聪明人！

　纤纤的月，

　　完满在后头呢！

　姑且容淡淡的云影

　　遮蔽着她罢。

　　　　一一一

小麻雀！

　休飞进田垄里。

　垄里，

　遍地弹机

　正静静的等着你。

一一二

　　浪花愈大,
　　　凝立的磐石
　　　在沉默的持守里,
　　　　快乐也愈大了。

一一三

　　星星——
　　　只能白了青年人的发,
　　　不能灰了青年人的心。

一一四

　　我的朋友!
　　　不要随从我。
　　我的心灵之灯
　　　只照自己的前途呵!

一一五

两行的红烛燃起了——
　　堂下花阴里,
　　　隐着浅红的夹衣。
髫年的欢乐
　　容她回忆罢!

一一六

山上的楼窗不见了,
　　灯花烬也!
天风里
　　危岩独倚,
　　便小草也是伴侣了!

一一七

梦未终 ——
　　窗外日迟迟,
　　　堂前又遇见伊!
牵牛花!

昨夜灵魂里攀摘的悲哀,
可曾身受么?

一一八

紫藤萝落在池上了,
花架下
　长昼无人,
只有微风吹着叶儿响。

一一九

诗人的心灵,
　只合颤动么?
平凡的急管繁弦,
　已催他低首了!

一二〇

"祖父千秋,
　　同祝一杯酒!"
明灯下,
　笑声里,

面颊都晕红了!

姊妹们!
　何必当初?
　　到如今酒阑人散——
　苦雨孤灯的晚上,
　　只添我些凄清的回忆呵!

一二一

世人呵!
　暂时的花儿
　　原不配供在永久的瓶里,
　这稚弱的生机,
　　请你怜悯罢!

一二二

自然的话语
　太深微了,
聪明人的心
　却是如何的简单呵!

一二三

几天的微雨，
　　将春的消息隔绝了。
无聊里——
　　几朵枯花，
　　　只拈来凝想。
　　原是去年的言语呵，
　　　也可作今日的慰安么？

一二四

黄昏了——
　　湖波欲睡了——
走不尽的长廊呵！

一二五

修养的花儿
　　在寂静中开过去了，
成功的果子
　　便要在光明里结实。

一二六

虹儿!
你后悔么?
　雨后的天空
　　偶然出现,
　世间儿女
　已画你的影儿在罗带上了。

一二七

清晓——
　静悄悄地走入园里,
万有都在睡梦中呵!
　除却零零的露珠
　　谁是伴侣呢?

一二八

海洋将心情深深的分断了——
　十字架下的婴儿呵!
隔着清波

只能有泛泛的微笑么?

一二九

朝阳下的鸟声清啭着,
　窗帘吹卷了,
　　又听得叶儿细响——
无奈诗人的心灵呵!
　不许他拿起笔儿
　　却依旧这般凝想。

一三〇

这时又是谁在海舟上呢?
　水面黄昏
　　凭栏的凝眺,——
山中的我
　只合空想了。

一三一

青年人!
　觉悟后的悲哀

只深深的将自己葬了。
原也是微小的人类呵！

一三二

花又在瓶里了，
　书又在手里了，
但——
　是今年的秋雨之夜！

一三三

只两朵昨夜襟上的玉兰，
　便将晓风和朝阳
　都深深地记在心里了。

一三四

命运如同海风——
吹着青春的舟，
　飘摇的，
　　曲折的，
　渡过了时光的海。

一三五

梦里采撷的天花,
　　醒来不见了——
我的朋友!
人生原有些愿望!
只能永久的寄在幻想里!

一三六

洞谷里的小花
　　无力的开了,
　　　　又无力的谢了。
便是未曾领略过春光呵,
　　却也应晓得!

一三七

沉默着罢!
　　在这无穷的世界上,
弱小的我
　　原只当微笑

不应放言。

一三八

幢幢的人影,
　　沉沉的烛光 ——
都将永别的悲哀,
　　和人生之谜语,
　　　　刻在我最初的回忆里了。

一三九

这奔涌的心潮
　　只索倩《楞严》来壅塞了。
无力的人呵!
　　究竟会悟到"空不空"么?

一四〇

遨游于梦中罢!
　　在那里
　　　　只有自由的言笑,
　　　　　　率真的心情。

一四一

雨后 ——
　　随着蛙声，
荷盘上的水珠，
　　将衣裳溅湿了。

一四二

玫瑰开花了。
为着无聊的风，
　　小小的水边
　　　　竟不想再去了。
诗人的生涯
　　只终于寂寞么？

一四三

揭开自然的帘儿罢！
　　艺术的婴儿，
　　正卧在真理的娘怀里。

一四四

诗人也只是空写罢了!
　一点心灵 ——
何曾安慰到
　雨声里痛苦的征人?

一四五

我的心开始颤动了 ——
　当我默默的
　　敞着楼窗,
　　对着大海,
自然无声的谢我说:
　"我承认我们是被爱的了。"

一四六

经验的花
　结了智慧的果,
智慧的果
　却包着烦恼的核!

一四七

绿荫下
　　沉思的坐着——
游丝般的诗情呵!
迷蒙的春光
　　　刚将你抽出来,
　　叶底园丁的剪刀声
　　　又将你剪断了。

一四八

谢谢你!
　　我的朋友!
这朵素心兰
　　请你自己戴着罢。
我又何忍辞谢她?
但无论是玫瑰
　　　　是香兰,
我都未曾放在发儿上。

一四九

上帝呵!
即或是天阴阴地,
   人寂寂地,
只要有一个灵魂
  守着你严静的清夜,
寂寞的悲哀,
  便从宇宙中消灭了。

一五〇

岩下
  缓缓的河流,
    深深的树影——
指点着
  细语着,
许多诗意
  笼盖在月明中。

一五一

浪花后
　是谁荡桨?
这桨声
　侵入我深思的圈儿里了!

一五二

先驱者!
　绝顶的危峰上
　　可曾放眼?
　便是此身解脱,
　　也应念着山下
　　劳苦的众生!

一五三

笠儿戴着,
　牛儿骑着,
　　眉宇里深思着——
小牧童!

一般的沐着大地上的春光呵，
　　完满的无声的赞扬，
　　诗人如何比得你！

一五四

柳条儿削成小桨，
　　莲瓣儿做了扁舟——
容宇宙中小小的灵魂，
　　轻柔地泛在春海里。

一五五

病后的树荫
　　也比从前浓郁了，
开花的枝头，
　　却有小小的果儿结着。
我们只是改个庞儿相见呵！

一五六

睡起——
　　廊上黄昏，

薄袖临风；
庭院水般清，
　心地镜般明；
是画意还是诗情？

一五七

姊姊！
　清福便独享了罢，
　何须寄我些春泛的新诗？
心灵里已是烦忙
又添了未曾相识的湖山，
　频来入梦。

一五八

先驱者！
　前途认定了
　切莫回头！
一回头ーー
　灵魂里潜藏的怯弱，
　要你停留。

一五九

凭栏久
　凉风渐生
何处是天家?
　真要乘风归去!
看——
　清冷的月
　　已化作一片光云
　轻轻地飞在海涛上。

一六〇

自然无声的
　看着劳苦的诗人微笑:
"想着罢!
　　写着罢!
　无限的庄严,
　　你可曾约略知道?"

诗人投笔了!
　微小的悲哀

永久遗留在心坎里了!

一六一

隔窗举起杯儿来——
落花!
和你作别了!
原是清凉的水呵,
只当是甜香的酒罢。

一六二

崖壁阴阴处,
海波深深处,
垂着丝儿独钓。
鱼儿!
不来也好,
我已从蔚蓝的水中
钓着诗趣了。

一六三

暮色苍苍——

远村在前，
　　　山门在后。
　　黄土的小道曲折着，
　　　踽踽的我无心的走着。

　　宇宙昏昏——
　　　表现在前，
　　　消灭在后。
　　生命的小道曲折着，
　　　踽踽的我不自主的走着。

　　一般的遥远的前途呵！
　　　抬头见新月，
　　　深深地起了
　　　　不可言说的感触！

一六四

　　将离别——
　　　舟影太分明。
　　　四望江山青；
　　微微的云呵！
　　　怎只压着黯黯的情绪，

不笼住如梦的歌声?

一六五

我的朋友
　坐下莫徘徊,
照影到水中,
　累它游鱼惊起。

一六六

遥指峰尖上,
　孤松峙立,
　怎得倚着树根看落日?

已近黄昏,
　算着路途罢!
衣薄风寒,
　不如休去。

一六七

绿水边 ——

几双游鸭，

　　几个浣衣的女儿，

在诗人驴前

　　展开了一幅自然的图画。

一六八

朦胧的月下——

　　长廊静院里。

不是清磬破了岑寂，

　　便落花的声音，

　　　也听得见了。

一六九

未生的婴儿，

　　从生命的球外

　　　攀着"生"的窗户看时，

已隐隐地望见了

　　对面"死"的洞穴。

一七○

为着断送百万生灵
　不绝的炮声,
严静的夜里,
　凄然的将捉在手里的灯蛾
　放到窗外去了。

一七一

马蹄过处,
　蹴起如云的尘土;
据鞍顾盼,
　平野青青——
只留下无穷的怅惘罢了,
　英雄梦哪许诗人做?

一七二

开函时——
　正席地坐在花下,
一阵凉风

将看完的几张吹走了。

我只默默的望着,

　　听它吹到墙隅,

慰悦的心情

　　也和这纸儿一样的飞扬了!

一七三

明月下

　　绿叶如云,

　　白衣如雪 ——

怎样的感人呵!

　　又况是别离之夜?

一七四

青年人,

　　珍重的描写罢,

时间正翻着书页,

　　请你着笔!

一七五

我怀疑的撒下种子去,
　　便闭了窗户默想着。
我又怀疑的开了窗,
　　岂止萌芽?
　　这青青之痕
　　　　还滋蔓到他人的园地里。

上帝呵!
　　感谢你"自然"的风雨!

一七六

战场上的小花呵!
　　赞美你最深的爱!
冒险的开在枪林弹雨中,
　　慰藉了新骨。

一七七

我的心忽然悲哀了!

昨夜梦见
　　独自穿着冰绡之衣,
从汹涌的波涛中
　　渡过黑海。

一七八

微阴的阶上,
　　只坐着自己——
　　绿叶呵!
　　玫瑰落尽,
诗人和你
　　一同感出寂寥了。

一七九

明月!
　　完成了你的凄清了!
银光的田野里,
　　是谁隔着小溪
　　吹起悠扬之笛?

一八〇

婴儿!
谁像他天真的颂赞?
　当他呢喃的
　　　对着天末的晚霞,
　无力的笔儿,
　真当抛弃了。

一八一

襟上摘下花儿来,
　匆匆里
　就算是别离的赠品罢!

马已到门前了,
　要不是窗内听得她笑言,
　　错过也
　又几时重见?

一八二

别了!
　春水,
感谢你一春潺潺的细流,
　带去我许多意绪。

向你挥手了,
　缓缓地流到人间去罢。
　我要坐在泉源边,
　静听回响。

　　　　一九二二年三月五日 — 六月十四日。
(原载北京《晨报副镌》1922年3月21日至6月30日)

晚祷(一)

浓浓的树影
　做成帐幕,
绒绒的草坡
　便是祭坛——
慈怜的月
穿过密叶,
照见了虔诚静寂的面庞。
四无人声,
严静的天空下,
我深深叩拜——
万能的上帝!
求你丝丝的织了明月的光辉,
作我智慧的衣裳,
　　庄严的冠冕,
我要穿着它,
温柔地沉静地酬应众生。

烦恼和困难,
在你的恩光中,
　一齐抛弃;
只刚强自己
　保守自己,
永远在你座前
作圣洁的女儿,
　光明的使者,
　　赞美大灵!

四无人声,
严静的天空下,
只慈怜的月
照着虔诚静寂的面庞。

　　　　　　　一九二二年五月十二日。
　　　　（原载北京《晨报副镌》1922年5月17日）

致　词

假如我走了，
　　彗星般的走了——
母亲！
　　我的太阳！
七十年后我再回来，
　　到我轨道的中心
　　　　五色重轮的你时，
你还认得这一点小小的光明么？

假如我去了，
　　落花般的去了——
母亲！
　　我的故枝！
明年春日我又回来，
　　到我生命的根源
　　　　参天凌云的你时，

你还认得这一阵微微的芬芳么?

她凝然……含泪的望着我,
　无语——无语。
母亲!
　致词如此,
　　累你凄楚——
万全之爱无别离,
万全之爱无生死!

一九二三年二月四日。

(原载北京《晨报副镌》1923年2月15日)

纸 船
——寄母亲

我从不肯妄弃了一张纸,
　总是留着——留着,
叠成一只一只很小的船儿,
　从舟上抛下在海里。

有的被天风吹卷到舟中的窗里,
　有的被海浪打湿,沾在船头上。
我仍是不灰心的每天的叠着,
　总希望有一只能流到我要它到的地方去。

母亲,倘若你梦中看见一只很小的白船儿,
　不要惊讶它无端入梦。
这是你至爱的女儿含着泪叠的,

万水千山，求它载着她的爱和悲哀归去。

一九二三年八月二十七日。

（原载北京《晨报副镌》1923年10月4日）

倦　旅

灯已灭了，
　　残花只管散着余香。
欹枕处——
　　只一两声飞雨
　　　打着窗户。
听到此时，
　　一切的心都淡了！

新月未落，
　　朝霞已生，
濛濛里——
　　一颗曙星
　　躲避天光似的
　　　穿着乱云飞走。
好辛苦的路途呵！
看到此时

　　　　一切的心都淡了！

银海般的雪地，
　　怒潮般的山风 ——
这样的别离！
山外隆隆的车声，
　　不知又送谁人远去。
听到此时，
　　一切的心都淡了！

鼓励的信，
　　寄与了倦慵的人！
事违初意皆如此！
一书在手，
　　湖光睡去，
　　星辰渐生 ——
看到此时
　　一切的心都淡了！

　　　　　一九二四年一月二日，青山沙穰。
　　　　（原载北京《晨报副镌》1924年2月12日）

相　思

躲开相思，

披上裘儿

　走出灯明人静的屋子。

小径里明月相窥，

枯枝——

　在雪地上

　又纵横的写遍了相思。

一九二五年十二月十二日。

（收入《冰心诗集》，北新书局1932年初版）

惊爱如同一阵风

惊爱如同一阵风,
在车中,他指点我看
　　西边,雨后,深灰色的天空,
　　有一片晚霞金红!

睡了的是我的诗魂,
　　再也叫不觉这死寂的朦胧,
我的心好比这深灰色的天空,
　　这一片晚霞,是一声钟!

这一片晚霞是一声钟,
　　敲进我死寂的心宫,
千门万户回响,隆 —— 隆,
　　隆隆的洪响惊醒了我的诗魂。

惊爱如同一阵风,

在车中,他指点我看

　西边,雨后,深灰色的天空,

　有一片晚霞金红。

　　　　　　一九三一年七月十六日,在车中。

　　　　　（原载《北斗》1931年10月20日第2期）